Lucrezia Scali

L'amore mi chiede di te

Newton Compton editori

A noi donne che sappiamo amare,
sbagliando e sbagliandoci.
A noi donne che inseguiamo sogni,
perdendoci con il navigatore.
A noi donne che facciamo a cazzotti con la vita,
nascondendo i lividi sotto il trucco.
A noi donne che potremmo cambiare questo mondo.
A noi auguro giorni spettinati e dolci al cioccolato,
sorprese inaspettate e amore da scoppiare,
un cane da accarezzare, libri da leggere
e una bocca da baciare.

Molti anni fa...

Mi ero sempre domandata che cosa spingesse un fiore a nascere tra i sassi. Per quale strana forma di autolesionismo sbocciasse in mezzo al nulla e senza la possibilità di avere compagnia. Forse era proprio quella la sua particolarità. Essere destinato a poche persone e donare il proprio profumo a chi fosse in grado di coglierlo. Allora, in fondo, noi e i fiori non eravamo poi tanto diversi.

Niente di più sbagliato. Era quello che avrei voluto credere, ma non tutte le persone somigliavano ai fiori. Io lo sapevo bene. La maggior parte della gente mi guardava con timore e diffidenza, come se la mia fronte fosse marchiata dalla parola "strega". Quello era il prezzo da pagare per la mia diversità, gentilmente tramandata saltando una generazione. Mi ero convinta di non essere una bambina come tutte le altre, almeno era quello che continuava a ripetermi mia madre. «Perché devi essere come lei? Perché non riesci a farti piacere le bambole?», insisteva al suono di una lenta cantilena. Forse, mi dicevo, se i bambolotti non puzzassero di plastica e non nascondessero un marchio dietro al cappellino incollato sulla testa, potrei anche trovarli interessanti. Potrei.

La realtà era che io amavo giocare e divertirmi con quello che mi offriva il mondo là fuori. Ed era tutto gratis. I miei occhi correvano altrove, ad ammirare quello che c'era oltre il naso premuto contro il vetro della finestra che mi divideva dal mondo esterno, perché la natura non aveva rivali: lei era bizzarra e cocciuta, ormai mi era chiaro. Ogni giorno cambiava forma, colore, dimensione. Sembrava mai contenta dei suoi abiti. Era come una bambina dispettosa, le piaceva mutare in base al tempo e all'alternarsi delle stagioni. Quello che il giorno prima era un sentiero incastrato tra alberi incolonnati come soldati in attesa di un nuovo comando, si trasformava in una mantella multicolore di foglie secche, dove non si riconoscevano più i segni lasciati dalle proprie scarpe. Ma poi arrivava la neve, così soffice da ricordare la schiuma. E le impronte erano così profonde ed evidenti, da indicare sempre la direzione di casa. La natura parlava una lingua sconosciuta, magica, speciale. Bisognava usare prima il cuore e poi la logica per capirla. Per quello i grandi non erano mai preparati. Talmente cocciuti e impegnati a formulare una spiegazione plausibile davanti a ogni cosa. Non avevano ancora imparato che più si cerca, meno si trova.

Il bosco era mio amico. Il mio rifugio, e io non avevo paura. Ogni forma della natura era viva, ogni ramo che una folata di vento faceva danzare, ogni foglia che l'aria faceva vibrare sotto le mie scarpe, ogni sfumatura di colore che i miei occhi erano in grado di assorbire. Io non avevo bisogno di giocattoli, avevo molto di più.

«Selva, dove ti sei cacciata?». La voce di mia nonna riecheggiò all'improvviso e mi colse impreparata. Sarebbe bastato un minuto, uno solo, e avrei potuto toccare le penne di quel merlo che si stava dissetando dalla pozza creata dal temporale della sera prima. Ma niente da fare. Lui si era spaventato, sbarrando a più non posso i suoi occhietti neri, tanto piccoli da sembrare dei bottoni cuciti, e aveva spalancato le ali per spiccare il volo. Voleva mettersi al sicuro. Alzai il viso per inseguirlo nel cielo, fino a che diventò un puntino confuso e lo persi di vista. Ritornerà, mi dissi.

«Sono qui», mormorai un po' delusa, mentre riponevo nella tasca dei jeans le poche molliche di pane che mi erano rimaste.

«Sbrigati e lascia perdere quello che stai facendo. La cena è quasi pronta».

Sbuffai. Era sempre così, sembrava che gli adulti avessero un sensore per captare i tuoi movimenti e chiamarti sempre nel momento sbagliato. «Arrivo, arrivo…».

Mi ripulii alla meglio, sbattendo i vestiti con piccoli colpi rapidi e decisi. Schegge di legno secco e sbuffi di terra, si sollevavano a ogni scossone, mentre mi addentravo lungo il sentiero alla mia destra che costeggiava un modesto torrente. Furono sufficienti pochi passi per intravedere il contorno della casa, l'ultima a essere costruita in quella borgata e una delle poche a essere ancora abitata. Anche se, in realtà, poteva ingannare un occhio distratto con quella porta in legno rovinata dall'umidità e il vetro rotto della finestra al primo piano. Poi misi a fuoco la figura di mia nonna che mi aspettava sull'uscio. Uno strofinaccio che usava per asciugarsi le mani teso tra le dita e quel grembiule sgualcito, che si teneva insieme grazie ai continui rattoppi. Aveva un armadio pieno di abiti immacolati, ma continuava a ribadire che erano da usare solo per le grandi occasioni. Quelle grandi occasioni che non si verificavano mai. O almeno credo.

Il suo sguardo indugiò su di me e poi si spostò poco più in basso. Lo sapevo che avrebbe passato al setaccio ogni centimetro del mio corpo. Si raccomandava sempre di fare attenzione e di indossare i pantaloni per uscire a giocare. Gonne e vestiti solo per andare in chiesa.

«Santo cielo, ma guarda come ti sei conciata! E poi, che cosa ci devi fare con tutte queste foglie bagnate?», mi chiese osservando le mie dita strette attorno al manico di un cesto di vimini. Il suo timbro era cambiato, lasciando lo spazio a un qualcosa che assomigliava a un misto di rimprovero e curiosità.

Arricciai le labbra e la mia fronte si corrugò di fronte alla sua domanda. «Tu mi dici sempre di raccogliere tutto quello che mi piace nel bosco e oggi sono stata davvero fortunata. Guarda, ti piacciono?», le domandai acciuffando una grande foglia dalle venature simili a quelle che si trovano sul palmo di una mano e la sventolai davanti a lei, orgogliosa.

Sollevò gli occhi al cielo, camuffando la nascita di un sorriso. «E va bene. Adesso, però, togliti le scarpe e lasciale qui fuori. Metti il tuo cestino vicino alla stufa così le foglie si asciugheranno e corri immediatamente a lavarti bene le mani. Ricordati di strofinarle come ti ho insegnato, non voglio che ti sieda a tavola quando sei sporca».

Annuii e mi avviai verso la scala, illuminata da una pallida luce. Non mi piaceva quando la nonna mi dava ordini come se fossi una poppante, ero abbastanza grande per capire, ma non me la sentivo di farlo presente. Un'altra cosa che avevo imparato: mai contraddire i grandi. Tanto perdevi sempre.

L'ultimo gradino era quello che scricchiolava di più. Ogni volta avevo l'impressione che potesse spezzarsi da un momento all'altro, e io finire inghiottita da un enorme buco nero. La casa era piccola e vecchia e, appena c'era un po' di silenzio, si animava e borbottava. Nonna diceva che soffriva di reumatismi, proprio come lei, e faceva scricchiolare le pareti per sgranchirsi. Sembrava creata su misura affinché potesse abitarci una sola persona, anche se disponeva di una cucina al piano inferiore e due stanze e un bagno al piano superiore. Mi domandavo spesso come avesse potuto crescere tra quelle mura un'intera famiglia. Non aveva niente a che vedere con il mio appartamento a Torino e non era dotata di tante comodità, ma alla nonna piaceva stare lì. Era stata irremovibile di fronte all'ipotesi di trasferirsi altrove. Ogni volta che si affrontava il discorso finiva sempre che la mamma e la nonna non si parlavano per giorni e io dovevo stare zitta. Non avevo mai voce in capitolo.

Feci un lungo respiro e provai a saltellare sul posto come un grillo per raggiungere l'unico specchio anticato che era appeso in bagno. Il giorno in cui fossi riuscita a specchiarmi, mi ripeteva spesso la nonna, mi sarei trasformata in una donna. Le avevo chiesto il perché, e lei mi aveva liquidato con un "ogni cosa a suo tempo". Non era una donna di molte parole, alternava momenti di preghiera ininterrotta ad altri silenziosi, durante i quali una carezza valeva più di tutto quello che non aveva detto. Aprii il rubinetto e l'acqua era ghiacciata, quasi insopportabile, ma la nonna non si lamentava mai. Lei aveva la pelle spessa e non sentiva più il freddo.

Assaporai il profumo che saliva dalla cucina, domandandomi cosa stesse preparando. In realtà dovevo spesso accontentarmi, perché lei non amava cucinare tutti quei piatti che mi preparava la mamma. E la pizza era bandita da quella casa. Lei era diversa, era una nonna strana.

Controllai di avere le unghie ben pulite prima di scendere. Quando raggiunsi la tavola, la nonna mi invitò a prendere posto e mi infilò un vecchio tovagliolo, che pizzicava la pelle tanto era rigido, dentro il bordo della maglietta.

L'osservai mentre si muoveva intorno al tavolo per poi spostarsi davanti al fuoco. Girava e rigirava un mestolo dentro quella pentola che buttava fuori fumo grigio. Posò le labbra sul cucchiaio di legno, senza soffiarci prima sopra, e riempì prima il mio piatto e dopo il suo. Poi si sedette e restò in attesa, senza smettere di guardarmi.

La curiosità ebbe il sopravvento. «Nonna, ma perché ogni volta che stiamo per mangiare, mi fai fare il segno della croce e dopo mi dai una carezza?».

Al contrario di quanto mi aspettassi, la nonna non si arrabbiò per la mia domanda. «Perché, piccola mia, il cibo si benedice e dobbiamo tenere tutte le persone cattive e gelose lontane da noi, così saremo sempre protette e in buona salute».

Ero più confusa di prima, ma preferii restare zitta. Obbedii alla sua richiesta e lei sorrise soddisfatta prima di iniziare a mangiare. La guardavo ed era così diversa dalla mamma. Come poteva una donnina come lei, magrolina e con grandi occhi azzurri e candidi capelli bianchi, fermati da uno strano cerchietto che non toglieva mai, aver dato alla luce la mia mamma?

Posai lo sguardo su una sveglia laccata sopra la mensola e mi domandai dove fosse in quel momento mia madre. Non che mi dispiacesse stare a casa della nonna, sia chiaro, ma nell'ultimo periodo era un appuntamento che si ripeteva con maggiore frequenza. Mio fratello non veniva quasi mai con me. La mamma diceva che lui doveva studiare ed era meglio che restasse in città. Io mi limitavo ad alzare le spalle e accettare. Chissà se anche lei mi stava pensando.

Un brivido risalì rapido lungo la schiena e mi trovai involontariamente a scuoterla. Intrecciai le dita delle mani e ci soffiai dentro, scaldando con il fiato, per trovare sollievo. La casa era invasa dall'umidità, l'unica fonte di calore era una stufa a legna che oltre a scaldare serviva a cucinare il cibo, riposto in vecchie pentole ormai straconsumate. La nonna preparava sempre gli stessi piatti, non sembrava mai stanca di quello che mangiava. Comprava lo stretto necessario per l'intera settimana e divideva le razioni di cibo per ogni giorno. Cercava di risparmiare e nascondeva il resto dei soldi sotto al materasso. Io conoscevo quel nascondiglio, ma non l'avevo mai rivelato a nessuno.

«Pussy», strillò nonna all'improvviso, nervosa. «Scendi subito dalla sedia. Tu e tua sorella siete sempre qui in agguato quando è pronta la cena».

La gatta tirò indietro le orecchie e con un balzo saltò giù, borbottando con strani miagolii, contrariata.

Pussy e Miss erano due sorelle che nonna Olimpia aveva adottato ormai da diversi anni. Non sapevo precisamente da quanto, visto che nei miei ricordi c'erano da sempre. Erano altre nipoti, come me, a cui lei voleva molto bene. Anche se ogni tanto le sgridava per qualche marachella, come quando cacciavano e lasciavano orgogliose le loro prede dentro le ciabatte di nonna. Io adoravo gli animali e le accarezzavo continuamente per sentire quel pelo così morbido e caldo. La mamma diceva che portavano malattie, ma non sapevo bene cosa intendesse. La nonna stava sempre bene.

Finii tutto quello che avevo dentro al piatto e aspettai che la nonna terminasse di sistemare la cucina. Aveva un modo tutto suo per pulire. Riscaldava dell'acqua sul fuoco e poi la versava in un secchio con del sapone, immergeva piatti, posate e bicchieri e, dopo qualche minuto, li strofinava con l'aiuto di una spugna. Poi svuotava il tutto e apriva veloce l'acqua senza sprecarne neanche una goccia. Era un lavoro che la mamma odiava. Diceva che si scheggiava lo smalto.

Non mi mossi. Ero ancora seduta sulla sedia e aspettavo il suo permesso per potermi alzare.

Quando lei ebbe finito, si passò il dorso della mano sulla fronte e mi disse: «Dài, vieni. Ora ci mettiamo vicino alla stufa così ci scaldiamo un po' e mi aiuti a dividere queste erbe. Non vorrai mica che la nonna faccia tutto da sola? Devi imparare, anche perché un giorno lo dovrai fare senza di me».

Io non capivo perché mi diceva quelle cose, vedevo un cesto di vimini con dentro tanti pezzetti di rami, radici, foglioline, fiorellini quasi secchi. Avevo il terrore che si potessero spezzare solo a guardarli. Io ero maldestra, mentre lei sapeva come maneggiarli e li separava in varie ciotole in base al tipo. Era come un gioco di magia. Io rimanevo incantata ad ascoltarla e imparavo il nome di ogni erba e spezia. Avevano dei nomi davvero buffi.

Una si chiamava verbena ed era la preferita della nonna. Diceva che serviva per proteggere e purificare. Cosa, non me l'aveva detto. Poi c'erano l'alloro, la bardana, l'edera, il tiglio e così si andava avanti quasi per gioco. Era il *nostro* segreto, alla mamma non piaceva. Le ripeteva di non insegnarmi quelle fesserie, perché non voleva che diventassi come lei. Io non vedevo niente di strano in mia nonna. Era davvero carina.

Pussy e Miss erano ai nostri piedi, sedute ad ascoltarci mentre traballavano dal sonno e si dondolavano.

«Nonna, ma perché non se ne vanno a dormire se crollano dal sonno?»

«Perché piaci loro».

E piacevano tanto anche a me. Erano gli unici animaletti che adoravo avere vicino, anche perché, quando dormivo dalla nonna, salivano sul letto e mi scaldavano i piedi. Mi proteggevano dall'uomo nero!

Poco più tardi qualcuno bussò alla porta. Sobbalzai quasi impaurita. Fuori era già buio.

«Salve, sono Rosa», disse una voce sottile quanto uno spiffero che si intrufola sotto una porta. «Disturbo?».

Mia nonna si alzò di scatto, grattando con la sedia contro il pavimento. «No, no. Ti apro subito. C'è qui mia nipote Selva», continuò a parlare mentre si avviava. Girò la chiave più volte dentro la serratura e poi l'uscio si spalancò, e la stanza fu inghiottita dalle ombre della sera. «Prego, entra pure, è tutto a posto».

La donna entrò con il capo chino, quasi piena di vergogna. «Ciao, sono Rosa», mi disse, una volta accortasi di me. «Come sei bella con tutti questi riccioli rossi».

Sorrisi. La guardai e anche lei era bella. Una ragazza di venti anni dai lunghi capelli corvini, occhi affilati e verdi come il muschio che cresceva sugli alberi. La sua bellezza faceva a pugni con il vecchio vestito sgualcito che indossava. Doveva abitare vicino, pensai. Visto che era venuta a piedi.

La nonna la invitò a prendere posto accanto a lei e iniziarono a chiacchierare.

Pussy non perse occasione per mettersi comoda sulle sue gambe, come se fosse il suo cuscino.

«Sono disperata. Aldo non mi vuole più! Dice che preferisce stare da solo ed è troppo giovane per sposarsi. Io lo voglio e so che potrà essere il padre dei miei figli. Perché si comporta così, diceva tanto di amarmi... È ormai un mese che non vuole vedermi. Sembra strano, sembra un altro».

Il suo viso si rattristò e gli occhi si riempirono di lacrime. «Tutto questo non è giusto. Perché devo soffrire così tanto? Perché nessuno mi ha detto che l'amore fa così male? Ti prego, aiutami...».

La nonna le mise la mano nella sua. «Bella ragazza, ora asciugati gli occhi e smettila di piangere. Sarà lui a cercarti e tu ritroverai il sorriso».

Ascoltavo e non capivo quel gioco di parole affettuose verso una quasi sconosciuta, ma so che faceva bene a Rosa. Perché lei sembrava più serena e le strinse più forte la mano.

La nonna si alzò con calma e aprì un mobiletto di legno bianco appeso alla parete. Scelse con cura una piccola bottiglietta di vetro e un contenitore.

Li mise sul tavolo davanti a Rosa e disse. «Ora ti darò quello che serve».

Aprì la bottiglietta e, con un piatto davanti, contò dieci gocce, poi aggiunse dal contenitore tre pizzichi di una polvere marrone, mischiò il tutto con il dito indice e strofinò le mani di Rosa, facendole quasi un massaggio dolce, avendo cura di non tralasciare nessuna parte.

Miss, che era vicino a me, si alzò e saltò sul tavolo, strofinando il suo muso contro i lunghi capelli di Rosa e poi ritornò a terra. Ero sorpresa di fronte a quello che stava succedendo, e volevo saperne di più.

«Ascoltami bene. Adesso tu andrai da sua madre, le porgerai

la mano per salutarla e le dirai che passavi di lì per caso… Se lei ti farà entrare, sarà tutto a posto. Altrimenti, se la vedrai impaurita, le dirai queste parole: niente e nessuno può togliere l'amore a chi siamo e, se verrà meno, le ombre caleranno con il sole. Lei capirà. Vai e fammi sapere domani come si è comportata».

Rosa la ringraziò, con il viso infiammato di entusiasmo e di speranza. Il suo corpo tradiva ogni emozione, lasciandola esposta e vulnerabile. Depositò un soffio di bacio sulla guancia di nonna e poi mi salutò. «Piccola Selva, sei una bambina davvero fortunata a essere la nipote di una donna così speciale».

E se ne andò.

Capitolo uno
Selva

Trafficai con la cartina stretta tra le mani, alzando gli occhi, alla ricerca della via. Doveva essere lì vicino, ne ero certa. Ero io che non riuscivo a trovarla. Avevo scovato qualche giorno prima uno di quegli annunci che le agenzie immobiliari inseriscono sui motori di ricerca. Mi avevano risposto all'istante, inviandomi un'email, ricapitolando il giorno e l'ora dell'appuntamento. Oltre all'indirizzo. Era una traversa di via San Martino, quindi c'ero quasi. L'istinto mi spinse a voltarmi indietro per incrociare lo sguardo di qualche passante, ma non scorsi anima viva che potesse venirmi in soccorso. E quando dico nessuno, intendo dire proprio nessuno. Ah, no. C'era quell'anziana signora, con la faccia di un rottweiler a digiuno da sette giorni, che mi spiava da dietro una finestra. Come inizio non era niente male. Benissimo, ci mancava la nebbia improvvisa, un silenzio tombale come sottofondo, e il paese poteva fare a gara con il cartello di "Benvenuti a Silent Hill".

Alt, ferma un attimo. Ero ancora così sicura di voler ricominciare la mia vita proprio lì? Ero ancora in tempo.

Ritornai a consultare nuovamente la mappa e la sfiorai con l'indice, seguendo la traccia della via. Non ero mai stata un genio in geografia e il mio senso dell'orientamento era pari a quello di Cristoforo Colombo. Erano già trascorsi più di dieci minuti, e dovevo aver fatto almeno un chilometro. Di sicuro era l'esercizio di ginnastica più duraturo di tutto il mese. Mi auguravo solo che la memoria non mi abbandonasse. L'ultima cosa che desideravo era un giro turistico della zona per rintracciare la mia piccola utilitaria. La mia pazienza non avrebbe retto.

Girai l'angolo ed eccola lì. Il fatto era che mi stupivo ogni volta di come le cose si nascondessero. Vedevo già a metri di distanza il cartello affittasi sbiadito dalle intemperie e mezzo incollato con lo scotch. Come benvenuto faceva davvero schifo. Quando mi ritrovai davanti, capii perché un posto simile era in disuso da così tanto tempo: era una catastrofe! Certo, non mi aspettavo un red carpet o che qualcuno lanciasse petali di rose come a un matrimonio. Niente da fare. Anche se mi sforzavo di trovare il lato positivo, era un disastro da qualsiasi punto di vista.

L'annuncio segnalava qualche lavoretto di manutenzione da fare, ma a vedere lo stato dell'insegna e della serranda sollevata a metà, doveva trattarsi di una piccola bugia.

Sospirai e mi mordicchiai un'unghia, senza riuscire a trattenermi. Lo facevo tutte le volte che dovevo riflettere sul da farsi. Non sapevo se ritenermi offesa per il trattamento dell'agenzia o provare ad andare avanti. Ormai ero in gioco, e non mi allettava l'idea di ritornare indietro e mandare tutto all'aria. Ero decisa ad andare fino in fondo. Mi coprii la fronte con le mani, cercando di sbirciare all'interno. Le due vetrine erano sommerse da polvere e calce, una patina talmente vistosa da non permettere di vedere dentro. Starnutii più volte. Come da manuale. C'era incompatibilità iniziale tra il negozio e la mia dannata allergia.

Ero così assorta nella ricerca di ulteriori dettagli, che non mi accorsi di un'ombra che si allungava sulla parete. Un colpo di tosse attirò la mia attenzione. «Mi scusi, lei è la signora Selva Cavagnero?».

Per poco non cacciai un urlo. Sussultai, colta alla sprovvista, e tentai di ricompormi, pulendo i palmi sopra i miei jeans per far sparire le tracce di sporco. «Sì, piacere mio», le dissi tendendole la mano. «E lei è dell'agenzia?»

«Sì, Giulia! Chiedo scusa per il ritardo, ma avevo un contratto da chiudere assolutamente entro oggi. È da tanto che aspetta?», chiese quando mi fu dinnanzi.

Scossi la testa, rimanendo impassibile. «Non si preoccupi, sono appena arrivata. Stavo cercando di dare una sbirciata all'interno per capire le reali condizioni del negozio. Se vogliamo dirla tutta, lo immaginavo diverso... messo un po' meglio».

La donna trafficò in tutta fretta nella sua borsa alla ricerca di qualcosa. Ci mancava poco che infilasse dentro l'intero braccio. Poi sollevò il ginocchio, raggiungendo uno stato di equilibrio niente male, per appoggiarla meglio e poter curiosare all'interno. «Non parta così prevenuta, ora vedrà con i suoi occhi. È solo un po' da rinnovare e dare una rinfrescata qua e là», proseguì una volta aperto l'uscio, che emise un forte scricchiolio. Sembrava che nessuno varcasse quella soglia da un tempo infinito.

Una zaffata fastidiosa, un misto di odore di chiuso e di umidità colpì con prepotenza le mie narici, portandomi a starnutire ripetutamente. Nei migliori film dell'orrore la porta si sarebbe chiusa con un tonfo secco alle nostre spalle.

E invece no.

La donna corse a destra e a sinistra, probabilmente anche lei provata da quel terribile odore, in cerca di qualcosa da poter aprire per far cambiare l'aria. Era quasi irrespirabile, e lo dicevo io che sopportavo gli sporadici problemi intestinali del mio gatto.

«Su, che passa tutto. Questo posto è rimasto chiuso per molto tempo... povero e caro signor Antonio». Sussurrò quel nome, perdendosi tra ricordi lontani. «Ora ha bisogno di qualcuno che se ne prenda cura e che lo rimetta a nuovo.

Vedrà, con qualche pennellata e un po' di buon gusto, che sono sicura avrà da vendere, questo posto tornerà a splendere».

Riguardo al buon gusto, non capivo se era sarcastica o sincera. D'accordo, io e la moda viaggiavamo rispettivamente in due scomparti diversi. Lei in prima classe e io in economy, ma non me la passavo così male. E riguardo alla seconda affermazione, non si trattava esattamente di una rinfrescatina. La formula magica di Mary Poppins non funzionava al di fuori del DVD. Qui ci voleva un miracolo, oltre a tanti soldi da investire. Che non possedevo.

Mi guardai intorno e mossi incerta qualche passo, cercando di rincorrere quanti più dettagli possibile. Calpestai qualcosa, ma non me ne preoccupai. Era pieno di vetri rotti e di pezzi di intonaco caduti dal soffitto. Gli angoli sommersi da oggetti abbandonati e vecchi scatoloni aperti. «Oddio, non lo so... non sono molto convinta. Mi aspettavo una base migliore sulla quale poter lavorare. Non è mia intenzione offendere nessuno, ma in un annuncio dovrebbe esserci scritta la verità. Anche le foto che avete inserito mostrano un negozio diverso, addirittura più grande. L'idea di farle in modalità panoramica non è una strategia vincente. La gente si illude e poi dovete anche considerare la perdita di tempo...».

La donna non sembrava interessata alla raffica delle mie parole. Era troppo occupata a scavalcare con i suoi tacchi delle piastrelle accatastate in mezzo alla stanza e stamparsi sul viso un sorriso di circostanza. Chissà quante volte al giorno doveva farlo. Mi era bastata un'occhiata per inquadrarla. Un tempo doveva essere stata una donna forte, piena di coraggio, che faceva a pugni con il mondo, ma qualcosa l'aveva scalfita. Trascinava un peso che non era ancora riuscita a lasciarsi alle spalle. Probabilmente una delusione d'amore, una di quelle talmente grandi da non ricordarti più che tipo di persona eri prima di innamorarti di lui. «Forse dipende dalla sua giovane età, ma secondo me sta partendo troppo prevenuta. Vi spaventate per così poco. Lei deve immaginare, deve usare la fantasia... Ha idea del potenziale di questo locale? Se fosse ancora in vita il vecchio proprietario, si tapperebbe le orecchie per quello che ha detto. Il prezzo è vantaggioso, e le assicuro che con questa cifra non troverà niente in zona. Ma proprio niente. E poi non si dimentichi che nel contratto di locazione è compreso un piccolo appartamento al piano superiore».

E insomma, aveva ragione. Erano settimane che curiosavo sui siti internet alla ricerca del locale perfetto, uno di quelli in cui avrei dovuto solo alzare la serranda, ma non c'era niente che soddisfacesse le mie esigenze... o meglio, il mio budget. Notevolmente basso.

«Non discuto su questo. Solo che è abbastanza urgente».

«Sempre di fretta voi gente di città, eh? Deve capire che le giornate qui a Roccamonte iniziano con calma. Mi tolga una curiosità, che cosa ha intenzione di aprire?».

Eccola... Domanda scomoda in partenza dal binario uno.

Mi schiarii la voce. «Una tisaneria».

La donna si bloccò, continuando a darmi le spalle. Mi domandai che cosa avessi detto di così strano da fare interrompere anche la sua respirazione. Che avesse confuso tisaneria con artiglieria? «Ha detto una tisaneria?», mi fece eco, voltandosi lentamente.

No, aveva sentito bene.

Il suo volto aveva cambiato espressione. Come quando dici a un bambino che Babbo Natale non esiste. Curiosità, scetticismo, disagio? Se avessi avuto a portata di mano uno specchietto, mi sarei controllata il trucco. L'ipotesi più plausibile: probabile rossetto sbavato effetto clown da circo.

«S-sì...», balbettai ancora confusa. «Con i gatti. Ha presente i *Neko café* in Giappone?», aggiunsi infine. Tanto valeva vuotare subito il sacco e fornirle il materiale per formulare nuove domande.

Lei si fermò ancora prima. «Con i gatti… certo», ripeté con un tono di voce basso e scandendo bene le parole. L'aveva detto come se volesse minare la mia sicurezza.

Mi guardai la punta delle scarpe. Se era quello il suo obiettivo, ero caduta nella trappola. Mi sentii subito in imbarazzo, era la prima volta che affrontavo l'argomento con una sconosciuta. Nessuno, a parte la mia coinquilina e amica, conosceva il reale motivo della mia fuga. La ragione per cui ero scappata dalla città per rifugiarmi a Roccamonte. Una notte, uguale a molte altre, mi era apparsa in sogno mia nonna e, il giorno successivo, una valigia era tutto quello che mi portavo dietro. Ventisei anni di vita rinchiusi in meno di un metro quadrato.

«Signorina», mormorò la donna cercando il mio nome tra la pila dei fogli contenuti in una cartellina.

«Selva», l'anticipai quasi infastidita. Le presentazioni erano state fatte appena qualche minuto prima, mi stupivo della sua scarsa memoria. O forse l'aveva così tanto sconvolta la mia rivelazione?

«Giusto. Sa, non sono affari miei. Io svolgo questo lavoro per aiutare i clienti a realizzare i propri sogni, ma in questo caso mi sento in dovere di dirle qualcosa», continuò a camminare avanti e indietro, e poi si avviò alla grande vetrata che si affacciava sulla via principale. «Roccamonte non è il posto che fa per lei. Qui la gente non ha bisogno di novità. La voglio mettere in guardia, questo posto chiuderà ancora prima che lei si ripaghi le spese. Le sto parlando come se fosse mia figlia, prenda in considerazione altri posti. Dia retta a me».

Di certo, tutto le si poteva dire, tranne che non fosse una donna incoraggiante… E poi che sfacciata! Sentii montare in me una grande rabbia. Era per merito di clienti come me se un bonifico arrivava a fine mese sul suo conto. Il suo compito era quello di affittare e vendere, non dire ai clienti cosa fare o non fare. Dovevo forse ringraziarla del suo prezioso consiglio? No davvero. Ero consapevole di non disporre di grosse cifre per affrontare le spese iniziali, ma di sicuro la responsabilità era una qualità che non mi mancava. Non mi sarei mai permessa di non pagare l'affitto. E la buona riuscita di quell'apertura era un rischio di cui mi assumevo ogni conseguenza. Certo, sapevo che i primi tempi non sarebbero stati facili. Statisticamente parlando, la maggior parte delle attività commerciali, soprattutto quelle piccole, avevano vita breve. Di solito duravano un anno, mese più mese meno, ma io dovevo provarci, a tutti i costi.

Mi calmai e soppesai la risposta.

«In tutta onestà, credo che questo posto abbia bisogno di una persona come me».

«Ah, ah», mormorò, socchiudendo gli occhi. «Di sicuro la determinazione è una qualità che non le manca ed è una cosa da apprezzare. Sarò ben contenta di farle firmare questo contratto, se lei lo vorrà. Ora mi tolga però un'altra curiosità, perché dice che questo posto ha bisogno di lei?».

Sapevo che non avrebbe resistito.

Mossi qualche passo verso di lei, senza risultare troppo invadente o con fare arrogante. «Certo, ma per farlo ho bisogno di una cosa. Posso chiederle di darmi le sue mani?».

Scorsi un lampo di paura, veloce e fugace, nei suoi occhi, come se temesse qualcosa. Era una delle reazioni più comuni. L'ignoto spaventava sempre. Ero abituata.

Riformulai meglio la risposta. «Vuole sapere il perché e io vorrei dirglielo, ma ho bisogno delle sue mani. La prego, se poi mi sarò sbagliata, le chiederò scusa e le darò ragione. Non ha niente di cui preoccuparsi, davvero».

Alzò gli occhi al cielo. «Oh, d'accordo. Che vuole che sia», e mi lasciò fare.

Quella donna non poteva sapere che le mani erano solo un mezzo, uno dei tanti, per leggere quella mappa invisibile che custodiamo dentro di noi. Un libro aperto che rivela chi eravamo, chi siamo e chi saremo. A volte mi bastava anche meno, un sorriso o uno sguardo, ma altre il lavoro richiedeva più concentrazione. Più determinazione. Dovevo vedere oltre la superficie di certe persone.

Lei non si mosse. Sentivo solo che stava riacquistando colore e che le sue spalle iniziavano a rilassarsi.

Era proprio come avevo pensato fin dall'inizio. Anche se avevo tentato, invano, di metterlo da parte, quel dono non mi abbandonava mai. E non si sbagliava mai.

«D'accordo», iniziai, assorbendo il calore delle sue mani. «Lei non è cresciuta qui, è un posto che non avrebbe mai preso in considerazione se non fosse stata costretta…».

«Oh, be', questo potrebbe averlo immaginato dal mio accento. Non sono di certo una donna del nord».

Prevedibile, la prima risposta. Deve sempre contraddire quello che viene detto.

Andai avanti. «Per amore», terminai la frase di prima. «Lei ha scelto il cuore e l'ha seguito fino a qui, andando anche contro la sua famiglia. Vi siete sposati e siete stati felici. Oh, sì che lo siete stati. Si vede chiaramente, ma qualcosa poi è cambiato».

La donna, che fino a un secondo prima stava per aprire bocca, rimase a corto di parole. Con un cenno della testa mi invitò ad andare avanti.

«Credo che si tratti…», mormorai, cercando di concentrarmi. Il mio dono sembrava essersi arrugginito, cosa prevedibile visto che l'avevo rinnegato come se si trattasse di una maledizione. E forse lo era davvero. L'amavo e lo odiavo, ma non potevo liberarmene. Era sempre tutto confuso quando l'altra persona non mi permetteva di andare oltre. Si nascondevano dietro uno scudo che era difficile da scalfire. Poi di colpo tutto mi fu chiaro. «I bambini».

«Prego?»

«Non vedo bambini, ecco cosa manca. Percepisco il desiderio, ma non riesco a vedere figli. Ed è questo che ha dato il colpo di grazia al rapporto, non siete riusciti a superarlo. Lui non…».

«Basta così». Un ordine gridato in modo così secco, forte, che quasi mi stupii per la determinazione.

Staccò le sue mani dalle mie, come se si fosse appena scottata. «Ma lei chi si crede di essere? Mi ha detto che era in cerca di un negozio e ora mi sta dicendo tutte queste cose. Che cosa vuole da me?»

«Mi dispiace, non ci conosciamo ancora e non volevo spaventarla con le mie parole. Io me ne posso anche andare, ma lei questo dolore lo terrà per sempre. Volevo solo capire che cosa l'ha portata a essere quello che lei è oggi. Pensavo di aiutarla…».

«Io non ho bisogno di essere aiutata! Ora mi scusi, ma tra poco ho un altro appuntamento. Se preferisce vedere meglio l'immobile o avere del tempo per pensarci, può richiamare in agenzia e chiedere di Matteo. È un bravo agente, l'aiuterà di sicuro meglio di me». E mi congedò così, all'improvviso…

Annuii e non aggiunsi altro. Un atteggiamento poco maturo, certo, ma non mi aspettavo una simile reazione.

Appena varcai la soglia, però mi bloccai. Non potevo andarmene in quel modo, doveva saperlo. Nonostante il suo rifiuto e rischiando di perdere la possibilità di affittare l'immobile. «Non è colpa sua», aggiunsi con un filo di voce, prima di uscire in strada.

Sì, adesso mi sentivo più leggera.

Era sempre stato così. Aveva sofferto già troppo ed era mio compito regalarle una ragione per chiudere con il passato.

Una mano mi afferrò il braccio, obbligandomi a voltarmi. Un gesto rapido e inaspettato.

Aveva le lacrime agli occhi. «Ne è sicura?», mi chiese all'improvviso.

«S-sì», balbettai, ancora scossa. «Lo sono. E quando inizierà a crederci e a smetterla di darsi colpe che non ha, troverà quello che sta cercando. Perché lei sa cosa sta cercando, giusto?».

La donna inspirò, poi mi sorrise. L'ombra scura che vegliava su di lei si era come rischiarata. Ora non appariva più rassegnata, ma determinata. Ero certa che l'avrebbe fatto, molto presto.

«Mi dispiace per prima, le chiedo scusa. Ma capirà, è tutto così strano. Non la conosco, ma sento il bisogno di approfondire questa chiacchierata. Lo accetta un caffè?»

«Certo». E non aggiunsi altro, non le domandai che fine avesse fatto il suo appuntamento.

Capitolo due
Enea

Non c'era niente di più fastidioso di un mal di testa, ancor di più se provocato da una donna. E ancora peggio, da più donne.

«Signore, abbassiamo un po' i toni. La questione è davvero elementare! Stiamo solo parlando di spostare la festa, non di eliminarla per sempre dalla faccia della Terra».

Quando Dio ha creato Eva, non deve essersi preoccupato di limitare di qualche decibel la voce femminile. È che la fanno uscire fuori nei momenti sbagliati.

«No, dico, ma è una cosa assurda! Signor sindaco, l'abbiamo sempre fatta nella piazza... Perché dobbiamo cambiare la tradizione?»

«Già, una tradizione che portiamo avanti con orgoglio da oltre trent'anni», si unì al coro Roberta, l'unica parrucchiera del paese.

Ne avevo fin sopra i capelli. Giusto per restare in tema.

Mi sembrava di essere di fronte a un indisciplinato gregge di pecore. E io dovevo essere il loro pastore. Praticamente, un ruolo che non mi apparteneva e mi entusiasmava quanto imbattermi in una puntata di *Uomini e donne*.

La pazienza non era il mio forte, si intendeva. Avevo la stessa urgenza di un operaio che attende di timbrare la sua uscita.

«Bravissima!», strillò Anna, la panettiera. Una mano sollevata a pugno per accendere la discussione. C'era competizione tra le due, ma sembrava che avessero appena raggiunto una tregua. Sì, insomma, il cambio di location della festa non era mica cosa di poco conto.

«Lei ha mai avuto un gatto?», si intromise la donna in fondo alla sala. Avevo perso una lente a contatto e da quella distanza non riuscivo a vedere bene chi fosse. Forse Cinzia, la fioraia, o Luisella, l'ambientalista. Sì, forse era la seconda. Troppo diretta per essere Cinzia, che non prendeva mai la parola se non costretta.

Gesù, ma di cosa stava parlando?

«Gatto, chi?», mi venne da chiederle. Non feci in tempo a rincarare la dose che fui interrotto.

«Allora provi a non comprare più i croccantini preferiti del suo gatto o a non togliergli la pupù dalla sabbietta. Come pensa che si sentirà? Arrabbiato, ecco come si sentirà!».

Stropicciai gli occhi e scossi la testa. Ero ancora più confuso di prima e la situazione stava seriamente degenerando.

Tirai fuori quel minimo di autorità e di parvenza da uomo alfa che mi era rimasta per mantenere il controllo. «Sentite, vi sto ascoltando da...», lanciai un'occhiata all'orologio al polso, «almeno quindici minuti. E qui ci sono persone che hanno cose più importanti a cui pensare. Dobbiamo ancora affrontare argomenti di maggiore rilevanza che devono essere votati e approvati».

«No no no, non ci pensiamo proprio. *Agguanta una mela* è il nostro orgoglio, la festa più importante di tutto l'anno. Non ha la minima idea di come contiamo i giorni sul calendario? Non possiamo stravolgere la tradizione come se niente fosse, come lo spieghiamo a tutte quelle persone che verranno per la gara di torte?».

Toc, toc... C'è qualcuno lassù che ce l'ha con me?

«Cosa ne sarà del paese senza tutti gli addobbi, adesso? Nessuno vorrà più partecipare. Gesù, che tristezza la piazza vuota senza lo spirito della festa».

«E il palco per la recita? L'esibizione di ballo ci sarà, vero?».

Sono il sindaco, pensai.

Loro non hanno alcun potere su di me. Il regista Jim Henson sarebbe fiero di me.

«Adesso basta. Questa benedetta *Agguanta una mela*, sarà come tutti gli altri anni. I-D-E-N-T-I-C-A! Non cambierà assolutamente niente se non il luogo in cui si svolgerà. Stiamo parlando di spostarla di un chilometro, che cosa sarà mai? Troppo pigre per attivare un po' la circolazione? Domani inizieranno i lavori di ristrutturazione della piazza, pertanto non ci sarà spazio per accogliere le persone che arriveranno. Quindi, signore, rassegnatevi. Stop, fine, discorso chiuso, domani è un altro giorno e si vedrà, direi di passare a un altro argomento. Chi è d'accordo alzi la mano».

Metà delle persone sedute, soprattutto uomini e mariti delle presenti, alzarono l'intero braccio. Altri si svegliarono in quel preciso istante. Da uomo, li capivo. Approfittai della maggioranza per saltare il livello ancora con il massimo delle vite a disposizione, proprio come nei migliori videogiochi.

«Bene», mi schiarii la voce passando al foglio successivo. «Ora possiamo davvero iniziare la seduta del consiglio comunale».

Probabilmente non ero il sindaco più adatto per Roccamonte, umanamente parlando, ma ero bravo a risolvere situazioni, a far quadrare i conti e ad accontentare i miei cittadini. Vi sembra niente! Forse, come mi era stato fatto notare, un briciolo in più di gentilezza non avrebbe guastato. Io, però, ero fatto così. Arrogante e presuntuoso erano gli appellativi più gettonati da quando avevo cominciato il mio lavoro. Etichette che non avevo di certo intenzione di mettere in discussione. Mi stava bene così, era meglio apparire antipatico che fingere quel buonismo che non mi apparteneva. Lavoro e vita privata erano due cose che dovevano restare separate. Efficiente sul lavoro, ma distaccato fuori da quella sfera. Cercavo di svolgere al meglio i miei compiti, del resto non mi importava assolutamente nulla. Ero a conoscenza di certe voci che circolavano sul mio conto, ma me ne disinteressavo. Anzi, ne ero quasi contento. Soprattutto se potevano aiutarmi a non avere problemi con le donne.

Si era fatto più tardi del solito e la sala stava iniziando lentamente a svuotarsi. I soliti partecipanti erano ancora seduti a chiacchierare e, come un film che conoscevo a memoria, sapevo che non si sarebbero alzati finché non avessi spento le luci invitandoli a uscire. La figlia del macellaio aveva trovato un nuovo fidanzato sul quale mettere le mani, e non solo. Se era quello il suo intento, era riuscita a catturare la mia attenzione, continuando a rifilare baci sul collo a Paolo, il carrozziere. Se pensava di farmi ingelosire, si sbagliava di grosso, era solo un enorme sollievo.

Immenso, a dirla tutta.

Spensi il microfono e iniziai a sistemare i fogli dentro una cartella di plastica.

«Enea». Qualcuno mi stava chiamando.

«Oh, ma la trovo in ottima forma. Sbaglio o non c'era prima? È arrivata adesso?»

«Proprio ora! Mi sa che le pastiglie che prendo per la memoria non servono a un emerito niente. Mi sono totalmente dimenticata della riunione e pensare che dovevo parlare di così tante cose».

La signora Marchesi soffriva di un principio di demenza senile. No, il ruolo del medico di base non mi apparteneva, ma in un piccolo paese si rischia di conoscere le cose prima del diretto interessato. Doveva avere almeno novant'anni, capelli sale e pepe – risultato di tinte dimenticate –, vedova da tempo immemorabile, e senza prole a seguito. Forse era quello uno dei segreti per l'eterna giovinezza: non avere rotture di coglioni, acquisite e non. Comunque, ritornando al discorso di prima, niente di preoccupante vista la sua età. Visti i presupposti, avrei dovuto chiederle: «E di cosa voleva parlarmi? La prego, si accomodi pure. Gradisce un caffè?». E invece, come accadeva sempre, preferii lasciar prevalere l'istinto.

«Che peccato, ha fatto tutta questa strada per niente», le spiegai facendo un cenno con la testa in direzione delle sedie vuote. «La riunione è finita. Sarà per la prossima volta».

Inserii la cartella dentro una valigetta e, quando sollevai gli occhi, la signora era ancora ferma lì. Non si era mossa, e quella sua espressione serafica iniziava a innervosirmi.

Quale parte del discorso non era chiara?

È davvero assurdo come impieghiamo la maggior parte della nostra vita a rincorrere a perdifiato il tempo, a incazzarci con l'automobilista che si dimentica di avere le frecce, a guardare ossessivamente l'orologio, a lamentarci quando siamo in una coda, a trovare scuse per rimandare le cose, e poi, come per magia, *pouf*, tutto finisce e le nostre priorità cambiano. Come se la vita, all'improvviso, ci regalasse una dose extra di tempo e tutta la calma del mondo, per ricompensarci degli anni passati.

Però, visto che la mia pensione era ancora lontana, avevo davvero fretta di andarmene.

La guardai.

Lei ricambiò, imbronciata.

Sollevai l'indice, come se stessi per dire qualcosa di importante, ma poi lo abbassai. I suoi occhi mi stavano uccidendo, lentamente. Stava usando la tattica della lepre accecata dai fari.

Posai la valigetta a terra e sospirai. «Non mi lascerà andare finché non avrà la mia attenzione, giusto?».

Allora lei, tutta agitata, iniziò ad animarsi come colpita da un elettroshock. «Io lo dico sempre che lei è una persona così cara».

«Ah, ahhh...», mugugnai, grattandomi la barba. «Arrivi al dunque».

«Be', sì, ecco. Non so se è al corrente, ma il vecchio negozio del signor Antonio è stato affittato», rivelò.

Erano tipo due anni che nessuno lo voleva. I pochi giovani del paese portavano avanti l'attività di famiglia o se la davano a gambe levate. Come biasimarli.

«E...?», chiesi senza preamboli.

La donna si guardò attorno e poi si avvicinò a me. Una vampata di naftalina, che mi ricordava i cassetti e l'armadio di mia nonna, mi avvolse.

«Non l'ha preso uno di noi», mi rivelò sottovoce.

«Ah...», dissi.

«Eh», rispose.

Uno scambio di battute davvero interessanti. Dove voleva andare a parare?

«Io davvero non capisco perché mi sta dicendo questo. Vuole che le chieda chi l'ha preso?».

Allora sul suo viso apparve un'espressione compiaciuta, di chi ha lanciato l'amo a cui qualcuno abbia abboccato. «Una giovane donna dai lunghi capelli color del diavolo! Non è di Roccamonte. Ho chiesto in giro e nessuno l'ha mai vista prima d'ora».

Alt! Ma in quale periodo storico ero finito?

«Be', non è vietato a nessuno venire qui e aprire un'attività. Anzi, io vedrei il lato positivo della situazione: almeno questo smuoverà un po' il paese e avrete nuovi argomenti di cui parlare. O, meglio, di cui spettegolare», la presi volutamente in giro.

Ridacchiò, ma si ricompose all'istante. «Faccia poco lo spiritoso. Secondo lei è normale che una ragazza giovane, così carina, venga qui ad aprire un negozio? Per quale motivo proprio a Roccamonte? Suvvia! No, io credo che ci sia qualcosa sotto e lei è il nostro sindaco, quindi è suo compito venirne a capo. Scopra chi è e che cosa sta cercando nel nostro paese», mi riprese.

Avevo di fronte due soluzioni. Impuntarmi come un mulo e controbattere o fare come quei pupazzetti che hanno la molla al posto del collo e dicono sempre sì.

Vi lascio immaginare la mia scelta. Ovviamente rassegnata.

«D'accordo, ha la mia parola. Lo farò», e la salutai in fretta.

Stravolto, dopo l'infinita giornata di lavoro, guidai dritto fino a casa.

Riguardo al negozio del vecchio Antonio, ero più stupito che qualche forestiero avesse trovato su una mappa il nostro paese per aprire un'attività. I navigatori andavano in corto circuito quando lo si cercava. Roccamonte non aveva niente di straordinario, era straordinario per le persone che erano nate e cresciute lì. Non per chi veniva da fuori. A parte qualche festa, il paese non attirava granché i visitatori.

Uscii dal centro paese e al primo semaforo svoltai a destra. Proseguii per un paio di chilometri, superando il benzinaio e il pub, e poi rallentai in prossimità del passaggio a livello. Ero quasi arrivato.

Scesi dall'auto per aprire il cancello e poi parcheggiai al mio solito posto. La luce della cucina era accesa e il mio cuore accelerò il battito. Ero uno sciocco sentimentale, mi era mancata.

Tanto.

Girai la chiave nella serratura e spinsi la porta. «Piccola, sono arrivato».

Capitolo tre
Selva

Dieci giorni. Erano passati solo dieci giorni e il mio arrivo aveva fatto già il giro dell'intero paese. Era stato più rapido di una partita a Monopoli. Non mi disturbava sentire il mio nome bisbigliato di bocca in bocca, mi spaventava di più la loro finta cortesia per poter curiosare nel negozio. Neanche fossi un pericoloso narcotrafficante da tenere sotto controllo.

Ero certa che l'agente immobiliare non si fosse lasciata sfuggire niente, anche perché, dopo il nostro incontro aveva promesso di non rivelare nulla. E io le credevo.

Giulia, così si chiamava, era l'unica persona del posto di cui mi fidassi. Anche perché era l'unica che conoscevo. Dopo quel "famoso" caffè ne erano seguiti altri. Non la smetteva di ringraziarmi per quello che le avevo detto. Mi aveva martellato di domande. Avevamo passato parecchie sere a chiacchierare per mettere a tacere la sua curiosità. Cosa più che normale, l'avrei fatto anche io. A ruoli invertiti. Mi sentivo come una specie alloctona, introdotta in una zona diversa e in un contesto dove tutti gli altri si conoscevano. Peccato che quel cambiamento, nella mia vita, l'avessi scelto io.

Me ne dovevo fregare. In fin dei conti non c'era niente di male, stavo solo rimettendo in sesto un negozio che era chiuso da molto tempo. Anzi, mi sarei meritata almeno un grazie. Se volevamo dirla tutta.

Quando avevo chiesto due paia di braccia robuste che mi aiutassero nei lavori, la notizia del mio arrivo si era diffusa a macchia d'olio. Come dargli torto? Non capitava tutti i giorni di avere del nuovo materiale per ravvivare le loro giornate.

Roccamonte. Neanche nelle mappe geografiche veniva segnalato. Che mi era venuto in mente? Mannaggia a te, nonna!

Erano trascorsi anni dalla sua morte. Il giorno prima c'era e quello dopo riposava sulla sua vecchia poltrona, con la differenza che non mi sarei mai più specchiata nei suoi occhi azzurri. Io avevo ancora bisogno di lei. Mi aveva fatto una promessa e non l'aveva mantenuta fino in fondo. Ero arrabbiata, delusa. Ci serviva ancora del tempo, non avevo finito di apprendere tutti gli insegnamenti che voleva trasmettermi. Non se ne sarebbe dovuta andare così presto. Non senza salutarmi, non senza alcun preavviso, e lasciandomi con una madre che non era mai stata in grado di comprendermi. Con una madre che mi guardava e diceva che le facevo del male. La ferivo, come una di quelle rose di cui tanto amava prendersi cura ma dalle cui spine era spesso punta. Continuava a ripetermi che ero la sua immagine riflessa e che la rivedeva in me. Ogni giorno. Nei miei gesti, nei miei occhi, nelle mie diversità, nelle mie parole, nei miei pensieri. Era preoccupata, intimorita e non aveva intenzione di fermarsi ad ascoltare quello che io provavo. Perché la nonna aveva ragione, io ero come lei. Era difficile rinchiudere in un ripostiglio la sensazione che ribolliva dentro, quando avevo qualcuno di fronte a me. Se solo me l'avessero chiesto, se solo l'avessero fatto, sarei riuscita a dire loro come potevano migliorare la propria vita. A ogni modo, più passava il tempo, e più mi ero convinta che forse mia madre diceva la verità. Quel dono, nella mia vita, era fonte di guai. Sarebbe stata la mia rovina in amore. Come lo era stato per mia nonna.

«No, no...», esplosi in tono autoritario, osservando il lavoro dell'uomo che stava incollando la carta da parati. «Ve l'ho detto poco fa. Quella parete deve restare libera. La carta solo dove trovate la x segnata sul muro. Vi prego, se avete qualche dubbio, chiedete prima di fare le cose a caso. Preferisco essere martellata di domande, piuttosto che perdere ulteriore tempo a sistemare poi i danni».

L'uomo si limitò a rimuovere quello che aveva già incollato, e scambiò uno sguardo d'intesa con l'altro, contrariato. In fondo li capivo. Mi sentivo anche in difetto nei loro confronti. Probabilmente non erano le persone più adatte ai lavori manuali. Quando avevo chiesto consiglio a Giulia, l'avevo messa al corrente del mio budget ridotto ai minimi termini. Dovevo spendere il meno possibile. Ecco il risultato.

Mi piegai sulle gambe per sollevare uno scatolone pesantissimo. Era colmo di pregiate tazzine, tazze e piattini in porcellana. Era meglio metterlo al sicuro nel retro del negozio. Era un servizio antico a cui tenevo particolarmente ed era il mio kit di sopravvivenza per il periodo iniziale. Ero certa che non avrei avuto così tanti clienti. Pessimista? Chi, io? No! Ero semplicemente una persona con i piedi ben piantati per terra. Vogliamo paragonare il brivido impavido del volare, alla sicurezza del camminare?

Lanciai un'occhiata all'orologio. Cavolo, ma quante ore erano passate?

Recuperai il cellulare dalla tasca della felpa e trovai tre chiamate perse.

Cliccai sul nome. La linea era libera.

«Selva, finalmente, ma dove caspita eri finita? Sono ore che ti sto cercando! Roccamonte è rimasto così indietro che devo usare un piccione viaggiatore per poter comunicare con te?». La mia ex coinquilina mi aggredì con tutta la delicatezza in suo possesso.

«Ah. Ah. Certe volte mi stupisco del tuo senso dell'umorismo pari a quello di Mercoledì. Comunque no, giuro che Roccamonte non c'entra nulla ed è solo colpa mia. Sono stata presa dai lavori e non mi sono resa conto dell'ora. Ormai sto perdendo di vista ogni cosa», mi giustificai, consapevole della mia disattenzione.

Dall'altro capo del telefoni udii un lungo sospiro.

«D'accordo. Di nuovo in modalità silenziosa, vero?».

Mi conosceva fin troppo bene. Strano che non fosse ancora partita all'attacco ricordandomi di quando si era dimenticata le chiavi di casa e, per colpa della mia modalità silenziosa, aveva dovuto aspettare il mio ritorno per ore, seduta in un bar.

«Ma dimmi, a cosa devo tutta questa urgenza di sentirmi?»

«Guarda, vedi un po' tu. Una mattina ti trovo che fai colazione e te ne esci con: "Ho sognato mia nonna e ho capito cosa devo fare della mia vita". Scusa tanto se non mi è balenata per la testa l'idea che aprissi una tisaneria dove neanche Dio sa di aver messo un centro abitato. E poi che devo farmene di Coso?»

«Ehi, è solo questione di giorni. Vedi di trattarlo bene».

«L'unico lavoro che è costretto a fare è quello di usare la zampa per coprire con la ghiaia i suoi bisogni. Che poi, parliamoci chiaro, è più un bene che fa a se stesso che a me. E poi lo vedo proprio deperito, povera stella. Credo che senta davvero la tua mancanza. È talmente malnutrito che fa prima a rotolare che camminare».

«Sonia...».

«Tranquilla, sta bene! Solo che gli manchi. Capisci che io non ho tutto questo feeling con i gatti. Hai almeno una vaga idea di cosa significhi condividere il proprio habitat con lui? Mi trasmette ansia, sembra che voglia assassinarmi da un momento all'altro. E non parliamo degli infarti che mi fa prendere quando mi afferra le caviglie sotto il letto di prima mattina. Un tesoro di gatto, davvero».

Ero consapevole che le stavo chiedendo uno sforzo non indifferente. La capivo. Mi tornò in mente quando mi affidarono le cure di una tartarughina d'acqua per le vacanze estive. Spesso l'afferravo e la scuotevo per vedere se fosse ancora viva. Allora lei si rifugiava dentro la sua corazza come per dirmi: «Tu sei una psicopatica!».

«I lavori qui procedono un po' a rilento, ma non è un problema, se vuoi portarmelo prima. Anzi, magari torno io, tanto devo recuperare ancora delle cose, mi serve solo del tempo per organizzarmi e...».

Mi bloccò. «La tua vita è già un casino e non serve incasinarla ancora di più. Puoi dire a me cosa ti serve, prendo Coso e vengo da te. E poi voglio vedere in che posto sei finita, hai già conosciuto qualcuno? Ti sei fatta nuovi amici?».

Mi venne da sorridere. Sonia era fatta così, il mio esatto opposto, tanto che spesso mi domandavo cosa tenesse in piedi la nostra amicizia. Perché se inseriamo benzina in un motore diesel, la macchina subirà dei danni irreversibili. Probabilmente la nostra, era un'automobile elettrica. Un perfetto compromesso.

«Sì, infatti stasera sono indecisa se andare all'esclusivo party in discoteca. Si prevede uno schiuma party, fiumi di alcool e un dj di fama mondiale. O se invece accettare un invito galante in un ristorante a cinque stelle. Tu che faresti?»

«Ok, ok. Ho capito, sei sola come Coso. Allora forse è meglio che venga da te il prima possibile, così voi due vi ritrovate. Come in *C'è posta per te*, vuoi aprire la busta?»

«Ammettilo, questa te l'eri preparata! Ti prego, possiamo chiamarlo con il suo nome? Poveretto, è un essere vivente come me e te!».

«Eh, no, cara! Quello parla con i fantasmi, l'hai mai visto quando si piazza davanti alla finestra e brontola per intere ore? O quando di colpo fissa un punto dietro la tua testa e sgrana gli occhi? Tu ti giri e non c'è niente. Dimmi tu se questo è normale».

«Vedrà semplicemente cose che noi non vediamo».

«Sarà. Comunque, sta' tranquilla, ti aggiorno a breve su quando riuscirò a venire. E tu prepara una lista delle cose di cui hai bisogno. Siamo d'accordo?»

«Signorsì, signor tenente».

«Mi manchi».

«Anche tu», e la salutai.

Era la verità, mi mancava. Quando l'avevo conosciuta, Sonia aveva da poco preso il posto della vecchia bibliotecaria nella biblioteca dietro casa dei miei genitori. L'avevo incontrata restituendo un libro in prestito. Si era dimostrata fin dal principio una ragazza piena di voglia di vivere, dallo spirito avventuroso, e con un'innata gentilezza. Anche se con me si divertiva a camuffarla. Ci sono tante cose che non riesci a spiegarti come siano potute iniziare: l'amicizia con Sonia era una di quelle. Aveva bisogno di una nuova coinquilina per dividere le spese, e mi aveva proposto di trasferirmi da lei. E la sua offerta arrivò nel momento in cui ne avevo più bisogno.

Avevo ancora il telefono stretto nella mano, quando una voce annunciò il suo ingresso.

«*Toc, toc.* Si può?», domandò Giulia.

«Oh, certo! Entra pure, se riesci a evitare la polvere vinci anche un premio. Il premio più ambito è quel mucchio di cianfrusaglie laggiù, ma sappi che c'è parecchia concorrenza», ironizzai un po'.

«La vedo dura, ma ci proverò. Ti ho portato un caffè caldo, spero ti faccia piacere fare una pausa. Ti vedo stanca e cinque minuti non cambieranno la situazione».

No, non l'avrebbero cambiata.

«Grazie, sei un angelo».

Recuperai uno degli stracci più puliti e tentai di togliere

il grosso dalle mani. Tirai indietro una ciocca di capelli che era scappata dalla coda di cavallo e crollai a peso morto sopra il barattolo della vernice.

«Come se la cavano i due ragazzi?», chiese, facendo un cenno della testa alle sue spalle.

Guardai in quella direzione. «Diciamo che una squadra di professionisti poteva terminare il lavoro in pochi giorni, ma devo prendere quello che passa il convento. Per il momento sono vivi, e mi basta questo».

«E tu continua a mantenerli in salute e vedrai che aprirai questo negozio. Anche perché non sono così sicura di poterti trovare qualche rimpiazzo», mi spiegò.

La mia attenzione fu catturata da una donna con una capigliatura anni quaranta che, con passo lento, camminava lungo il marciapiede e mi fulminava con due occhi acuti. Sia chiaro, non avevo la certezza che guardasse proprio me, ma la direzione era quella.

«Dodici», pensai all'improvviso a voce alta, esulando dal discorso di pochi secondi prima.

«Scusa?».

Forse l'avevo detto ad alta voce.

«Ma niente... Siamo arrivati a dodici persone che passano davanti alla vetrina e spiano. Non si preoccupano neanche che io me ne accorga. Che ci sarà mai di così strano? Non aprono mai negozi da queste parti?», buttai lì.

Giulia inseguì rapida i movimenti al di fuori della vetrina, mentre la donna si allontanò con passo svelto. «Mmm, lascia perdere. Quella è la signora Marchesi. Lei è peggio di un giornale gossip, sa tutto di tutti ma ti assicuro che è innocua, vecchia e sola, dovrà pur trovare qualcosa per tenersi occupata e, cara signorina, che ti piaccia o no, il tuo arrivo fa proprio al caso suo».

«Guarda, non aspettavo altro. Spero che, spinta da tanta curiosità, entrerà nel mio negozio e consumerà qualcosa», dissi sollevando le spalle, rassegnata. «Alla fine mi basta avere dei clienti e fare più scontrini possibile, il resto passa in secondo piano».

Giulia si guardò attorno, sorseggiando dal suo bicchiere l'ultimo goccio di caffè. Cambiò discorso. «Piuttosto, dimmi, per quando è prevista l'apertura?»

«Lavori permettendo, entro la fine della prossima settimana. Lavorerò giorno e notte, non mi interessa, ma devo aprire questo negozio in fretta. Arriverà anche Ciro e ho casa ancora da sistemare. Sembra che sia implosa! Non so più dove sbattere la testa, ma sono sicura che questo periodo passerà in fretta e un giorno mi guarderò indietro con il sorriso, soddisfatta dei miei sacrifici».

«Ciro? Non sapevo che fossi impegnata».

La risata fu inevitabile. Talmente forte che temetti per i vetri. «No, oddio. Non mi considero ancora così zitella da avere una relazione amorosa con il mio gatto. Poi l'alito che sa di merluzzo non è tra i miei preferiti», ironizzai.

«Chissà perché mi aspettavo una risposta del genere. E non perché non puoi avere un ragazzo, ma perché non me ne avevi mai fatto cenno. Parliamoci chiaro, quale uomo sano di mente accetterebbe di assecondare la richiesta di una donna che vuole aprire una tisaneria a Roccamonte. Dio, non in una qualsiasi metropoli, ma a Roccamonte!».

«Perché, esistono ancora uomini che ascoltano davvero, senza dover annuire per farci credere che stanno seguendo il filo del discorso, e addirittura si trovano d'accordo con le nostre scelte? Senza doversi giustificare con gli amici, usando quelle frasi a effetto del tipo "È lei che l'ha voluto e ho dovuto farlo"? Santo cielo, neanche avessero una pistola puntata alla tempia». Mi strinsi nelle spalle. «Però una cosa devo riconoscerla. Nei libri, di questi uomini, ce ne sono un'infinità».

I suoi occhi si illuminarono. «Ecco, proprio lì ti volevo!

Hai detto bene, forse nei romanzi d'amore. Stiamo parlando di personaggi di carta, creati dalla mente di uno scrittore che campa di fantasia. Noi lettrici abbiamo questo difetto, siamo geneticamente programmate per innamorarci dei protagonisti dei libri che leggiamo, ma poi la realtà ci fa aprire gli occhi. Quali sono gli uomini con cui abbiamo a che fare? Quelli che si sistemano il ciuffo con la piastra, quelli che si fanno la ceretta integrale o quelli che a cinquant'anni pensano ancora di rimorchiare grazie al macchinone duecento cavalli sotto il sedere? Però, se da qualche parte, trovi un Mr Darcy… non lasciarlo scappare. Inseguilo, e pazienza se perdi la scarpetta di cristallo!».

«Sì, va be'. Ora non esagerare. Qua stiamo parlando di pura fantascienza e non più di storie d'amore, non posso neanche lontanamente immaginare che siano esistiti uomini del genere. Devono essere creature fantastiche come gli unicorni, hai presente?».

Mentivo. E pensare che una volta mi ero illusa di averlo trovato.

«Da qualche parte del mondo ne esisteranno di sicuro alcuni esemplari. Se no c'è da prendersela con l'evoluzione umana che ha fatto cilecca da qualche parte, concentrandosi su qualità ben peggiori».

Sorrisi. Come darle torto. «Però, chissà, magari il destino ha un piano B per inguaribili romantiche come noi che inseguono ancora quell'amore che ti fa battere forte il cuore. Io vorrei tanto tornare a crederci», rilanciai. «Comunque scusami se ti liquido così in fretta, ma il dovere mi chiama. Vorrei finire di sistemare il retro, così posso iniziare a organizzare il mio piccolo magazzino. Inizia a fare buio…», spiegai. Volevo evitare di approfondire un discorso che stava prendendo una piega che non mi piaceva.

Il suo sorriso era di comprensione. «Ma figurati, quando il dovere chiama».

«Grazie ancora per la tazza di caffè, ne avevo bisogno e mi ha ricaricato un po' le pile».

«Non stare a preoccuparti, per così poco. Se poi sei messa male e non hai voglia di cucinare, fa' un salto a casa mia. Un piatto di pasta te lo faccio volentieri, a qualsiasi ora. Be', no… non ti presentare alle due di notte che sarò già in compagnia di un "uomo" dalle spalle larghe e dall'imbottitura morbida».

Feci l'occhiolino. «Lo terrò a mente. Grazie ancora per la sorpresa».

Giulia recuperò il vassoio e le due tazzine vuote, mentre io rimasi seduta ancora per qualche secondo, cercando di massaggiarmi dietro al collo che iniziava ad accusare la stanchezza. Richiamai all'appello una buona dose di volontà per rimettermi al lavoro.

Mi alzai e afferrai una scopa. Stavo raggruppando in un angolo i rifiuti per poi buttarli in un secondo momento, quando lo sguardo scivolò casualmente sulla vetrata secondaria. Giusto in tempo per vedere che là fuori c'era un uomo che mi stava fissando. Spostai gli occhi a destra e poi li riportai rapidamente su di lui, come per accertarmi che fosse ancora lì e che guardasse proprio me. Lui mi scrutò dall'alto verso il basso, dalla punta dei capelli a quella dei piedi, con un'espressione impassibile stampata sul viso. Il suo volto era paragonabile a un campo arido che non produceva alcun frutto. Era privo di ogni emozione. Sembrava rincorrere la vetrina, come se fosse alla ricerca di qualcosa o di qualcuno. Poi tornò a incrociare il mio sguardo e la mia vista si annebbiò. Stropicciai gli occhi nel tentativo di dare una spiegazione a quello che mi stava succedendo. E lui, senza degnarmi di un sorriso o di un saluto, fece un passo indietro e se ne andò, allontanandosi.

I lampioni erano ancora spenti e c'era troppo contrasto tra la luce accecante all'interno del negozio e le ombre della sera. Forse i miei occhi mi avevano giocato un brutto scherzo.

Ecco, all'appello, nella rubrica "Succede solo a Roccamonte", mancava solo il maniaco. Il cappotto lungo ce l'aveva.

Eppure quello sconosciuto aveva smosso qualcosa dentro di me, facendo vacillare le mie sicurezze. Una sensazione che mi metteva i brividi, un senso di vuoto dentro lo stomaco che, fosse piacevole o meno, non ero in grado di capire. Come quando scendi dalle montagne russe e una parte di te giura di non metterci più piede, ma l'altra fa il conto alla rovescia per un nuovo giro. Chi era quell'uomo?

Mi girai verso Giulia, ancora ferma in prossimità della porta. Anche lei stava osservando fuori.

«Tredici!», le dissi in un soffio.

Scosse la testa, divertita. «Ti riferisci all'uomo che è appena andato via? Quello era Enea. Il nostro sindaco»

«Ah, gli sono già arrivate delle segnalazioni così preoccupanti da dover controllare? Certo che per essere un sindaco non è affatto un gentiluomo e non dà il buon esempio, mi aspettavo almeno che si presentasse e mi accogliesse in questo fantastico paese che sprigiona vita da ogni angolo».

«Enea? Ma dài, lui è famoso per occuparsi di tutto ciò che riguarda il paese, ma non stringe amicizia con nessuno. Saluta perché è costretto a farlo, ma tutto il resto gli interessa come una sigaretta elettronica proposta a un fumatore incallito di pipe».

Un'impresa titanica evitare di controbattere. «Davvero? Che stronzo!».

Ridacchiò. «Smettila di fare la musona. Vedrai che ti troverai bene, ci vuole solo un po' di tempo, ma a Roccamonte siamo tutti una grande famiglia. Be', togliendo qualche eccezione, ma sono sicura che, prima o poi, troverai l'equilibrio che stai cercando e non vorrai più andartene da qui».

Chissà, pensai.
«Grazie, lo spero tanto».
«Ti lascio continuare le tue faccende e torno in agenzia a sbrigare le ultime pratiche. Ricordati, se hai bisogno sai dove bussare».
«Lo farò, grazie ancora».
Giulia afferrò la borsa appesa a un gancio sul muro e, con la mano libera, spinse la porta. Prima che si richiudesse, la richiamai.
«Giulia, un'ultima cosa...».
«Sì?»
«Sai dove posso trovare dei gatti da adottare?».

Capitolo quattro
Enea

D*rin, drin.*

La sveglia. Ma chi l'aveva inventata? Non avrebbero potuto trovare un'alternativa meno irritante per svegliarci?

Comunque, era già ora di alzarsi.

Mi rigirai più volte nel letto, giusto per accontentare entrambi i fianchi, e poi, armato di buona volontà, infilai i piedi nelle ciabatte, ma ne trovai solo una.

Eh, no, quella storia doveva finire. Migliaia di cervelli in fuga e nessuno che avesse ancora risolto il mistero della ciabatta che si nasconde sotto il letto...

Tastai con la mano e la trovai. Sbuffai. Se era quello l'inizio, si prevedeva un'altra giornata di gioie.

Provai a fare meno rumore possibile. *Lei* dormiva ancora. La invidiavo.

Dovevo solo convincermi che mancava all'appello lo shock dei vestiti freddi e poi il più era passato. Il sollevamento pesi della coperta di prima mattina era mica roba da poco.

La guardai. Era così bella, troppo bella per essere mia. Sembrava fatta di porcellana, così delicata, con quelle ciglia così lunghe e il labbro inferiore gonfio e imbronciato. Chissà cosa stava sognando. Di tutte le cose belle della vita, lei era la più importante e inaspettata. Ero un uomo fortunato, non c'era altro da aggiungere.

Neanche fossi un adolescente che rientra a casa dopo l'ora x, raggiunsi la porta in punta di piedi e sgattaiolai fuori.

Sole, un accecante sole entrava prepotente dalle righe più chiare del tessuto delle tende. La faccenda mi innervosiva non poco. Sole quando hai trecentotrentacinque cose da fare e pioggia nel weekend. Fanculo, dèi dispettosi!

Preparai la macchinetta del caffè e scaldai una tazza di latte nel microonde. Per smorzare l'attesa, mi sintonizzai su un canale a caso e aspettai. Lì, in piedi, imbambolato come un coglione.

La porta di casa si aprì e per poco non rischiai l'infarto, strillando con un acuto degno di un marmocchio alle prese con le sue prime coliche.

«Che cazzo, mamma!», la rimproverai con i miei soliti modi gentili.

Visto il mio lavoro, dovrei evitare di dire parolacce ma, vuoi o non vuoi, sono state inventate per enfatizzare i concetti. Servono a qualcosa.

«La messa è finita e andate in pace! Ma che ti prende? Sono entrata con le chiavi, così non ho disturbato nessuno. Era meglio se suonavo?»

«Sì, no, sì... Ok, ma il disturbo l'hai dato al mio cuore».

Fece una smorfia. La stessa che mi riservava quando ero un bambino e le dicevo una bugia. Mi beccava sempre. Le mamme hanno un sesto senso per queste cose, sarà colpa dei nove mesi di gestazione a stretto contatto. Ti rinfacciano il comodato uso.

«Il tuo cuore sta benissimo, ha resistito a cose ben peggiori e può resistere anche a questo. E poi sei ancora giovane, mi servi per la vecchiaia».

«Eh, no, scusa, eh! C'è prima papà ad aiutarti e poi ci sono io. Non confondiamo i ruoli», la presi in giro.

«Padre, chi?», disse con voce strizzata. «Ma l'hai visto? Sono solo trentacinque anni che mi occupo di lui, lo avessi saputo prima, avrei fatto la volontaria da qualche parte. Magari in un canile. Tanto la riconoscenza che ho è nessuna!».

«Oh, ma'! Sempre a farla così tragica, tanto lo so che gli vuoi bene. Più ne parli male e più lo ami. Voi donne siete fatte così», mi lasciai fuggire.

«Sentiamo, e dove l'avresti letta questa cosa?»

«In qualche cagata di libro femminile, di sicuro».

Mia madre, se solo avesse potuto, mi avrebbe trafitto con lo sguardo e ridotto a un cumulo di briciole. Poi le avrebbe sparse nell'aria al ritmo di *Dancing Queen* per levarmi dalla circolazione. Proprio lei che era una lettrice Harmony incallita. Comprava ogni settimana in edicola quelle ridicole riviste e quei romanzetti rosa, e si riempiva la testa di stupide favole, senza capo né coda. Il copione era sempre lo stesso. Un *lui* bellissimo, ricchissimo, con un passato da schifo, che potrebbe avere il mondo ai suoi piedi e una *lei*, insipida, schifosamente cornuta, che esce di casa come se le fosse morto il gatto e… s'incontrano. Pomiciata, paranoie di lei, sveltina, paranoie di lui, sveltina, litigata, riappacificazione, pomiciata e lieto fine. Chiaro, no?

«Ascolta, fino a prova contraria, ho perso il conto dei libri meravigliosi scritti da donne. E che donne! Non potrei dire lo stesso sulla capacità degli uomini di analizzare certi comportamenti…». L'aveva presa sul personale.

«Sei una donna anche tu, come potresti dire il contrario», la fermai prima che potesse aggiungere altro. Avevo già sentito anche troppo e non ero dell'umore per approfondire il discorso, si intendeva.

Mi guardò storto. «Tutto tuo padre! Comunque anche un semplice grazie non sarebbe male, visto che corro in tuo soccorso e ti aiuto sempre».

«Grazie, mamma. Se riesci, puoi caricare anche una lavatrice? Bianchi o scuri, a te la scelta! Però, visto il tuo umore così uggioso, direi che ti si addice di più lo scuro», rincarai la dose.

Adoravo i nostri battibecchi. Era come una partita di tennis, in attesa di arrivare a quell'attesissima ultima battuta. Mi faceva sorridere. Tanto sapevo che fingeva, il più delle volte la lasciavo sfogare, poi cedeva e mi accontentava sempre.

«C'è qualcos'altro che posso fare per te? Perché sai, tesoro mio, un giorno è fatto di ventiquattro ore, ma se inizi a togliere le ore di sonno, il tempo che impieghi per spostarti, quello che passi a cucinare, quello che...». Ormai era inarrestabile.

«E stop. Ho capito! Mamma, se puoi, in quel piccolo ritaglio di tempo che riesci a recuperare da una faticosa giornata, mi faresti l'incredibile favore di caricare una lavatrice? Per carità, sia chiaro, non sottrarre minuti preziosi alla visione della tua soap opera preferita».

«Sei un deficiente. Proprio come quando abitavi in casa con noi. Almeno papà è felice che ti sei tolto dalle scatole e nella tua camera è riuscito finalmente a montare il suo tavolo da biliardo. Avrei preferito non avere nessuna delle due cose, né la tua stanza né il biliardo, ma in una coppia bisogna pur scendere a compromessi».

«Ahia, questa ha fatto male», dissi imitando un colpo al cuore. «Per caso mi stai lanciando qualche messaggio che dovrei afferrare?»

«Io?», si indicò il petto con aria innocente. «Sia mai che poi tu metta la testa a posto e debba trovare nuovi diversivi per... la pensione».

Mi avvicinai a lei, e le presi il mento tra le dita. Lo scossi leggermente e le rughe ai lati della bocca danzarono un liscio. «Sei così carina quando ti ci metti. Lo sai che sei la mia super mamma, no?»

«Uaddachecomethofttdistruggo».

«È inutile, non capisco cosa vuoi dirmi, ma sono sicuro che mi stai ringraziando. Non capita a tutti la fortuna di avere un figlio come me», risposi divertito, senza mollare la presa.

La amavo, fine della storia. Perché trovava sempre un pretesto per lamentarsi, e poi, come se niente fosse successo, si preoccupava di preparare il mio piatto preferito.

Era lì. Vedevo la borsa frigo appoggiata sul tavolo.

La lasciai bofonchiare parole incomprensibili. Con le donne occorre fare così, lasciar loro il tempo di buttare fuori tutta la frustrazione, come se fossero a una seduta terapeutica. Poi tornano più serene di prima. A volte poteva scappare di farci anche l'amore. A volte, eh. L'uomo meriterebbe proprio una medaglia per la sopportazione. Anche perché non esistono corsi in grado di aiutarti.

Finii di prepararmi e poi recuperai il mio giubbotto di pelle e le chiavi della macchina. «Sei la numero uno. Per qualsiasi emergenza, chiamami», le ricordai, prima di stampare un bacio sulla sua guancia paffuta ed essere inghiottito dalle prime luci del mattino.

Odio. Giuro che odio quei sensi di colpa, senza capo né coda, che spuntano nel bel mezzo di una situazione di merda quando, in realtà, tu non c'entri nulla con tutto quello.

Vorrei capire perché quando succede, invece di metterti da parte e farti i cazzi tuoi, ti deve montare dentro quella predisposizione alla gentilezza e contribuire a farti carico dei problemi altrui. Ma perché?

Ehi, guardate che la festa sarà comunque bella, avrei tanto voluto dire a tutte quelle donne che erano in fila per l'iscrizione alla gara della torta. Giusto per confortarle dopo il panico scaturito dall'ultima riunione.

Ok, avevo detto che non me ne fregava nulla, ma si sa che il sesso femminile ha un talento naturale per farti sentire in colpa. Potrai negarlo fino alla morte, ma proprio lì, nascosto in qualche angolo recondito del tuo cuore, un piccolo senso di colpa c'è.

Mi spiaccicai contro il muro come una lucertola, e strisciai verso la mia salvezza.

Ero andato in ufficio per sbrigare delle pratiche e volevo poter svolgere il mio lavoro in santa pace.

Non era un'impresa così impossibile. Acciuffai uno dei volantini e me lo piazzai davanti alla faccia. Quante volte l'avevo visto fare in qualche film. Se riusciva lì, perché non poteva accadere anche nella realtà?

«Enea, ti ho visto!», tuonò una voce poco lontana.

Cazzo, dissi mentalmente. Allora passai alla tattica successiva.

La ignorai e continuai la mia *moonwalk*.

Poi successe tutto così in fretta che mi ritrovai marcato a uomo e con il volantino strappato via dalle mani.

«Cos'è la storia del nuovo giudice? L'interrogatorio ebbe inizio e il tono era di rimprovero.

Incrociai le dita e le baciai, come si fa tra boyscout. «Ma davvero?», risposi con fare angelico. «Nuovo giudice, ha detto?».

Ero certo che, se avessi unito i nei del suo viso, sarebbe apparsa qualche triste parolaccia contro di me. «Non faccia finta di niente. Prima il cambio della location, e ora il nuovo giudice... Mi dica, quale sarà la sua prossima mossa? Che aveva il signor Contello che non andava?».

Forse faceva vincere sempre le donne con le quali aveva qualche scappatella? Lo sapevano tutti. Solo i rispettivi mariti erano così rincoglioniti da non accorgersi di quel paio di corna che toccavano il soffitto. Non era stata una decisione facile, dovevo ammetterlo. Ma che sto dicendo? Ne godevo troppo.

«Suvvia, lei fa delle torte meravigliose. Così succose, così invitanti. Vorrebbe dirmi che ha paura di non riuscire a sbaragliare la concorrenza?», chiesi senza troppi giri di parole. Mi avvicinai per bisbigliarle qualcosa all'orecchio, fingendo di guardarmi attorno come se tutti i presenti avessero gli occhi puntati su di noi. «Dicono che la sua vicina di casa stia prendendo lezioni private da Ugo, il pasticciere. Però, io non ho detto niente».

La donna sbiancò all'istante e sbarrò gli occhi. «Ma come, lei non dovrebbe…».

Non le lasciai il tempo di terminare la frase, che sganciai il mio giubbotto di salvataggio. «Non si giri, è appena entrata!».

E, come era prevedibile, ottenni l'esatto opposto di quello che avevo suggerito di fare. Si chiama curiosità.

E non appena lei si voltò verso la porta, ecco che raggiunsi a gran velocità l'ascensore.

Le porte si richiusero, giusto in tempo.

Ero salvo.

Capitolo cinque
Selva

Il rumore del cucchiaino che continuava a tintinnare contro la tazza di ceramica iniziava a innervosirmi. Avrei voluto dirle di smetterla, ma era l'unica cliente dall'inizio della mattina. E non mi sembrava la scelta più indicata. Non sapevo bene chi fosse, ma era entrata con aria furtiva, quasi avesse paura delle sue stesse azioni, guardandosi attorno, e aveva ordinato un tè caldo. Poi si era accomodata su uno sgabello di fronte al bancone e da circa due ore non la smetteva di produrre quel terribile suono. Il suo sguardo era perso nel vuoto, a rincorrere qualcosa che conosceva solo lei, un'aria nostalgica cucita addosso e le labbra rivolte in giù. Avrei voluto sollevare gli angoli della sua bocca, ma non era ancora il momento. Se volevo che il mio negozio funzionasse, non dovevo interrogare i clienti. Dovevano essere loro a desiderare il mio aiuto.

«Credo che la tazza sarebbe più felice se la smettesse di battere contro la sua pancia vuota. Gradisce ancora un po' di tè?», le dissi, richiamando la sua attenzione.

La donna mi scrutò attraverso le lenti spesse dei suoi occhiali. L'ombretto rosso applicato sulle palpebre non le si addiceva. Credo si tratti di uno di quei colori fuori moda tutto l'anno tranne che nelle feste. E non era ancora Capodanno. Era a corto di parole, forse non era abituata a un gesto di gentilezza. Strano, nel paese in cui tutti erano così carini e uniti… Era determinata a portare avanti il suo silenzio stampa. Chissà per quale motivo, poi.

«Non si preoccupi, offre la casa», la rincuorai, girando attorno al bancone.

Al momento il mio bilancio giornaliero prevedeva un'entrata e un'uscita. Non sarei fallita per così poco. Avevo fiducia. Le cose più belle richiedono tempo e sacrificio, se non sono regalate.

Afferrai la teiera, ne servii un po' a lei e riempii una tazza anche per me. Ne avevo bisogno. Poi mi sedetti al suo fianco e sospirai, buttando fuori tutte le preoccupazioni e perdendomi a guardare oltre la vetrata, escludendo dal mio campo visivo qualsiasi altra cosa.

Fuori, l'aria era frizzante e una leggera brezza soffiava sui tetti delle case e si intrufolava come uno spiffero sotto le porte. Gli infissi erano vecchi ed ero sicura che l'inverno non sarebbe stato facile da affrontare e da domare. Avevo ancora un paio di mesi per pensarci e trovare una soluzione. Una cosa per volta e ogni cosa a suo tempo.

"Shanti", così avevo chiamato la mia tisaneria. Una semplice parola che, nella cultura indiana, racchiudeva uno stato di assoluta pace interiore e di serenità. Doveva essere un rifugio per i miei clienti, un luogo nel quale poter dimenticare i pensieri negativi. Avevo passato in rassegna centinaia di nomi, dai più fantasiosi ai più commerciali, ma volevo trovarne uno speciale. Era il mio piccolo grande orgoglio. Contro ogni previsione, il negozio era rifiorito come una fenice dalle proprie ceneri ed era tornato a splendere.

Mi aveva svuotato il conto in banca, prosciugato fino all'ultimo centesimo, ma arricchito di nuove consapevolezze. La prima era che i limiti, anche se impossibili, potevano essere superati. E spesso erano solo il frutto della nostra paura e della mancanza di fiducia in noi stessi. Che gli ostacoli erano come dei dispetti, servivano a inciampare per poi rialzarsi e abbandonarli alle nostre spalle. E infine, ma non per ordine di importanza, che ogni giorno quel bagaglio di sogni che accompagnava il nostro cammino si alleggeriva a ogni desiderio realizzato.

Il negozio era un luogo senza troppe pretese, ma avevo cercato di sfruttare le sue potenzialità senza danneggiare la sua natura. Non volevo rivoluzionarlo, ma fare in modo che i cittadini si sentissero ancora a casa. Due grandi vetrate inondavano di luce l'intero spazio, e regalavano una vista meteo aggiornata. Un filo di luci calde si attorcigliava lungo l'intero perimetro e riscaldava l'ambiente. La parola d'ordine era legno grezzo. Legno ovunque. Un piccolo angolo bar alle spalle del quale c'era una scaffalatura con imperfetti ripiani color mogano, che custodivano contenitori pieni di erbe, sistemati in ordine alfabetico. Lo sfavillante colore dei fiori e foglie essiccate regalava quel tocco di sfumatura accesa che faceva bene al cuore e agli occhi. Un bancone con quattro sgabelli. Una parete con una libreria stracolma di libri, un carrello, coperto da una graziosa tovaglia di lino, ricco di torte preparate in giornata e qualche tavolino qua e là. Tre di fronte alla vetrata principale. Due poltrone imbottite di velluto e una lampada da terra che forniva il giusto relax ai clienti intenti a leggere.

Erano tutti mobili scovati tra i vari mercatini in Piemonte. Adoravo girovagare alla ricerca di oggetti vecchi e abbandonati.

Le sedie erano fonte di soddisfazione. Simili a quelle che si usavano a scuola, grattate, verniciate e rimesse a nuovo.

Ah, e ovviamente *loro*. I gatti. Per loro avevo posizionato un tiragraffi, che superava la mia altezza, nell'angolo a sinistra e una serpentina di legno che partiva dal pavimento e rincorreva tre pareti. Dove loro potevano saltare, appisolarsi e scrutare i clienti dall'alto. Un grande tappeto stracolmo di cuscini, palline e topolini finti. Avevo studiato quel progetto curiosando su internet. Però, al momento, mi dispiaceva vederlo vuoto. Visto che non c'era alcun animale.

«Mi piace che non faccia domande», fece notare la sconosciuta, distogliendomi dai miei pensieri.

«E a me piace la gente che non parla a vanvera».

Le scappò una risata soffocata, con tanto di singhiozzo. «Ci faccia caso, alle persone che parlano tanto. Quelle che hanno sempre una parola per tutto. Molte lo fanno per colmare qualche vuoto».

Mi aveva spiazzato. «Deduco che lei sia una persona con un ottimo spirito di osservazione».

«Mi chiami Vittoria».

«Selva».

«Davvero un bel nome», aggiunse.

«Grazie, è una delle poche ad apprezzarlo. Mia nonna l'ha voluto così tanto che alla fine i miei genitori si sono rassegnati all'idea. Forse l'ho odiato per gran parte della mia vita, soprattutto ai tempi della scuola quando non facevano altro che prendermi in giro, ma ora credo non potessi avere nome migliore».

Vittoria annuì e un guizzo divertito attraversò i suoi occhi. «Spero, signorina, che abbia portato con sé un ombrello».

«Perché avrei dovuto?», domandai, bloccando la tazza all'altezza delle labbra.

E nel momento in cui formulai quella frase, un violento acquazzone si rovesciò all'improvviso, colpendo con forza le vetrate. La pioggia gocciolava lungo il vetro più rapida di una cascata.

La guardai stupefatta e incalzai. «Caspita, si vede che il suo torcicollo non sbaglia mai. Sente quel dolore arrivarle fino al cervello, tutte le volte che il tempo cambia».

Vittoria cercò di reprimere prontamente la sua curiosità, restando impassibile. «Oh, e come fa a saperlo?»

«Dico solo che non è l'unica ad avere qualche piccolo segreto», risposi e le feci l'occhiolino.

E poi, *boom*!

No, quello non poteva essere un tuono.

Poco dopo sentii una serie di lamenti provenire da fuori. Abbandonai la tazza sul bancone e corsi a vedere, fregandomene di bagnarmi come un pulcino.

La prima cosa che notai fu una ruota che continuava a girare di fronte all'uscio. Poco più in là un ragazzo di bassa statura che tentava di rimettersi in piedi e tastava la sua coscia, come a verificare che fosse ancora integra.

«Ti serve una mano?», gli chiesi, muovendo un passo verso di lui.

Il ragazzino scosse la testa, per allontanare i capelli che si erano incollati sul viso. «Maledetta pioggia! La odio, la odio, la odio!», si lamentò scandendo a velocità supersonica. «Mi ha fatto perdere il controllo della bici», si giustificò furioso, calciando qualcosa di invisibile nell'aria.

Anche la signora Vittoria accorse, tutta trafelata. «Roberto, sei tu? E che ci fai in giro a quest'ora? Non dovresti essere a scuola?», lo rimproverò come se fosse suo figlio.

Evidentemente si conoscevano.

Afferrai la bicicletta e l'appoggiai contro il muro per toglierla dal marciapiede. Non mi ero accorta che per terra c'erano dei volantini sfuggiti dallo zaino del ragazzo, ormai completamente fradici e irrecuperabili.

«Forza, entriamo tutti dentro, così rischiamo di ammalarci. E capiamo se è il caso di portarti all'ospedale», proposi, facendo un cenno con la testa.

Roberto annuì e, con Vittoria, mi seguì all'interno.

Chiusi la porta alle mie spalle e aiutai il ragazzo, sorreggendolo per un braccio, a raggiungere la poltrona. Aveva difficoltà ad appoggiare il piede.

«Allora? Tua madre lo sa che non sei a scuola? Guarda che se lo scopre, io...», tornò all'attacco.

«Hai visto sul calendario che giorno è oggi? Sabato, e il sabato non c'è scuola», gli fece notare controvoglia e prendendola un po' in giro. «E poi è proprio mamma che mi ha detto di passare nei negozi per chiedere il permesso di affiggere in vetrina le locandine».

Ecco svelata la provenienza di quei fogli.

Vittoria sollevò gli occhi al cielo, come a ringraziare per un miracolo ricevuto. «Sia lodato il Signore. Mi hai fatto prendere uno spaghetto».

Roberto mi guardò accigliato e poi si voltò verso di lei. «Intendevi dire, uno spavento?»

«Sì, sì, uno spaghetto. Mamma mia! Per fortuna sei caduto qui davanti e non ti sei fatto niente».

Il ragazzino sembrava stufo di stare a sentirla.

Ci pensai su un attimo. «Sicuro di stare bene? Vuoi che chiami qualcuno?».

Scosse la testa. «No, sto alla grande. Magari resto qui ancora un minuto, giusto per sicurezza. Vero che posso appendere la locandina?»

«Ma certo, fermati quanto vuoi. Sì, possiamo metterla qui su questa bacheca, che ne dici?»

«Sarebbe fantastico!», esclamò allegro, ne tirò fuori una dallo zaino.

La presi in mano e la lessi rapidamente.

Agguanta una mela, XVII edizione.

«Oh, ma sarà tra neanche due settimane».

«Sì, in realtà è colpa mia. Dovevano già essere distribuite ma ho detto una bugia, e oggi mi sono ritrovato a fare le corse. Ah, già, tu sei quella nuova! È la festa che tutta Roccamonte aspetta con impazienza. Viene tantissima gente, finalmente questo paese si anima un po', peccato che la pacchia duri solo per un giorno».

Quella nuova,. certo.

«Sembra interessante, magari farò un salto», dissi, allontanandomi da Roberto e avviandomi dietro al bancone. «Che ne dici se ti offro qualcosa di caldo da bere? Se vuoi un dolce, serviti pure. Lì sul carrello troverai di sicuro qualcosa che ti piacerà».

Il ragazzino non se lo fece ripetere due volte e si catapultò alla ricerca di qualcosa da mettere sotto i denti. Sembrava che il male alla gamba fosse sparito.

Osservai i barattoli alle mie spalle e ne afferrai alcuni. Sapevo di cosa aveva bisogno.

Presi due cucchiai rasi di foglie di passiflora, fiori essiccati di camomilla e biancospino, radice di valeriana e li aggiunsi nella tazza con l'acqua calda. E poi coprii il tutto con un coperchio lasciandolo in infusione per almeno cinque minuti. La sua azione calmante favoriva il rilassamento e poteva rivelarsi efficace per combattere il nervosismo di Roberto.

Osservai la scena che avevo di fronte. Vittoria si era accomodata nell'altra poltrona, accanto a Roberto, e gli tastava la gamba per accertarsi che stesse bene.

Il ragazzino sollevava gli occhi al cielo, come a invocare aiuto, e intanto divorava una fetta di crostata alla crema di nocciole.

Non appena la tisana fu pronta, gliela portai.

«Tieni, offre la casa».

Annaspò sorpreso. «No, no, ho qualche moneta. Ti pagherò», si affrettò a dire, cercando qualcosa dentro la tasca.

Lo bloccai facendo un cenno con la mano. «Oggi siete miei ospiti, va bene così. Ma non vi abituate troppo a questo servizio».

Vittoria prese la parola. «A forza di fare così, non guadagnerai un soldo», mi fece notare.

Alzai le spalle. «Vorrà dire che troverò una soluzione anche per questo problema. Ormai sono un'esperta».

Mi sforzai di sorridere, ma dentro di me qualcosa si era inceppato. Mi sembrava di essere su un'altalena di emozioni contrastanti, passavo dall'euforia dell'apertura alla paura di aver rischiato tutto per rincorrere un sogno. Un sogno che avevo accantonato e che ora era tornato a trovarmi.

Percepii un senso di amarezza e mi voltai per lasciarli soli.

«Penso che dovresti partecipare», disse Roberto con la bocca ancora piena.

«Sentiamo, e a cosa dovrei partecipare?», chiesi senza troppi giri di parole.

«Alla gara di torte! Se cucini così bene…», mi spiegò indicando il carrello dei dolci. «Credo che potresti anche vincere! E allora ci sarebbe da ridere», concluse strizzando l'occhio a Vittoria.

Non sapevo il motivo, ma quel ragazzino aveva spazzato di nuovo via il temporale e portato l'arcobaleno.

A fine serata c'era da aspettarselo. Come primo giorno era stato un totale fallimento, economicamente parlando. Il locale restò aperto fino alle 18:30 e nessuno, a parte la signora Vittoria e Roberto, osò mettere piede all'interno. Mi aspettavo più curiosità tra gli abitanti di Roccamonte, che ne so, una toccata e fuga per sbirciare e per scambiare due parole. E invece no. Si erano tenuti a distanza di sicurezza. Una parte di me era sicura che, quel passo, l'avrebbero fatto. Dovevo solo avere più pazienza e dar loro il tempo di ricredersi. L'altra parte, anche se minima, dava ragione a Giulia. Forse avevo commesso un enorme errore a rifugiarmi lì.

Sarei dovuta diventare un architetto. Secondo la volontà di mia madre era il lavoro, dal punto di vista remunerativo, più sicuro sul quale concentrarsi. Mio fratello, estremamente influenzabile, aveva accettato il consiglio e ora si trovava a lavorare per conto di un'azienda di fama mondiale. Soddisfatto del suo stipendio e di una moglie niente male, nonché collega di reparto. Avete presente quelle coppie che vedete una volta e con le quali non riuscite a smettere di confrontarvi, quando la vostra vita amorosa va in frantumi? Quelle coppie così innamorate che esistono solo nei film? Ecco, loro erano due anime gemelle. E lo dico io che, a certe stronzate, non credevo più.

E invece io ero quella diversa. La bambina che veniva depositata a casa della nonna quando la mia famiglia andava fuori nei weekend, quando mio fratello aveva troppo da studiare, quando ero troppo "impegnativa".

La nonna, no. Lei non mi rimproverava di desiderare cose diverse, lei mi ascoltava e mi permetteva di toccare i suoi oggetti. Mi insegnava cose che la mamma non sapeva. Doveva essere il nostro segreto, mi diceva. Non mi sentivo una bambina meno fortunata delle altre, semplicemente amavo fare cose che loro non facevano. Anche se questo si scontrava con quello che mia madre desiderava per me. Qualsiasi cosa dicessi, qualsiasi cosa facessi, lei prendeva sempre le difese di mio fratello. Continuava a ripetermi di non ascoltare la nonna, sosteneva che fosse affetta da qualche forma di demenza senile. Che avesse letto talmente tanti libri, da non distinguere più cosa fosse reale e cosa no. Se così fosse stato, mi chiedevo, perché affidarmi alle cure di una donna non sana di mente. La verità era che lei aveva paura di cosa ero in grado di fare, e non voleva ascoltare tutto quello che io leggevo nei suoi occhi. In fondo, è come quando ci arriva una brutta notizia, una di quelle inaspettate. Siamo sordi, non vogliamo farla nostra, e ci aggrappiamo sempre a quella piccola e impercettibile speranza che non sia vera. E lei coltivava la speranza che io fossi diversa.

Ma la realtà era che io ero come mia nonna. E nessuno poteva cambiare la mia natura.

Capitolo sei
Enea

«Scusa, ti è caduto questo», dissi, rincorrendo la ragazza dalla chioma rossa.

Non era il massimo fare tutto quel baccano dentro a una biblioteca, me ne rendevo conto, ma non potevo neanche far finta di non aver visto qualcosa scivolare fuori dal suo zaino.

E come succede nei film, che neanche impegnandosi uno riuscirebbe a imitare, lei si voltò al rallentatore, facendo volteggiare quella massa di capelli indomabile, e fu allora che restai a corto di parole. Dio, era l'essere più bello che avessi mai visto in vita mia. E, credetemi, non stavo mentendo. Assomigliava a una creatura dei boschi, di quelle che trovi nei libri delle fiabe. Mancavano all'appello due ali dietro la schiena e un sacchetto di polvere magica per poter volare.

«Sì?», fu tutto quello che mi disse.

Tutto qui? Restai un po' deluso, ma in fondo che altro poteva replicare?

Almeno era reale e parlava, perché il mio corpo, invece, era diventato di pietra.

Dovevo sembrarle come uno di quei manichini dei negozi di abbigliamento montati in posizioni assurde. Ero momentaneamente ko, messo al tappeto con un banale movimento da pubblicità di shampoo, e incapace di articolare qualsiasi frase di senso compiuto. Anche se ci avessi provato, in quel momento, avrei ottenuto solo scarsi risultati. Peggio di un'interrogazione a sorpresa.

La ragazza notò il mio imbarazzo. Sperai solo di non aver trasformato la mia faccia in un peperone con due occhi, un naso e una bocca. Lei, al contrario di me, era di sicuro consapevole del suo fascino e dell'effetto che aveva su noi, sesso debole, ma non lo lasciava intendere. Si capiva che era fragile, sennò non avrebbe iniziato a torturarsi l'unghia di quel pollice, penalizzandosi.

«Sei tu che mi hai chiamato?», riprovò.

«S-sì, scusami. Ti è caduto questo dalla tasca dello zaino», risposi con la voce ancora tremante.

Se la felicità avesse un paio di occhi, i suoi la esprimerebbero al meglio.

«Mi hai salvato la vita! In questo biglietto c'è l'indirizzo che può cambiare il mio futuro», esultò, rigirando quel foglietto di carta tra le dita e poi lo baciò.

E allora sorrisi, soddisfatto della mia azione. Ogni tanto ne combinavo una giusta. «Ma figurati, per così poco», minimizzai.

«Allora esistono ancora dei gentiluomini in questo mondo», bisbigliò, coprendosi la bocca e spostando gli occhi verso il fondo della sala.

Mi voltai in quella direzione e vidi il tavolo del gruppo "in" del mio corso di studi. Le volte che erano entrati in una biblioteca, si potevano contare sulle dita di una mano. Di sicuro erano stati obbligati per colpa dell'esercitazione di gruppo, anche se non avevano fatto altro che ridacchiare e parlare a bassa voce per tutto il tempo. Il cellulare catturava la loro attenzione molto più di quella pila di libri sopra il tavolo, perché non smettevano di passarselo tra le mani e ridacchiare come dei perfetti idioti.

Il mio ego maschile fu solleticato da quel complimento. Perché non è vero che fanno piacere solo alle donne. «Non ti hanno insegnato a non generalizzare mai?».

Scosse la testa, e quella cascata di fili rossi danzò tutta intorno. «Impossibile non farlo quando sembra che la mia generazione sia più interessata a cacciare che a corteggiare», rispose senza staccarmi gli occhi di dosso e senza cancellare quel meraviglioso sorriso.

Quel sorriso l'avrei spento con un bacio.

«E tu sei così sicura che anche voi non siate cambiate? Non sembrate mai contente di quello che fa un ragazzo. Se vi corteggia lo considerate un debole, se si dimostra uno stronzo voi perdete la testa. Quindi, dimmi un po', tu da che parte stai?»

«Davvero vuoi saperlo?».

Le mie labbra si piegarono in un sorrisetto malizioso. Certo, che volevo saperlo. Mi guardai attorno, soppesando la mia risposta. «Perché no? Hai iniziato tu il discorso».

Ressi il suo gioco.

«Be', faccio parte di quelle ragazze che vogliono ricevere ancora lettere d'amore, che il bacio della buonanotte lo pretendono, che se le riaccompagni a casa, vogliono vedere che non te ne andrai finché non avranno trovato le chiavi per entrare, che se piangono il fazzoletto non uscirà dalla loro borsa ma dalle tue mani, che desiderano essere fermate quando, dopo una litigata, stringono una valigia e fanno la follia di uscire sbattendo quella porta».

Disse tutto ciò senza prendere fiato. Arrivò fino alla fine con le guance che andavano a fuoco e annaspando sull'ultima vocale. Sembrava non aver fatto altro nella vita che aspettare quel momento per liberarsi di tutto ciò che pensava.

«Sì, ma hai evitato la mia domanda. Non mi hai detto se consideri debole un uomo che ti corteggia e che ti dà tutto questo...».

Allora lei si scompigliò un po' i capelli, guardandosi la punta delle scarpe. Avrei voluto dirle che quel paio di anfibi consumati non rendevano giustizia alla sua bellezza, ma su di lei non sfiguravano.

Allora pensai che, se il silenzio avesse avuto una voce, senza dubbio mi avrebbe suggerito di baciarla.

Però non lo feci.

Allora lei mi afferrò la mano, cogliendomi di sorpresa, e la girò con il palmo all'insù. Con l'aiuto di una penna annotò qualcosa e io non ebbi il tempo di domandarle niente perché, in quel contatto, stavo già immaginando di fare l'amore con lei. «E comunque mi chiamo Evelina. Chiamami ogni tanto, se ti va».

Mi fece l'occhiolino e indietreggiò di qualche passo, fino a raggiungere la porta e perdersi in mezzo ai corridoi dell'università.

Io, al contrario, restai immobile. Lì, come un fedele di fronte a un'apparizione divina.

L'avevo vista, di nuovo. Chissà per quale ragione la mia mente mi aveva affidato un'immagine diversa da quella che i miei occhi avevano scrutato da quella vetrata.

Davvero, non ho mai capito questo conflitto tra testa e occhi. Almeno si mettessero d'accordo, una volta ogni tanto.

Sia chiaro, ero passato di lì per svolgere il mio ruolo di bravo sindaco. Non mi interessava dare il via a un pettegolezzo o indagare su cose che non mi competevano. Se l'agenzia aveva fatto firmare un contratto a quella ragazza, ero certo che non c'era niente di cui preoccuparsi. Il mio paese era famoso per tenersi alla larga da tutto ciò che i telegiornali ostentavano. Sembrava quasi che Roccamonte facesse stato a parte, una così tranquilla cittadina che si animava solo in vista della festa più importante dell'anno e dell'estate. Mi piaceva per quello, potevo tenere tutto sotto controllo.

Mi dovevo ricordare di tranquillizzare la signora Marchesi alla prossima riunione. Pericolo scampato: nessun diavolo a Roccamonte! Magari si sarebbe presentata alla nuova arrivata e avrebbe tolto a me un compito di cui avrei fatto volentieri a meno. C'era, però, una cosa che mi sfuggiva, e che, più mi sforzavo di capirci qualcosa, meno ne venivo a capo. Uno, la straniera era davvero giovane e due, incredibilmente affascinante. Sul terzo punto avevo ancora tempo per lavorare, il secondo era già un motivo sufficiente per interrompere l'elenco. Davvero, non dovevano essere affari miei. Però, appena l'avevo vista, era come se una forza mi avesse tenuto inchiodato a quel marciapiede. Era come se le mie scarpe si fossero fuse con l'asfalto. Mi sentivo sconnesso dal resto del mio corpo, incapace di muovermi, di ragionare, di articolare una parola, di provare qualsiasi tipo di emozione. Ero come sotto l'effetto di un incantesimo, come se la mia mente fosse accecata da una serie di flash di una vita che non mi apparteneva, ma che sentivo di aver già vissuto. Con lei. No, non avevo mai creduto a quelle stronzate. Però, eccomi qui, pronto a interrogarmi sul perché quella donna mi stava facendo tutto questo.

Forse era colpa di quella cascata di capelli rosso fuoco, forse era il modo in cui muoveva il suo corpo, forse era la stravaganza del suo vestito, o forse, più semplicemente, era la forma della sua bocca a cuore.

Dio, ma a cosa andavo a pensare. Non era neanche il tipo di ragazza che catturava la mia attenzione. Non mi erano mai piaciute le donne minute, avevo il timore che potessero spezzarsi tra le mie mani. Associavo la loro statura a una fragilità, e io non ero più portato a frequentare donne del genere. Enea, e basta! Ritrova immediatamente la tua razionalità.

Io avevo chiuso con l'universo femminile, avevo fatto una promessa. Era meglio tenerlo sempre a mente. Cercai di reprimere quel pensiero e molti altri ancora. Mi stava mandando in pappa il cervello. Non saprei dire cosa mi stesse prendendo, ma era qualcosa che mi stava facendo impazzire. Perché quel paio di occhi non riuscivo più a cancellarli dalla mia testa.

Mi sentivo un perfetto coglione. Ecco come mi sentivo. Avevo fatto la figura del coglione e pure del maleducato.

Maleducato, poi. Mi interessava davvero sapere cosa pensava di me? Di sicuro non sarebbero mancate le occasioni per le presentazioni, e allora, magari, mi sarei scusato. O forse non ne avrei avuto modo, in fondo non era detto che si sarebbe ricordata di me. Fuori era buio.

Ma certo che mi aveva visto e la sua faccia mi parlava. Aveva quel classico viso di chi non sa mentire, di quelli sui quali leggeresti anche una bugia detta a fin di bene. Senza filtri.

E mentre ero lì, a combattere contro me stesso a suon di battute, non mi ero accorto che i miei piedi si erano mossi per conto loro e mi avevano portato esattamente dove volevano stare. Lì, davanti a quella *benedetta* tisaneria. Ma poi, perché prendersi il disturbo di spingersi fin qui per aprire una tisaneria? Sembravamo gente da filtri, tazze fumanti e adorabili cupcake?

Prego, le porto una tisana e un dolcetto appena sfornato, blaterai tra me e me.

Il locale era vuoto. Lei mi dava le spalle, intenta a pulire il bancone. Indossava un vestito dai colori più sgargianti che avessi mai visto, di quelle fantasie che ti sganciano un sinistro dritto agli occhi appena le vedi. Però, una cosa dovevo ammetterla. Anche da quella prospettiva, il suo corpo mi offriva una visuale niente male.

Dannazione!

Scossi la testa più volte, come per scacciare il ricordo di lei.

Poi rimasi immobile per qualche secondo e girai in tutta fretta l'angolo.

Non avrei dovuto essere lì.

Era la partita di un gioco che non potevo iniziare.

Capitolo sette
Selva

«Dio, Marina, non puoi sempre lasciarla qui. Non riesci a capire che lei ha bisogno di te?»

«E tu, invece di appoggiarmi, non perdi mai occasione di farmi sentire in colpa, vero?»

«Ancora con questa storia! Dannazione! Metti il tuo stupido rancore da parte e smettila di avercela con me, lo fai solo perché sai che ho ragione. E abbi almeno la decenza di non dire il contrario. E la cosa più assurda, in tutto questo, è che mi arrabbio ancora di più con me stessa perché la colpa è soprattutto mia. Non sono abbastanza forte per dirti di no. Continuo a darti la mia disponibilità tutte le volte che vuoi, quando invece dovrei rifiutarmi»

«No, ti prego. Ho bisogno del tuo aiuto, non so davvero a chi lasciarla».

«La risposta è talmente ovvia, ma tu sei sorda: Selva deve venire via con voi».

«Oh, no no no! È troppo piccola, lo vedi anche tu… non è in grado di reggere un pranzo come questo. E tu sai quanto mio marito ha lavorato sodo e si è impegnato per raggiungere quella benedetta promozione. Questa giornata è per lui e devo assicurarmi che non ci siano intoppi. Cerca di capirmi, non posso permettermi distrazioni».

«Sì, come no. Distrazioni… certo! Sei sicura che se cercassi quel termine su un dizionario ti riporterebbe alla parola figlia?»

«Senti, mamma, perché mi odi così tanto? Tutte le nonne delle mie amiche non fanno mai problemi nel tenere i loro nipotini, perché tu sì? Ti sto solo chiedendo il favore di lasciarla qui, almeno per oggi, passerò a riprenderla stasera o al massimo domani mattina».

«Se davvero ti odiassi, non starei qui ad ascoltarti. Lo sai che Selva per me è importante e non è mai stata un problema, a me fa piacere avere tra i piedi quella piccoletta, ma inizio a essere veramente stanca di inventare bugie. Inizia a fare domande scomode e sai che non sono brava a mentire. Lei è solo una bambina e non è come la descrivi, non so se questi sono pensieri tuoi o dell'uomo con cui stai, ma non è di certo così che ti ho cresciuta io».

«Eccoti, era qui che ti volevo! Sei un disco rotto, sempre con questa storia e a tirare in ballo mio marito. Mamma, io sono anche una moglie e sto cercando di conciliare questo ruolo con quello di madre. Magari non sarò sempre perfetta, ma ci sto provando. Anzi, scusami se non sono brava come te. Ora, per favore, è già tardi, tieni questo zaino e aiutami. Ti prego...».

«Sì, come vuoi. Tanto conoscevi già la mia risposta. Dille pure di entrare».

Ero seduta sul gradino davanti alla porta d'ingresso, con le braccia formavo un semicerchio e racchiudevo le mie ginocchia, come se volessi proteggermi da qualcosa. Non sapevo da cosa, ma era un gesto che mi dava conforto. Se pensavano che lo spessore di quelle mura fosse sufficiente ad annullare le loro voci, si sbagliavano di grosso. Avevo sentito tutto, anche quello che non avrei mai voluto sentire.

Lo schiaffo che avevo ricevuto la scorsa primavera mi aveva fatto meno male. Sul momento mi aveva mandato a fuoco la pelle, ma poi tutto era svanito così in fretta come era arrivato. Forse la nonna aveva ragione, le parole erano in grado di fare disastri. E, quando venivano dette, niente era più uguale a prima. Le loro voci continuavano a rimbombarmi nelle orecchie. Iniziai a fischiettare un motivetto per cacciarle via.

Sentii prima il rumore della porta e poi quello dei tacchi sopra il cemento.

«Ciao, tesoro mio. Ho già lasciato tutte le tue cose alla nonna, ha promesso di prepararti le crocchette di patate che ti piacciono tanto», mi disse, abbassandosi un po' e scostandomi i capelli dalla fronte.

Annuii, quasi infastidita da quel contatto e senza distogliere lo sguardo da terra. Con la punta del piede continuavo a spostare un microscopico sasso, facendolo scomparire sotto la suola.

«Ti prometto che torno a prenderti il prima possibile. Vedrai che sarà per poco tempo e tu intanto non far disperare la nonna», aggiunse infine, anche se avrebbe potuto benissimo evitare quella raccomandazione, prima di raggiungere l'auto. Lì dentro, al volante, c'era mio padre, che era impaziente di partire e nel sedile posteriore mio fratello che sfogliava un libro. Lo sapevo perché aveva indossato gli occhiali da lettura.

Non aveva avuto il coraggio di fermarsi un secondo di più. Dalla sua bocca non era mai uscita la parola "scusa". Almeno non con me. E io l'avrei scusata, se solo mi avesse dimostrato di volermi bene come ne voleva a mio fratello. Cos'avevo di sbagliato? Perché non era in grado di capire come mi faceva sentire? Dovevo strapparmi il petto per farle vedere che avevo una groviera al posto del cuore? Ero un peso, ecco cos'ero. Eppure l'àncora trattiene un'imbarcazione, fornisce un sicuro attracco… Perché lei non poteva esserlo per me?

Restai in quella posizione, immobile, finché la macchina non fece un paio di manovre e sparì. Ero arrabbiata. Con lei, con tutti, con tutto.

L'uscio si aprì di nuovo e Miss strofinò il muso contro il mio fianco, prima di fare il suo giretto di ricognizione. Potevo sentire l'intensità della lavanda che solleticava le mie narici. L'avrei riconosciuta anche senza vederla. Era il suo profumo, quello della mia nonna Olimpia. Ne possedevo anche io una boccetta, me l'aveva data quando l'avevo aiutata a realizzarlo inserendo in un contenitore ermetico fiori essiccati di lavanda e alcool etilico. Ne avevo preparato anche un po' per la mamma, ma lei si limitò a ringraziarmi e lasciarlo chiuso in un cassetto. Un pomeriggio ero sgattaiolata nella sua camera per curiosare tra i suoi gioielli e l'avevo trovato lì, dove l'aveva lasciato. Era ancora pieno.

«Bella giornata, eh?», mia nonna iniziò il discorso in modo inaspettato.

Alzai le spalle, come per farle capire che non avevo intenzione di parlare. Poteva anche piovere o venire giù il mondo, per me.

«Capisco... Pensi di stare ancora per molto tempo qui fuori?». Era il suo modo di fare, non mollava mai.

Alzai le spalle, ancora una volta. «Forse».

«Ah, allora non hai perso la voce. E poi non mi hai risposto, lo sai che "forse" è una parola troppo vaga che non nega e non conferma?»

«Allora, sì, starò qui fuori finché ne avrò voglia», risposi imbronciata per accontentare la sua richiesta.

Non ce l'avevo con lei, ero solo triste. Ecco, sentivo quella sensazione fino alla bocca dello stomaco, tanto da volerla calmare ingozzandomi di cibo. Perché quando sei triste ti rifugi nelle cose che ti faranno soffrire ancora di più.

La nonna tornò all'attacco. Non sembrava un granché convinta del mio discorso. «Be', come programma non è niente male, però, sai... mi è venuta in mente un'idea. Stavo sistemando un po' la mia dispensa e pensavo che avrei davvero bisogno di una piccola aiutante. Non credo che le gatte siano disponibili. Però non so davvero a chi chiedere, visto che tu sei occupata a stare seduta qui fuori».

Mi venne da sorridere. «Davvero? Intendi dire che posso toccare tutti quei barattoli e vedere che cosa fai? È arrivato finalmente quel momento?».

Lei annuì. «Sì, tesoro, è arrivato il momento. Forza, entra dentro».

Oh, mio Dio, ma come faccio a scegliere, mi dissi.

Ero accerchiata da almeno una trentina di gatti dai colori e le taglie più disparate. Non ne avevo mai visti così tanti insieme. E no, non pensate che un gatto sia uguale a un altro. Non sono fatti con lo stampino, proprio come noi umani, e guai a dir loro il contrario… Sono anche piuttosto permalosi. Sì, loro hanno un certo caratterino, chiamiamola supremazia rispetto a tutte le altre razze. Non a caso riusciranno ad avere sempre la meglio su tante cose o inventare nuove strategie per aggirare i tuoi divieti. Per non parlare del loro palato, anche quello piuttosto singolare e raffinato. C'è chi predilige sfiziosi straccetti di manzo in salsa con verdure, o chi farebbe carte false per dei dadini con merluzzo e delicate carote.

Quelli che avevo davanti erano più scattanti di Speedy Gonzales e Flash messi insieme. Si erano catapultati su di me pieni di entusiasmo, probabilmente mi vedevano come una crocchetta gigante. Nella mia vita erano poche le cose che mi mandavano in confusione. E scegliere un gatto a discapito di un altro era una di queste. Perché era impossibile fare una scelta. Era come bendarsi gli occhi e sfidare la sorte. Fosse stato per me li avrei presi tutti, ma era una soluzione non contemplata. Almeno non per il momento.

«Grazie per avermi ricevuto a quest'ora. Non vorrei disturbare visto che l'ho chiamata all'ultimo momento…».

La "gattara" aveva i capelli color nocciola raccolti in una treccia scomposta, alcune ciocche sfuggite all'elastico le conferivano un aspetto sciatto. Ero convinta che un tempo, quella donna non avrebbe trascurato quel particolare. Anzi, molto probabilmente non sarebbe uscita di casa con un capello fuori posto. Ora lo faceva per nascondersi, per la paura di mostrare che era ancora giovane e che non perdeva tempo in certe frivolezze. E poi, parliamoci chiaro, non era così facile, almeno in un piccolo paese, trovare persone che si occupassero di randagi che venivano quotidianamente acciuffati e salvati da una morte certa.

«Non c'è problema. Anzi, ogni momento è buono per trovare una casa a questi trovatelli. E tu non devi scusarti, a me fa piacere… Non aspetto altro tutto il giorno», disse inclinando il capo in direzione di una vecchia poltrona accanto a un tavolino sopra al quale c'era un telefono.

Buttai l'occhio da quella parte e fui colta da una strana paura. La scena mi ricordava un vecchio film horror, in cui l'ignara signora viene strangolata da dietro mentre sta lavorando a maglia.

Maria, così si chiamava, mi aveva spiegato che non lo faceva per soldi ma per amore. Dopo la fine del suo matrimonio, avvolta in una veste di dolore, aveva trovato nei gatti la ricetta magica. Una ricetta che non racchiudeva la prescrizione di nessun medicinale. Quella ricetta che le permetteva di occuparsi di nuovo di qualcuno e sentirsi meno sola tra le mura di quella casa. Però, più passava il tempo, e più la situazione iniziava a sfuggirle di mano. Si era trovata sommersa di gatti fino al collo e incapace di dire basta. Lei aveva visto nei gatti la sua àncora di salvezza, ma ora era lei ad aver bisogno di essere salvata. E io l'avrei aiutata. A qualsiasi costo.

Mi abbassai sui talloni e fui accerchiata. Un gatto usò addirittura la mia schiena come pista di atterraggio per un salto in alto, e poi iniziò a strofinare i suoi baffi contro la mia nuca. Destra e sinistra, sinistra e destra. Andava anche a ritmo, il signorino.

«Nerino, lascia in pace la signorina. È appena arrivata e tu devi farti già riconoscere. Sei sempre il solito!», lo rimproverò, portandosi le mani al petto, in un gesto quasi plateale.

«Non si preoccupi. Sono abituata a questo tipo di trattamento. Lo sa che anche Ciro, il mio gatto, è stato preso da una volontaria e l'ho scelto proprio perché era il più dispettoso del gruppo? Credo di aver fatto un'opera pia, perché nessuno si sarebbe preso la briga di adottare un gatto capace di fare più danni di una mandria di tori scatenati».

Il suo viso si illuminò. «Lei ha fatto una cosa bellissima. Ce ne fossero di più di persone come lei, ma sembra che il mondo sia ormai saturo di gatti o pieno di gente allergica al loro pelo».

Concordavo. «Possiamo passare al tu? Insisto! Mi fa sentire più a mio agio, se non è un problema», proposi.

«Problema? Per me va benissimo! Dunque, Giulia mi ha riferito qualcosa a proposito dell'apertura di un locale e che cercavi due gatti... dico bene?».

Abbassai ancora di più la schiena e Nerino scivolò giù. Per fortuna, non tentò di aggrapparsi con le unghie alla mia mantella.

«Esattamente. Hai presente il negozio in via San Martino, quello che era chiuso? Ecco, l'ho affittato io e ho inaugurato proprio oggi la mia tisaneria. L'idea è quella di prendere spunto dai Neko Café e ricreare un ambiente accogliente per i miei clienti. Un posto speciale, qualcosa a cui non siamo abituati, dove sentirsi coccolati e con dei simpatici pelosetti pronti a ricevere e offrire coccole gratis».

«Mai sentito prima, ma la trovo un'idea fantastica! Per me l'importante è sapere che i miei gatti», si bloccò, cercando le parole più adatte e tossendo, «dico miei perché sono un po' i miei figli, sai, mi sono presa cura di loro finora. Per lasciarli andare, ho bisogno di sapere che finiranno nelle giuste mani perché voglio il meglio per loro».

Annuii. «Hai la mia parola che saranno trattati come dei re. Anche Ciro sarà presente nel mio negozio e alla chiusura tutti dritti a casa. Non a caso il negozio ha una scala interna che porta al piano superiore, dove c'è un mini appartamento. Magari non avrò da offrigli, almeno per il momento, una villa con tutti i comfort, ma posso garantire che non gli farò mancare nulla. È una promessa e io le mantengo sempre».

Maria prese in braccio uno dei gatti che non la smetteva di strusciarsi contro le sue gambe e iniziò ad accarezzargli la schiena, tenendolo ben saldo sotto la pancia. «Lo so. Ho occhio per queste cose e si vede che sei una brava ragazza. Giulia non mi avrebbe mai mandato qualcuno con cattive intenzioni, sapendo quanto tengo a loro. Quindi, forza... diamo il via alle presentazioni?».

Mi scappò un sorriso. «Sono tutta orecchie».

Maria accese un'altra luce per rendere più luminosa la stanza e iniziò a raccontare. «Nerino l'hai già conosciuto e, come avrai capito, è un gatto molto socievole, è più cocciuto di un toro e ha la tendenza a rubare il cibo agli altri. Non a caso ha quella bella trippa al posto della pancia. Direi che è un gatto leader, anche perché è quello che ho da più tempo e ha fatto capire a tutti che qui comanda lui. In braccio ho Neve, è una femmina di circa due anni che ho trovato sotto una macchina. Si stava riparando dalla pioggia ed era molto spaventata. Povera piccola, dovevi vederla! Ora non ha paura del contatto umano, anche se bisogna sempre trattarla con dolcezza e rispetto. Bisogna darle tempo, come succede tra le persone».

Mi trovavo d'accordo. Ne indicai uno che aveva catturato la mia attenzione. «E lui?»

«Lei, vorrai dire. È la più ambita da tutti i maschietti qui presenti, ha un talento naturale nell'apparire elegante, sempre pronta a ricevere coccole, ma quando si stufa se ne va via e si nasconde. Guai a infastidirla in quel momento, potrebbe graffiarti. È un gatto che non ha paura delle persone e dei rumori, e si lascia toccare facilmente... sempre quando non ha le balle girate».

«Bene, perché io ho bisogno di due gatti che non abbiano paura degli umani. Saranno con me in negozio e dovranno da subito sentirsi a proprio agio, cercare il contatto con i clienti e farli sentire meno soli di fronte a una tazza di tè. Insomma, si terranno reciprocamente compagnia e passeranno del tempo tra una coccola e l'altra».

Alla donna sfuggì una mezza risata. «Allora credo di sapere chi stai cercando. Vieni con me», mi disse, invitandomi a seguirla.

Superammo uno stretto corridoio dalle pareti verde smeraldo, interamente ricoperte da fotografie di gatti, ed entrammo in una cucina semplice, bianca, lineare e luminosa. Non capivo perché mi stava portando lì, visto che aveva detto che i gatti erano tutti concentrati nell'altra stanza.

Mi guardai attorno e notai subito una piccola cuccia imbottita. Di quelle usate dai cani di piccola taglia. La punta di una coda, con l'estremità che si chiudeva a formare un ciuffetto, spuntava fuori dall'apertura. La donna bussò delicatamente sul tetto e invitò gli ospiti a uscire.

«Bianca, Berny, forza, venite fuori che devo presentarvi una persona».

I gatti, come se avessero afferrato il concetto, uscirono uno alla volta. Per primo fece capolino un gatto dal pelo semilungo, di un bianco lucente e candido, con due occhi azzurri come una goccia del mare. Poco dopo, uscì un gatto ancora più grande. Oserei dire bello in carne. Sprigionava tutta la sua energia, mettendo in mostra un mantello bianco e nero e affilati occhi verdi.

Percepii una buona vibrazione. Era una sensazione positiva, di pace interiore. Sorridevo senza un perché, ed era sempre un ottimo segno.

«Eccoci qua!», iniziò schiarendo la voce. «Loro sono due fratelli. Buffi, vero? Il papà è Nerino, mentre la mamma è Neve. Hanno circa otto mesi e sanno fare i loro bisognini nelle lettiere e, soprattutto, sono molto uniti. Se sei alla ricerca di due gatti, credo che loro siano la soluzione migliore. Sono bravi, coccolosi, rispondono ai comandi, e non immagini quanto siano chiacchieroni se provi a parlarci. Quando vedono che prendi la loro bustina della pappa, corrono come dei matti e non smettono di farti le fusa. Non me la sono mai sentita di dividerli. C'era una persona interessata a Bianca, ma o insieme o niente...».

Guardai Maria, mentre era alla ricerca di chissà cosa, e poi spostai lo sguardo sui due gatti. Erano adorabili. Bianca aveva ancora gli occhi semichiusi, c'era da aspettarselo, era appena stata svegliata. Dondolava seduta, un movimento quasi impercettibile se osservato di fronte; e quella visione mi riportò indietro nel tempo. Mi ricordava tanto qualcuno. Qualcuno che avevo amato e che voleva tanto bene a mia nonna. Un flashback mi investì senza preavviso. Mi ritrovai in una stanza che conoscevo bene, seduta su una sedia, mentre sistemavo in ordine alfabetico delle erbe che mi aveva fornito mia nonna. Lei se ne stava su una vecchia poltrona, con la sua gatta adagiata sulle gambe come se fosse una coperta. Diceva che non c'era rimedio migliore per il suo male alle ossa.

«Li prendo io», dissi senza pensarci. Perché a volte le decisioni migliori sono quelle dettate dall'istinto, quello che ti conosce meglio. Mi abbassai e allungai una mano per poterli accarezzare, dolcemente. Si limitarono prima ad annusare le mie dita e poi cominciarono a strofinarsi. Non riuscivo più a staccarli da me. Era come se non avessero aspettato altro nella vita.

Maria osservava la scena entusiasta. Era felice perché era riuscita nel suo intento. «Credo che ti abbiano scelta anche loro. Per me non sarà facile lasciarli andare, ma devo farlo. Tu sei la persona giusta».

Fui colpita dalla sincerità delle sue parole.

«Sei davvero gentile, potrai venire a trovarli quando vuoi. La tisaneria è sempre aperta per te e sarò contenta di offrirti qualcosa per ricambiare».

Maria afferrò un fazzoletto dalla tasca e si soffiò il naso. Quel banale gesto racchiudeva tutto l'amore che metteva nel suo lavoro. «Lo farò senz'altro. E poi sono curiosa di vedere il tuo negozio. Sai, le mie povere orecchie ne hanno sentito parlare anche fin troppo...».

«La voce si è diffusa in fretta, eh?», chiesi divertita.

«Il paese è piccolo e le novità ci mettono poco a raggiungere ogni isolato, ma non è sempre un brutto segno. Imparerai in fretta».

Non avevo dubbi a riguardo. «Sto già cercando di mettermi al passo. In macchina ho due trasportini, ho il tuo benestare per portarli via già stasera o è meglio se passo domani?».

Scosse la testa. «Prima mi levo il dente e prima andrà via il dolore. Meglio adesso, così ho tutta la notte per abituarmi alla loro assenza. Dammi solo il tempo di recuperare i loro libretti e concedimi cinque minuti per spiegarti due cose».

Maria si voltò, aveva ancora gli occhi lucidi. Sapevo che il suo compito consisteva nel trovar loro delle famiglie, ma quei gatti erano la sua, di famiglia. Io sapevo cosa significava lasciar andare qualcuno, fuori dalla tua vita e fuori dal tuo cuore.

Mi invitò ad accomodarmi su una sedia, di fronte a un tavolo rotondo. Un profumo di eucalipto proveniva dal vaso posto in mezzo. Spostò una cesta di legno dalla parete e cercò all'interno.

«Eccoli qui. Hanno già fatto tutte le vaccinazioni e Bianca è anche sterilizzata. Quindi non corri alcun rischio di trovarti a breve una pancia piena e una cucciolata di gattini per il tuo negozio. L'ho fatto a mie spese, e finché le mie tasche potranno farlo, lo farò».

Da dentro la borsa presi il portafoglio ed estrassi una banconota da cinquanta euro. Purtroppo era tutto il contante che avevo dietro. «Maria, mi rendo conto che non è molto, anzi, mi vergogno pure a offrirti una cifra così ridicola. Solo che vorrei sdebitarmi e ripagarti le prime spese che hai dovuto affrontare per loro».

Tenevo quella banconota stretta tra le dita, ed era così stupido lo scambio che le stavo offrendo. La vita di quei gatti valeva molto di più.

Lei ignorò il gesto e mi bloccò con la sua mano. Quel tocco mi fece vacillare. Se non fossi stata seduta, molto probabilmente, mi sarei dovuta reggere a qualcosa. Di nuovo, il mio dono era tornato a me. Sospirai per accoglierlo.

«D'accordo, metterò via questi soldi, ma a un patto».

«Le promesse non sono mai state il mio forte. Ho smesso di farle da molto tempo. Se non si è in grado di mantenerle, non bisognerebbe mai giurare il falso».

«Allora chiamiamolo regalo. Tu mi hai appena fatto un dono e io ne voglio fare uno a te».

Maria mi guardava in silenzio, in attesa di scoprire cosa le stavo proponendo.

«Ho una cosa che può fare al tuo caso, ma dovrai passare a trovarmi in negozio. E dovrai, per quel pomeriggio, indossare uno dei tuoi vestiti più belli e colorare le labbra con il tuo rossetto preferito».

«Dài, mi stai prendendo in giro. Perché mai dovrei fare una cosa del genere? Che regalo è?»

«Ti sto regalando la possibilità di riprendere in mano la tua vita. Lo so che tutto questo», le spiegai indicando l'appartamento, «ti sta aiutando a colmare una mancanza. Se questi muri potessero parlare, rilascerebbero solo lacrime che hai versato per lui. Quando si perde un amore, ci si rifugia in tutte quelle cose che ce lo ricordano. Siamo disposti a consumarci la pelle pur di toccare quelle parti di noi che baciava o sfiorava. E non è solo un dolore fisico, io lo so, è qualcosa che va oltre. Perché la mancanza è dappertutto, fuori e dentro. Ma se si chiama mancanza, è perché prevede un suo riempimento. E tu adesso hai bisogno di dire basta, devi farti un regalo perché te lo meriti. Perché, guardati, c'è un mondo là fuori che non hai ancora visto».

Me ne fregai di tutto. Poteva prendermi pure per una pazza. Mia nonna me lo ripeteva sempre, mai rinnegare ciò che siamo. Mai scusarci per come la natura ci ha modellato. Le differenze dovranno pur servire a qualcosa.

Maria appoggiò i gomiti sul tavolo e poi si sfiorò la testa, come se avesse avuto anche lei un capogiro. «Io non ti ho mai detto di essere rimasta vedova».

«Respira con calma, non c'è niente di cui preoccuparsi. No, non me l'hai mai detto, la mia è solo una sensazione. Ti chiedo di credermi, pensi di riuscire a farlo?».

Maria buttò fuori tutta l'aria che aveva nei polmoni e iniziò a tossire. L'avevo capito, dalla sua voce, che aveva il mal di gola. «La tua domanda suona come una promessa. Non lo prometto, ma ti assicuro che ci penserò su. Forza, va' a recuperare il trasportino, qui ci sono due ragazzi in attesa di conoscere la loro nuova casa».

«Vado subito. Ti consiglio, per il futuro, di far essiccare le foglie dell'eucalipto, circa cinquanta grammi lasciate in infusione sono più che sufficienti per la tua tisana. Aggiungi un cucchiaino di miele e il succo di mezzo limone, e avrai ottenuto un rimedio naturale per contrastare la tosse e liberare le vie respiratorie».

Lei guardò prima me e poi il vaso che aveva appoggiato sopra il tavolo. Scosse più volte la testa, sorpresa, e si lasciò scappare un sorriso. Non ebbe nulla da ridire.

Capitolo otto
Enea

«Dio, ma sei seria? Togliti subito quella maglietta o l'amico qui sotto mi presenta una richiesta di sfratto immediato».

«Perché, che ha la mia t-shirt che non va?», chiese subito con voce incredula, come se davvero non ci arrivasse.

Ero consapevole che fosse rischioso commentare l'abbigliamento di una ragazza, soprattutto se non si trattava di un complimento. «Che ha? E hai pure il coraggio di chiedermelo?», replicai con aria convinta.

Forse si era messa la prima cosa che le era capitata a tiro e non si era accorta di niente. Sì, doveva essere così e mi bastava con nonchalance fare marcia indietro come un gambero.

«Davvero non saprei…». Mi rifilò quella risposta lasciata in sospeso, usando quel tono seducente che mi riservava ogni volta che voleva ottenere qualcosa. Aveva finto fino a quel momento e io ero caduto nella sua trappola.

Non era così ingenua come voleva apparire. L'avevo sottovalutata. La sua era una provocazione in piena regola.

Se voleva giocare, ci stavo.

Restai seduto sul letto, sporgendomi in avanti con gli avambracci appoggiati sulle ginocchia. Lei non cambiò posizione, spostò il peso del suo corpo sulla gamba destra. Anca in fuori e quello sguardo da furbetta che mi mandava dritto al tappeto. Dio, alle donne bastava davvero così poco per creare un effetto domino sui nostri neuroni... Era pronta alla guerra.

«Ma davvero? "Non abbiate fretta di innamorarvi, perché anche nelle fiabe il lieto fine arriva all'ultima pagina", ti dice niente?», le ricordai, indicando con fare distratto la sua maglietta.

Allora lei rise di gusto, gettando la testa all'indietro. Lo faceva tutte le volte che dicevo qualcosa di divertente imitando la sua voce. «Ah, ma ti riferisci a questa? Sì, lo so, è una citazione favolosa. Non trovi?».

Se non la smetteva di strofinare tra loro quelle lunghe gambe nude, rischiavo seriamente di perdere in partenza. Stava utilizzando tutto il suo sex appeal per mettermi in difficoltà.

No, avrei resistito. Lei era un'Ariete e io un Toro, non c'era sfida più interessante.

Mi limitai a fare spallucce e cambiai tattica. Non aggiunsi altro, certe volte con le donne bisogna fare così. Il silenzio è qualcosa che le indispone, non l'accettano come risposta perché l'ultima parola deve sempre essere la loro.

Il silenzio, a colpi di elettricità tra me e lei, durò pochi secondi.

«Sentiamo, mister Pulitzer della letteratura, che cosa propone?», tornò all'attacco come da manuale.

Mi presi un attimo per fare il punto della situazione. Da una rapida occhiata, non mi ero accorto che la scritta incriminata occupava tutta la zona delle sue tette. Ora, soffermarmi su quel punto non mi facilitava di certo il compito.

Pensa alla tua vicina di casa, pensa alla tua vicina di casa, mi ripetevo come un mantra.

La mia piccola difficoltà non passò inosservata. Tanto che lei spostò i capelli da un lato facendo scivolare giù la mano, fino a sfiorarsi il seno.

Era davvero troppo.

«Basta, ci rinuncio! Ma poi di cosa stiamo parlando? Quella scritta è il minimo da aspettarsi da una che è cresciuta a suon di cioccolata e principi azzurri, di film come *Pretty Woman* e libri d'amore», sputai fuori.

La cosa non fece piacere a Evelina. Tanto che si appoggiò al bordo della scrivania e mi scrutò con fare minaccioso.

«Dunque, vorresti dirmi che sono cresciuta nel modo sbagliato? Che è vietato sognare una storia d'amore come quella delle favole e che dovrei sentirmi in colpa?».

Quando si indispettiva e arricciava di lato le labbra, ero assalito da una voglia prepotente di afferrarla e baciarla per farle cambiare idea.

Spalancai gli occhi incredulo.

«Guardati intorno, hai una camera rosa, un letto a baldacchino con tende di pizzo e hai una collezione dei film della Disney! Quale sarà la tua prossima mossa? Regalarmi un paio di leggings bianchi e fingerti morta per ricevere un bacio?», la punzecchiai.

Evelina continuò a studiarmi, inclinando leggermente la testa di lato. Stava valutando cosa fare o, meglio, come rincarare la dose.

«No, non mi serve. Ho già ricevuto qualcosa di più di un bacio», replicò con aria sorniona. Di chi ti fa capire che ha il gioco in mano.

Godeva nel ricordarmi che avevo esagerato nel corteggiarla, mentre lei si era limitata alla prima mossa.

«Ah, è così? Forse ti sfugge una cosa, i cartoni della Disney non sono altro che la trasposizione di fiabe dove non esiste il lieto fine».

Si alzò in piedi con aria minacciosa. Non intendeva mollare. «No, quella è la versione di chi ha avuto una brutta infanzia», replicò lei.

«Su questo sbagli. Prova a cercare su internet il vero finale delle fiabe. Inizia da quella stupida sirenetta che ti piace tanto».

«Perché, sentiamo, come finisce?»
«Il principe sposa un'altra e lei si uccide».
«Mmm, e *La bella addormentata nel bosco*?», rilanciò.
«Il re approfitta di lei. Resta incinta, il re la ritrova e la sposa».
Evelina ebbe un attimo di esitazione. «Ah…».
Sbuffai. «Evelina, le persone in carne e ossa non vivono dentro a una favola. Niente è per sempre. Quello che voglio dire è che ogni cosa che vediamo, ogni cosa che viviamo e anche noi stessi, tutto ha una vita limitata. Giurare per sempre non è bello, è una minaccia, è una limitazione. È privare l'altra persona di poter scegliere tra tutte le possibilità».
Evelina mi scrutò. «Scusami?»
«Non devi cercare una favola solo per avere un lieto fine, devi cercare una favola che ti faccia innamorare in un nuovo modo ogni singolo giorno. Il lieto fine lo avrai, certo, ma dopo aver affrontato le difficoltà di un rapporto. Tutte le volte che avrai lanciato qualche piatto e dopo che, insieme, avrete raccolto tutti i cocci… questo è il lieto fine».
«Wow, davvero incredibile», bofonchiò.
«Che cosa?»
«Quello che è uscito dalla tua bocca. Non ti immaginavo con una visione così malinconica della vita. Che male c'è nel credere che tutto sia possibile? Che male c'è nel sognare?».
Alzai le mani in segno di resa. «Non fraintendermi. Non c'è alcun male. Solo che ti crei false aspettative e poi resterai delusa. Non voglio vederti soffrire».
«Non preoccuparti, non capiterà. Quindi mi stai dicendo che anche noi», disse, indicando prima me e poi lei, «siamo destinati a non stare per sempre insieme?».
Scossi la testa e mi avvicinai. Raccolsi il suo viso nella mia mano, affinché potesse guardami negli occhi. Potevo leggerci dentro la preoccupazione per il mio discorso. Forse avevo mancato di tatto spiegandole la mia visione delle cose. Io l'a-

mavo, ma non avevo mai creduto alla formula "E vissero felici e contenti". Perché bisognava convincersi che qualcosa potesse durare per sempre? «Io ti sto promettendo qualcosa di ben più grande. Non ti sto dicendo che non saremo ancora qui a parlarne tra trent'anni, quaranta o cinquanta, ma ti sto chiedendo di non avere fretta. Godiamoci quello che oggi stringiamo tra le mani, non fasciamoci la testa prima del tempo, perché c'è il rischio di vedere andare in frantumi tutto quello che abbiamo fantasticato per il nostro domani».

«D'accordo», ribatté lei. «E comunque tu parli così perché non hai mai visto che cos'è l'amore vero. Io ho visto la favola nei miei genitori e so per certo che anche io avrò il finale che mi merito». Era talmente convinta che evitai di deluderla ancora.

La differenza tra me ed Evelina era elementare. Lei aveva difficoltà ad accettare la realtà. Era passata dalle fiabe della buonanotte ai romanzi rosa, e ai film strappalacrime. Sognava, ma non potevo fargliene una colpa. È un'industria vera e propria che induce le donne a mettersi in attesa e sperare un giorno di incontrare l'uomo dei sogni. Non devono lamentarsi se poi le delusioni d'amore sono dietro l'angolo. Perché i libri sono solo pezzi di carta, mentre la realtà non è fatta per essere letta ma vissuta.

Sorrisi. «Se è questo che vuoi, te lo auguro. Io continuerò a regalarti la nostra favola di giorno in giorno».

«Be', come inizio me lo farò bastare, ma non finisce qui», mi punzecchiò. «Vedrai, ti farò cambiare idea».

«Ci sto».

Di nuovo. La mia soglia di sopportazione, già piuttosto bassa, era messa a dura prova. Tra l'altro, dovevo ricordarmi di cambiare la suoneria perché *Eyes of The Tiger*, oltre a essere un po' datata, non si addiceva molto a un sindaco.

«Che è successo?», ringhiai con il telefono premuto

all'orecchio, senza iniziare la conversazione con un semplice pronto, dopo la decima chiamata ricevuta in meno di un'ora. Mi stava andando a fuoco la testa. Come facevano certi uomini d'affari a parlare con quell'aggeggio tutto il giorno. Io in meno di mezza giornata ero pronto a fargli fare un doppio salto carpiato direttamente dentro la tazza del water.

«Enea, abbiamo un problema. Diciamo che non ci troviamo bene con questo nuovo spazio e non sappiamo dove montare il palco e allestire l'area per la gara di torte».

Iniziamo bene.

«Aspetta un attimo... Mi stai prendendo in giro? Ma proprio ieri ho fatto un sopralluogo e ho spiegato tutto al tuo socio. Gli ho lasciato anche uno schizzo del progetto su un foglio. Non capisco la difficoltà».

D'accordo, non ero mai stato uno da dieci in disegno tecnico, ma non era così difficile. Non stavamo parlando di progettare un grattacielo, ma di organizzare una semplicissima festa di paese. Ogni anno era sempre uguale, mai cambiata di una virgola, si trattava solo di un piccolo spostamento per via dei lavori nella piazza. Niente di così impossibile. Ora riuscivo a immedesimarmi nella mia professoressa quando mi ripeteva: «Io davvero non so come fa a non entrarti in testa, è tutto così semplice».

«Credo che per capire dovresti venire a vedere».

Un'altra volta.

«Ti sei dimenticato che ho almeno altre mille cose di cui occuparmi? È un pessimo momento, siamo troppo in ritardo rispetto alla tabella di marcia e devo controllare anche i lavori nella piazza. Deve essere tutto pronto in tempo per la gara. Credo che dovrai sbrigartela da solo»

«Non se ne parla. Mi hanno minacciato».

«Come hai detto? Chi ti ha minacciato?», chiesi incredulo. A Roccamonte non si vedevano certe cose. C'era una stazione della polizia, ma se ne stavano comodamente seduti a sbrigare pratiche in ufficio perché, la nostra, era una cittadina modello. Non si registravano mai furti, risse, e le multe potevi contarle sulle dita di una mano.

«Per questo ti ho detto che devi venire. Qui succede un casino. Tutte le iscritte alla gara di torte si sono rivoltate, non sono d'accordo su niente. Dicono che la nuova organizzazione della festa andrà a vantaggio di qualcuna e a svantaggio di altre. Che devo fare?»

«Ma tu dimmi se devo occuparmi anche di questa cosa. Ora che c'entra il vantaggio e lo svantaggio? Non riesco a capire...».

«Un po' di silenzio che non sento! Sì, è Enea...», spiegò a qualcuno.

«Ma con chi parli?», chiesi diretto. Avevo i minuti contati e Francesco, invece di concludere la conversazione, perdeva anche tempo a stare a sentire quelle cialtrone. E d'accordo, non avrei dovuto usare certi termini per parlare dei miei concittadini, ne andava anche del mio senso civico, ma sfiderei chiunque a reagire diversamente in casi simili.

«Più tardi viene. Si calmi, no, non è il momento per...», continuò imperterrito, senza degnarmi di una risposta.

«Che succede?», gridai sull'orlo di una crisi di nervi. Per calmarmi presi a calci quel sassolino che, già da prima, mi infastidiva.

«È Marta, quella del negozio di alimentari. Vuole parlare con te».

Dall'altro capo della cornetta sentivo un gran fracasso. La situazione stava degenerando. Forse era il caso di contattare Alvin alla Centrale.

«No, non passarm...», non riuscii neanche a terminare la frase. Quanto odiavo essere interrotto.

«Enea? Sei tu?», mi chiamò una voce femminile.

«Mmm», mugugnai, sforzandomi di trattenere l'ondata di parolacce dentro la mia bocca.

«Perché ci stai facendo questo? C'è qualcosa sotto?»

«Ma di cosa diamine stai parlando? Non ti seguo».

«Non so se a te sembra normale ribaltare l'ordine stabilito delle bancarelle e posizionarle lanciando i dadi. È naturale che le prime venderanno di più di quelle più nascoste. C'era una cartina ben precisa che avevi approvato, ma che ora non ti interessa più. Non è così?».

Se di colpo il marciapiede mi avesse offerto un varco per saltare di sotto senza alcuna protezione, giuro che l'avrei fatto.

«Cartina? Da quando c'è una cartina? Possibile che debba sempre essere l'ultimo a sapere le cose…».

«Sì, be', no, almeno non fisica. Si tratta di una cartina mentale che ti avevamo proposto a una riunione e che tu avevi approvato. Dài, avevi detto che era un'idea perfetta», obiettò lei.

Ci pensai su, cercando di ricordare.

«Sai cosa faremo adesso? Andate tutte da qualche parte, che ne so… magari a casa di una di voi e gestite umanamente questa situazione. Anzi, ancora meglio, propongo di mettere i vostri nomi in un'urna e poi tirare a sorte», buttai lì, consapevole che la mia idea faceva schifo e non avrebbe cambiato niente.

«Allora non mi hai sentito, ti ho appena det… E molla, devo finire». Aveva il fiatone, per quanto strillava.

«Sta' tranquilla. Sono certo che troveremo una soluzione».

«Mi dia indietro il telefono. Oh, Enea, ci sei ancora?»

«Sì…».

Il mio sguardo era allucinato.

«Ora mi dai ragione?».

Mi scusai. «Dannazione, ok, dammi una mezz'ora e sono da te. Cerco di fare il prima possibile e tu non stare ad ascoltarle. Prima o poi si stancheranno»

«Mezz'ora? Ma stai scherzando?»

«Dubito, nessuno dei due sta ridendo».

«Ah, ah. Questa era forte... ».
«Francesco...».
«Eh?»
«Ho piena fiducia in te. Non mi hai mai deluso e so che sarai in grado di cavartela fino al mio arrivo. Quindi ora ti chiedo di chiudere la chiamata, usare un po' di polso, e ristabilire la calma. Dio santo, sono donne, che pensi possano farti?».
Seguì un momento di silenzio. L'avevano già fatto fuori?
«Ok, se lo dici tu».
Ah, no. Era ancora tra noi.
«Metti giù e fa' come ti ho detto. A dopo», tagliai corto prima che chiudesse la conversazione. Imprecai contro la cornetta ormai muta.
Non ci voleva. Non con così poco preavviso.
Qualcosa mi colpì la fronte e per istinto sollevai gli occhi. Non mi ero accorto che ero sovrastato da un cielo che poteva competere con un film in bianco e nero, faceva quasi paura la rapidità con cui si era trasformato in quel colore. Non avevo neanche un ombrello con me, visto che quando ero uscito sembrava una giornata fantastica.
Accelerai il passo per raggiungere la mia auto, cercando di ripararmi tra un balcone e l'altro. Sfortunatamente indossavo anche la giacca ritirata dalla lavanderia pochi giorni prima. Ero attento alla forma fuori di casa, avevo un'immagine da salvaguardare, e la pioggia rischiava seriamente di comprometterla.
Azionai il turbo e iniziai a correre. Pregando di non beccare in pieno l'acquazzone.
Neanche ai tempi della scuola mi muovevo così in fretta per raggiungere il pullman che arrivava alla fermata.
Niente da fare, ormai era chiaro che non ce l'avrei mai fatta. La mia macchina era un miraggio. Mi coprii la testa con la valigetta che stringevo nella mano e mi infilai dietro una

persona che stava per entrare in un negozio. Dovevo mettermi al riparo, almeno finché il peggio non fosse passato. Il resto poteva anche aspettare.

Richiusi la porta alle mie spalle con un po' troppa forza, tanto che il campanellino appeso sopra suonò con tutto il suo entusiasmo. *Eeeee, macarena!*

Tirai un sospiro di sollievo, cercando di farmi passare il fiatone.

Appena riaprii gli occhi, misi a fuoco il luogo in cui mi trovavo. Molto lentamente.

La prima cosa che notai fu che tutti i presenti si erano voltati verso di me, interrompendo quello che stavano facendo. Dovevo aver fatto un gran casino.

Feci un sorriso di circostanza come per dire che era tutto sotto controllo e di non stare lì a preoccuparsi, ma svanì con la stessa rapidità con la quale era spuntato, appena notai quella chioma rossa che mi fissava con una teiera sollevata a mezz'aria.

Merda.

Capitolo nove
Selva

«Uffa, uffa, uffa! Non ce la farò mai a imparare tutti questi nomi», sbuffai lanciando la matita oltre il tavolo. Cadde giù e continuò a rotolare fino a sotto il mobile. Faceva bene a nascondersi, ero un disastro.

«Sì, che ce la farai. E ci riuscirai solo quando la smetterai di imparare le cose a memoria. Non ti hanno detto a scuola che non serve a nulla memorizzare e basta? Imparare non deve essere mai uno sforzo, perché è un regalo che fai a te stessa. Certo, richiede un impegno non indifferente, bisogna far lavorare la mente, immagazzinare dettagli con gli occhi, toccando e sperimentando, e poi chiuderli in una scatola. Li tirerai fuori da lì ogni volta che ti serviranno. Vedrai che con il tempo ci riuscirai. Cosa credi, che per me sia stato semplice?».

Non avevo mai sentito la nonna dire di non essere in grado di fare qualcosa. Lei sapeva sempre fare tutto. Ai miei occhi era come un supereroe, capace di trovare sempre una soluzione. Non sapevo come, ma ci riusciva tutte le volte. Lei era la mia supernonna!

Le sue parole aprirono uno spiraglio di luce. «Davvero? Quindi anche io ho qualche speranza di diventare brava proprio come te?», le chiesi tutto d'un fiato, emozionata.

«Continua a compilare il tuo erbario e segna tutto ciò che ti dico. Un giorno, quando sarai pronta, ti affiderò il mio libro… quello che mi ha tramandato mia madre».

Ero felice, talmente felice che facevo fatica a trattenere quel sentimento. Mi sarei messa a saltellare sul posto per sfogare la mia gioia che spingeva per essere liberata. Le chiedevo in continuazione spiegazioni su quel libro che custodiva con cura nel cassetto del suo comodino, ma ogni volta cambiava discorso. Non riuscivo mai a cavarle niente di bocca. Sosteneva che per ogni cosa c'era un tempo, e io non ero ancora pronta per sapere.

Però, ora che ci pensavo, c'era qualcosa che non quadrava. «E perché ce l'hai ancora tu? Se è vero che te l'ha dato la tua mamma, dovrebbe averlo la mia. Non riesco a capire...».

«Non tutte le cose hanno bisogno di una spiegazione, Selva. Per ora ti basti sapere che tua mamma non l'ha mai avuto».

«Sì, ma perché?». Ero determinata a sapere.

La nonna sollevò gli occhi al cielo e poi li posò su di me. Si vedeva che stava combattendo una lotta contro se stessa. Indecisa se dirmelo o no.

«Lei non l'ha neanche sfogliato. Ti basti sapere che non è mai stata pronta...».

Di nuovo aveva pronunciato quel "Ti basti sapere". A me, però, non bastava.

Riflettei. «Ma anche la mamma sa tante cose, proprio come te».

«Sì, tesoro, lo so. Però, vedi... non tutti siamo portati per raggiungere le stesse cose. Tua madre non ama molto aprirsi con gli altri, preferisce tenersi tutto per sé e questo la rende simile a tante altre persone», disse quelle parole afferrandomi una mano.

Sentivo il suo calore sprigionarsi da quelle dita così sottili, intrecciate alle mie. Indossava ancora la fede che non si toglieva mai, neanche quando le si gonfiavano le mani per il caldo e si mordeva il labbro per trattenere il dolore. Mi diceva di non preoccuparmi. Sosteneva che il dolore è una prova d'amore, perché ogni cosa che amiamo, per essere apprezzata così tanto, deve farci anche un po' soffrire.

Abbassai lo sguardo e poi lo posai di nuovo su di lei, come nella ricerca di qualche dettaglio fisico da poter afferrare. Magari poteva aiutarmi. Perché davvero non riuscivo a interpretare quello che mi stava dicendo. Perché?

«E io invece ci riesco?», chiesi senza pensarci troppo.

Gli occhi della nonna acquistarono una nuova luce, come se mi vedessero per la prima volta. Quelle pagliuzze brillavano al ritmo della fiamma della candela sul tavolo. Non c'era giorno che non ne accendesse una. Il cassetto della credenza ne era pieno e lei continuava a comprarne, sembrava non averne mai a sufficienza. La maggior parte erano bianche e azzurre. Le prime servivano per purificare e attirare energie positive e le seconde per proteggerci. Me l'aveva detto lei: i colori sono importanti.

«Certo che ci riesci», confermò come se fosse la cosa più ovvia al mondo. «Ed è per questo che la mamma si arrabbia spesso con te e ti ferisce con le sue parole. Ricordati sempre questo: tu non devi essere diversa da ciò che sei, perché in te si nasconde un mondo meraviglioso che devi mostrare. Hai un dono, proprio come me, ed è mio compito aiutarti a tirarlo fuori. Vedrai che vi prenderete cura l'una dell'altra».

Scossi la testa. Mi fidavo della nonna, ma quando ero a casa non ci sarebbe stata lei a difendermi. Non c'era quando mio padre metteva sotto una campana di vetro mio fratello, e mi trattava con indifferenza. Quasi come se non appartenessi a quella famiglia. Si sforzava di fare il padre, ma gli riusciva a metà. E mia madre non faceva che stare zitta e confermare quella sensazione di diversità che ribolliva dentro di me. Però si dissolveva ogni volta che ero con lei, mia nonna.

«La mamma si arrabbierà tanto, mi dice di non credere a tutto quello che mi dici. Che dici tante fesserie per far felici le persone e che i tuoi intrugli servono a dare alla gente ciò che vogliono sentirsi dire».

Non mi preoccupai di inserire un filtro tra cervello e bocca. Anche se avessi voluto, non ne sarei stata capace. Le bugie non facevano per me, era come se qualcuno mi tirasse fuori con una corda ogni pensiero. Lo giuro, io ci provavo a spezzarla con i denti ma quella sembrava fatta di acciaio.

«Non si dicono queste cose. Le erbe sono vita. Si offendono, sai? Non fanno niente di più che fornire speranza a quello che chiediamo».

Feci spallucce. «Sarà, ma io ho ancora difficoltà a riconoscerle. Melissa, verbena, salvia officinale… Nonna, io non ci capisco niente!», sbuffai con gli occhi lucidi. Temevo di deluderla. Forse non ero come lei, se tutto mi appariva così complicato.

Affondai la fronte contro il legno del tavolo, in segno di resa. Ero esausta.

Un tocco leggero mi sfiorò la nuca. C'era sempre una magica delicatezza in tutto ciò che faceva, perché non conosceva la fretta. Era sempre quella che rovinava tutto. Anche i gesti più elementari.

«Ti concedo qualche minuto per sfogare la tua frustrazione e per buttare fuori le energie negative. Sai cosa possiamo fare? Un gioco! La nonna ti preparerà una tisana che fa al caso tuo e, con l'aiuto del tuo palato e delle tue sensazioni, mi dovrai dire cosa ho messo dentro. Ci stai?»

«So già che perderò in partenza», borbottai.

«Lo sai perché non credi in te o perché hai paura di dire la cosa sbagliata?»

«Non so, entrambe le cose».

Non aveva ancora smesso di accarezzarmi i capelli.

«Allora, se dirai qualcosa di sbagliato, giuro che non ti riprenderò. Sarà il nostro modo per allenarci e se indovinerai… Ti insegnerò a preparare la torta che ti piace tanto. Ti seguirò passo dopo passo, a patto che non condividerai la ricetta con nessuno. Che ne pensi? Sarà un nostro segreto».

Alzai la testa di scatto e incatenai i miei occhi ai suoi. Potevo leggerci dentro un amore smisurato, di quelli capaci di darti tutto al costo di rimanere con le tasche vuote. E allora accettai, tendendo la mia mano verso di lei. «Affare fatto!».

Il nuovo giorno era iniziato con un simpaticissimo balzo sopra il mio letto. A dire il vero si trattava di una rincorsa a perdifiato, ma quello lo scoprii poco dopo. Bianca e Berny non avevano fatto altro che passare l'intera notte a esplorare la nuova casa e, quando si erano stufati, avevano ben pensato di giocare a rincorrersi. Mi pareva giusto. Erano trascorse meno di cinque ore da quando avevo appoggiato la testa sul cuscino e Morfeo mi aveva preso con sé. E sì, era il prezzo da pagare per offrire sempre dolci freschi. Avevo davanti a me circa due ore di lavoro perché la tisaneria apriva al pubblico alle 7:30. Prevedevo un'altra giornata con pochi clienti. Almeno a giudicare dalla nebbia.

Mi preparai in tutta fretta, non ero mai stata una di quelle ragazze che impiegano ore davanti allo specchio o che, appena aprono gli occhi, non vogliono sentire volare una mosca. Odiavo perdere tempo, e ancora di più fissare l'armadio nella speranza che balzasse fuori Enzo Miccio con in mano l'outfit perfetto. Mi bastava essere presentabile. Un vestito a manica lunga, un paio di collant neri e stivaletti con il tacco basso potevano andare benissimo. Un trucco super leggero, giusto per dare un tocco di colore al mio viso lentigginoso ed ero pronta.

Aprii la porta e lasciai che i gatti scendessero giù dalla scala. Li seguii, raggiungendo la cucina. Indossai un grembiule, poi recuperai gli ingredienti che mi servivano per preparare la pasta frolla. Non appena fu pronta, la lasciai riposare per una mezz'ora nel frigorifero e riempii la planetaria di uova, farina, lievito, panna, zucchero, olio di semi e cacao amaro. L'idea era di preparare una gustosissima torta panna e cioccolato e guarnirla con una glassa al cacao e colorate codette.

Mi muovevo in quella cucina come se fosse la cosa più naturale al mondo. L'avevo sistemata in modo tale che fosse tutto a portata di mano. Mi sentivo a casa tra quelle mura. Ero scattante, rapida nei movimenti e in due ore riuscii a sfornare anche due crostate, piccole apple pie, biscotti con cioccolato fondente, e crostatine alla frutta con crema chantilly. Era merito degli insegnamenti di mia nonna, era lei che mi aveva trasmesso gli strumenti per poter creare delle vere e proprie squisitezze.

Un profumo di zucchero dolcissimo aleggiava in ogni angolo del negozio. Si intrufolava tra i tavoli, attraversando le pareti, e solleticava le narici. Non c'era inizio di giornata più piacevole. Sorrisi, soddisfatta del lavoro.

Accesi le luci e premetti il telecomando per sollevare le serrande. Verificai che tutto fosse a posto.

Bianca e Berny iniziarono a esplorare quel nuovo ambiente. In un primo momento sembrarono disorientati. Perlustravano il territorio fianco a fianco, come per darsi forza, ma tutto cambiò non appena si accorsero del tiragraffi e delle mensole che riempivano le pareti fino al soffitto. Lì potevano sentirsi liberi di nascondersi, dormire, saltare e tenere sotto controllo l'intera situazione.

Mi raccolsi i capelli in una coda alta e osservai il mio riflesso nello specchio. L'immagine mi rimandava il volto di una ragazza stanca ma soddisfatta. Sì, avevo fatto la scelta giusta. Adesso iniziavo ad avere una maggiore consapevolezza. Sentivo di essere capitata nel posto giusto, e mi diedi della sciocca ripensando alla prima impressione che avevo avuto quando Giulia me l'aveva proposto.

Andai dietro al bancone e il suono di un campanellino mi avvertì dell'arrivo di qualcuno.

Contro ogni aspettativa, Vittoria era tornata a farmi visita.

«Che tempaccio!», mi fece notare indicando il cielo e strofinando i piedi sullo zerbino prima di entrare.

Posai le mani sul ripiano e mi sporsi per guardare fuori dalla vetrina. A me tutto sembrava tranne che brutto, ma era lei l'esperta di meteo. Non io.

«Mi fido di te», mi ritrovai a dire, con un'alzata di spalle.

«E fai bene perché qualcuno, tra non molto, si divertirà a tirare giù secchiate di acqua», scherzò chiudendo la porta. Poi si bloccò. «Oh, ma guarda un po'. Vedo che qui ci sono nuovi ospiti», disse non appena si accorse di Bianca che si era precipitata tra le sue gambe e aveva iniziato a strofinarsi. Vittoria indossava dei pantaloni neri e, anche se era un colore che stava bene con tutto, non si abbinava di certo con quei lunghi peli bianchi. Forse era il caso di munirsi di una spazzola adesiva da lasciare in negozio.

«Sì, ti presento Bianca», risposi indicandola. «E quel monello laggiù, che sta giocando con il topino di stoffa, è Berny», sottolineai spostando l'attenzione verso di lui.

«Piacere mio, piccola Bianca», disse accarezzandole la schiena. Lei non perse tempo per inarcarla, socchiudere gli occhi e sollevare il musetto alla ricerca di maggiori attenzioni. Era una furba, altroché.

«Non mi aspettavo di vederti così presto», le dissi in tutta onestà.

«E perché no? Questo posto mi piace e credo proprio che dovrai sopportarmi a lungo visto che il paese si sta riempiendo di turisti per la festa», mi fece notare.

«Mmm, quindi mi stai dicendo che saranno tutti là fuori e tu ti stai rifugiando qui perché sai che non entrerà nessuno?», le suggerii.

Intanto aprii lo sportello della lavastoviglie ed estrassi il vassoio con i bicchieri e le tazze pulite. Una nube di vapore al profumo di limone mi solleticò la pelle e starnutii.

Scosse la testa più volte. «No, non voglio dire questo. Solo che qui la gente è abitudinaria. Alla fine, anche i turisti sono sempre gli stessi. Conoscono questo paese come le loro tasche e sicuramente andranno alla tavola calda di Ines. Ovviamente posto permettendo…».

Sì, avevo presente a cosa si riferiva. L'avevo intravista qualche giorno prima quando ero andata a comprare qualcosa per cena al vecchio negozio di alimentari. Aveva sei immense vetrate che facevano angolo tra le due vie più trafficate. Non poteva di certo passare inosservata, visto che si trovava lungo la strada obbligatoria per imboccare la statale.

«Be', certo, può anche essere, ma magari la novità li spingerà fino a qui. E poi se si troveranno bene, potrebbe sempre essere una buona opportunità per far partire il passaparola, non trovi?».

Vittoria si era accomodata al tavolino a due posti, adiacente al bancone. «Io sono sicura che ce la farai, ragazza! Venire a Roccamonte e investire tutto quello che avevi in questo posto», disse allargando le braccia, indicando il negozio, «è qualcosa da ammirare, soprattutto con i tempi che corrono e per ragazze belle e giovani come te».

«Questi me li prendo. Ricevo talmente pochi complimenti che quando li sento, li accetto volentieri», sorrisi mentre passavo lo strofinaccio, sopra il bancone. Ero ossessionata dalla pulizia. Potevo fare concorrenza alla pubblicità di una nota marca di detersivi. Una volta controllato che tutto fosse a posto, mi avviai verso il carrello dei dolci. In realtà si trattava di un tavolo in noce, sotto il quale avevo inserito delle rotelle per spostarlo con più facilità. Lo copriva una tovaglia di lino che apparteneva a mia nonna. Nonostante gli anni era ancora immacolata. Mi complimentai con me stessa: quel banchetto era davvero invitante. Chiunque fosse entrato, ne ero certa, non avrebbe fatto fatica a trovare qualcosa di suo gradimento. A pensarci bene, forse avevo un tantino esagerato. Però preferivo abbondare che lasciare dei buchi. Era o non era il mio biglietto da visita?

«Tranquilla, vedrai che sarà così. Ora non ci resta che

aspettare e vedere cosa ti porterà questa nuova giornata», disse prima di accorgersi che non aveva ancora ordinato niente. «Insomma, ma la colazione? Lo chef cosa mi propone oggi?», mi domandò, facendo un cenno con la testa in direzione della lavagna appesa dietro al bancone.

Era stata un'idea dell'ultimo momento, spuntata, con un pessimo tempismo, non appena mi ero infilata a letto. Chissà perché tutte le idee brillanti arrivano sempre nei posti e momenti meno opportuni. Avevo provato a dire al mio cervello di mandare in ferie forzata l'emisfero destro, ma quello era stato irremovibile. Anzi, mi aveva sfornato un'infinità di soluzioni da mettere in atto. Così, con l'aiuto di un pennarello indelebile bianco e grazie al corso di handlettering, avevo riempito la lavagna con un messaggio di benvenuto per i clienti.

Mi presi un attimo di tempo per scrutare con più attenzione il viso di Vittoria. Mi persi a osservarne i dettagli: quelle rughe d'espressione agli angoli degli occhi, i solchi lungo le guance e quelle piccole imperfezioni che spuntavano sotto un leggero strato di fondotinta. Ero sulla strada giusta.

«Per caso, nell'ultimo periodo, c'è qualcosa che ti sta turbando?», le domandai diretta.

Si limitò a fare spallucce, poco convinta. «Solo una? Ormai è così da una vita, anzi, mi stupirò il giorno in cui non ci sarà un ostacolo da quando mi sveglio a quando vado a letto».

«Che esagerata! Questi pensieri negativi non li voglio nel mio negozio», scherzai, mentre continuavo a osservarla. «Non guardare le cose materiali ma soffermati sulle piccole cose. Ho come la sensazione che si tratti di una cosa recente, qualcosa che ti fa rimanere sullo stomaco ogni cosa che mangi...».

Vittoria incrociò le dita delle mani e ci guardò dentro. Era come se avesse di fronte una sfera di cristallo e stesse prendendo secondi preziosi per trovare una risposta, o un pretesto.

«In effetti c'è qualcosa, ma non credo sia questo il vero motivo».

«Io credo che se ti è venuta in mente, allora vuol dire che sei sulla strada giusta per capirlo. Io ti consiglio un tè rosso bello caldo e una fetta di crostata alla marmellata, il primo ti aiuterà a rimettere in sesto la tua pelle e la torta... be', per addolcire la giornata. E niente caffeina per oggi», aggiunsi in fretta e facendole l'occhiolino.

«Andata!», commentò lei.

Così preparai delle foglie di rooibos da lasciare in infusione in acqua bollente e tagliai una fetta di crostata. Posizionai il tutto sopra un vassoio di legno e lo posai sopra il tavolino di Vittoria.

«Vedrai che ti innamorerai di questo tè. Stimolante se consumato al mattino e adatto a conciliare il sonno se assunto la sera», le spiegai velocemente.

Il suono del campanellino appeso sopra la porta mi fece voltare di scatto, quasi stupita di sentirlo ancora una volta. Aveva appena fatto capolino dentro il negozio una giovane coppia con un bambino. Mi trovai a sorridere involontariamente, forse la giornata non sarebbe andata così male.

«Buongiorno e benvenuti», esordii, recuperando due menu dal bancone.

«Anche a lei», rispose la donna mentre l'attenzione del figlio fu catturata da Bianca che era apparsa davanti a loro.

«Mamma, mamma, guarda!», strillò lui indicandola più volte, euforico.

«Oh», il padre si guardò intorno un po' confuso. «Forse abbiamo sbagliato posto?», domandò grattandosi il mento e cercando di rispondersi da solo.

«Be', dipende da cosa state cercando», rilanciai con naturalezza.

«Siamo venuti per *Agguanta una mela*. Alloggiamo qui vicino, solo che abbiamo pensato di fare colazione altrove.

Per fare una passeggiata e scaricare le pile di nostro figlio. Però forse siamo capitati nel posto sbagliato...», domandò alludendo alla presenza dei gatti.

Scossi la testa, determinata più che mai a non perdere i primi clienti della giornata. «Siete capitati nel posto giusto. Prego, seguitemi», risposi invitandoli ad accomodarsi al tavolo di fronte alla vetrina principale. Quello era uno dei miei preferiti perché godeva di un'ottima vista ed era illuminato di luce naturale. «Spero solo che non abbiate paura dei gatti, perché loro sono l'anima di questo negozio».

Il bambino non aveva ancora smesso di accarezzare Bianca che era decisa a ricevere quante più coccole possibili, tutte in una sola volta. Sembrava non averne mai abbastanza e non si stufava, anzi. Alla prima occasione dovevo ringraziare Maria perché non poteva scegliere gatto migliore.

«Assolutamente no! Ne abbiamo anche noi uno a casa. Devo ammettere che è la prima volta che vedo un posto come questo, ma la trovo un'idea originale».

«Grazie mille! Intanto vi lascio i menu per decidere cosa bere, mentre i dolci del giorno sono su quel tavolo in fondo. Decidete con calma, torno tra qualche minuto».

I due annuirono, mentre il bambino si era spostato nell'area giochi e si divertiva a lanciare il topolino ai gatti. Era una bella scena da guardare. Mi faceva stare bene. Sentivo che ogni passo che avevo fatto era verso la strada giusta.

«Iniziano ad arrivare i primi turisti», mi fece notare Vittoria.

Mi limitai ad annuire trattenendo il mio entusiasmo. Se il mio corpo avesse potuto parlare, credo avrebbe singhiozzato di felicità. «Sai, non pensavo che un piccolo paese come questo organizzasse qualcosa di grosso. Non so, mi aspettavo qualcosa che coinvolgesse solo gli abitanti, e invece spinge fino a qui dei turisti!».

«E non hai visto ancora niente. Lo sai che ci sono dei pullman che partono dalla stazione principale e portano direttamente le persone al centro del paese? C'è proprio la fermata prima del benzinaio. Lo fanno per non creare troppi disagi, visto che sarà impossibile trovare un parcheggio per tutti. Lo è anche per noi che abitiamo qui».

Rimasi di stucco. E chi se lo aspettava. «Mi stai prendendo in giro?»

«È la verità e lo vedrai molto presto con i tuoi occhi. Il giorno della fiera avrai difficoltà a camminare per le strade, non riuscirai neanche a passare senza urtare qualcuno, e io ti auguro che farai grandi incassi».

«Magari!», esclamai. «Pensa che dovrà venire ad aiutarmi una mia amica perché dovrò assentarmi per partecipare alla gara».

Vittoria sbarrò gli occhi, colpita dalle mie parole. «Ragazza, hai deciso di partecipare?»

«Sì, ho compilato i moduli dell'iscrizione. Non ti dico la faccia che hanno fatto quando mi hanno visto, forse pensano che una ragazza giovane come me non sia in grado di fare una semplice torta di mele?»

«No, temono che il tuo bel faccino conquisterà il giudice e ammalierà i visitatori».

Arrossii. «E io che sto qua ad ascoltare le tue battute. Vado a prendere l'ordine e poi voglio sapere cosa ne pensi di questo tè».

Le ore successive erano volate via. Il locale era pieno e io saltellavo da un tavolo all'altro per assicurarmi che i clienti stessero bene e che tutto fosse in ordine. Se all'inizio della mattina temevo che i dolci fossero troppi, ora speravo che fossero sufficienti per arrivare fino alla chiusura. Certo, mi era rimasta ancora un po' di pastafrolla in frigorifero, sufficiente per una crostata, ma dovevo attendere di rimanere sola per poter chiudere la porta per la successiva mezz'ora. Una lezione che mi sarebbe servita per la prossima volta.

Non sentivo la stanchezza, tanta era l'adrenalina che circolava nel mio corpo. Ed era una sensazione meravigliosa, che risvegliava anche la più piccola cellula, e che avrei ricordato per sempre. Ripensavo ai giorni precedenti, quando temevo di non farcela, di essere capitata nel luogo sbagliato e con l'attività sbagliata. Certo, non ero sicura che la colpa fosse di Roccamonte... poteva essere un totale fallimento anche in qualsiasi altra città. In fondo, la gente si divide in due categorie: chi rimane attaccato a ciò che conosce e chi accetta il cambiamento. E per entrare nel mio negozio dovevi accettare quel cambiamento.

Note di musica New Age fuoriuscivano dalle casse e rendevano l'atmosfera ancora più intima e raccolta. Nonostante non ci fosse un tavolo libero, le voci non si accavallavano. Anzi, sembrava che ognuna di quelle persone sentisse di dover mantenere un tono quanto più pacato possibile. Erano a proprio agio, lo potevo leggere in ognuno dei loro sguardi.

Una voce mi strappò dalla matassa di quei pensieri. Qualcuno mi aveva appena chiamato al suo tavolo.

«Eccomi qua», esclamai non appena mi ritrovai lì davanti. «Era tutto di vostro gradimento?», chiesi notando le tazze e i piattini vuoti. Era gratificante notare che i clienti apprezzavano la mia cucina.

Avevo di fronte una coppia di adorabili over settanta. Lei era una donnina esile, di bassa statura, fragile non solo dal punto di vista fisico ma anche interiore. Aveva uno sguardo che mi raccontava tutta la sua vita. Ed ero certa che nascondesse anni di profonda nostalgia e dolore, ma altrettanti di una gioia smisurata. Di quelle capaci di spazzare via ogni singola preoccupazione. Lo intuivo da come si aggrappava alla mano del marito, intrecciando le dita alle sue, come se avesse paura di perderlo da un momento all'altro. Non gliel'avrei mai domandato, ma in quel tocco vedevo un amore che resisteva da moltissimo tempo.

«Benissimo! Mi sono spazzolato due fette di torta, non è che mi chiederà i danni per qualche briciola che è rimasta nel piattino?».

Sorrisi di fronte a quell'omone che proteggeva, sotto quella sua imponente figura, un'anima così genuina. «Eh, per questa volta chiuderò un occhio, ma la prossima dovrà essere tutto ben pulito», lo rimproverai con tono divertito, reggendo il gioco.

L'uomo si scambiò uno sguardo d'intesa con la moglie e poi scoppiò a ridere, facendo sobbalzare la pancia sporgente. «Tesoro, che ne dici... Potremmo organizzare qui il compleanno di Martina. Credo le piacerà questo posto», propose alla moglie.

«Dovresti chiedere alla signorina se è possibile», rispose lei, inclinando leggermente la testa come in attesa del mio responso.

Ero talmente spiazzata dall'inaspettata proposta che non sapevo cosa rispondere. Non avevo ancora valutato quell'ipotesi, ma certo, che stupida, sì che si poteva fare. Non dovevo neanche rifletterci, era la mia grande occasione. Speravo di non apparire troppo impacciata ai loro occhi. «Ma certo! Ne sarei onorata, posso preparare qualsiasi cosa vorrete e organizzare anche la sala a tema. Mi basterà conoscere il suo colore preferito e al resto penserò io».

«Sarebbe fantastico! Allora prima di uscire prenderò un biglietto da visita. Intanto posso ordinare un altro di questi, mentre aspettiamo che smetta di piovere?», chiese sollevando il coperchio della teiera vuota sopra il tavolo.

Ero talmente presa dal momento, che non mi ero accorta che aveva iniziato a piovere. Mi voltai verso Vittoria, che era ancora lì seduta a leggere un giornale, e lei fece un cenno per rispondere silenziosamente a quello che stavo pensando. Di nuovo, non si era sbagliata. Che cosa curiosa!

«Arriva tra un momento», risposi mentre afferravo la teiera vuota da portare via.

In quel preciso istante il campanellino annunciò l'ingresso di un giovane ragazzo, entrato per rifugiarsi dal brutto tempo. E proprio mentre la porta stava per richiudersi, scivolò dentro un altro uomo, poco più alto, che non accostò la porta. Anzi, la fece sbattere distrattamente.

E ora che lo guardavo meglio, no, non era un uomo qualsiasi.

Me ne resi conto nell'istante in cui sollevò lo sguardo, scostando con un rapido gesto i riccioli bagnati dalla fronte, incrociando il mio. Una scossa potentissima mi colpì in pieno petto in modo del tutto inaspettato. Non ero preparata a qualcosa di tanto forte.

Benvenuto, signor sindaco!

Capitolo dieci
Enea

Un'idiota, ecco che cos'ero. Ma perché ero entrato senza guardare dove mi stessi infilando? Tutta colpa di quella maledetta pioggia, dell'abitudine e del negozio del caro signor Antonio. Ci venivo spesso, fin da quando ero un bambino. L'avevo fatto senza rifletterci troppo, come se fosse stato un gesto naturale. Ovviamente senza ricordarmi che adesso non era più un negozio di fiori ma una tisaneria.

Avevo varcato la soglia nei panni di un pulcino bagnato. Forse non era il paragone che più mi si addiceva, ma in quel momento non mi veniva in mente niente di più sensato. Non mi preoccupai troppo della forma, ma a ripensarci il mio ingresso doveva essere stato indimenticabile. Come entrare nella sala di un cinema quando il film è già iniziato... Insomma, niente di più spiacevole. Non per altro, le persone presenti si erano voltate tutte insieme. Inclusa lei. Suvvia, sono o non sono il sindaco? Se devo fare una cosa, allora farò in modo che sia ricordata.

Grazie, chioma rossa, per avermi attirato nella tua tana.

Salutai con un cenno della testa le poche persone che conoscevo e mi limitai a spostarmi momentaneamente in un angolo. In castigo, come se avessi combinato qualche marachella.

Tutti tornarono a fare quello che stavano facendo, come se non fosse successo niente. Tutti, tranne lei.

Da vicino, "Lentigginі" sembrava ancora più graziosa. E sì, le si addiceva anche quella bocca spalancata come se stesse canticchiando. Chissà perché avevo l'impressione che non fosse un motivetto che suonasse tanto angelico.

Però, ne aveva di muscoli nascosti sotto quel vestito in perfetto stile arlecchino. Quella teiera sollevata in aria non si era mossa di un millimetro. Dovevo chiederle in che palestra andasse. Perché, per quanto riguardava l'abbigliamento, era davvero meglio non saperlo. Per fortuna la salvava il suo bel viso, perché quell'abito andava bandito anche sotto Carnevale. Chissà, magari cercava solo di tenersi alla larga dagli uomini.

Mi girai velocemente indietro, sperando che il meteo fosse dalla mia parte e mi consentisse di fuggire a gambe levate. E invece no. Il tempo era peggiorato nella frazione di un secondo. Ritornai con lo sguardo su di lei. Se ne accorse. Ma non mi degnò nemmeno di un saluto e continuò a intrattenere dei clienti. Di sicuro venivano da fuori, non li avevo mai visti a Roccamonte.

Non mi restava che svolgere il mio compito di bravo sindaco, ordinare qualcosa, accomodarmi su quello sgabello libero e attendere che la pioggia si calmasse. Speravo almeno in tempi brevi.

Quasi strisciando, come se avessi un paio di pattine, raggiunsi uno sgabello e con incredibile nonchalance ci appoggiai il mio fondoschiena.

Eccoci qua. Il primo step era superato.

«Enea, ma che piacere incontrarla qui», esclamò una voce femminile. Venni colto di sorpresa. Lì per lì non mi voltai subito per dargli un volto. Dubitavo che fosse miss Lentiggini ad avermi chiamato, visto che non era ancora capitata l'occasione di presentarci, ma il mio schedario mentale non mi forniva nome e cognome di quella voce.

«Sììì?», biascicai, ruotando il corpo.

Scansione: Vittoria, sessantuno anni, capelli con la permanente e residente in via dei Gigli.

Livello di pericolosità: poco rompicoglioni.

Forse ero salvo.

«È venuto a vedere come se la cava il nuovo acquisto di Roccamonte?», chiese sfacciata indicando Lentiggini, che ero certo si fosse fermata di proposito ancora a quel tavolo.

Merda, Vittoria mi aveva teso una trappola. Istintivamente la guardai e lei ricambiò, di nuovo.

«Sì, no, cioè...», mormorai piuttosto impacciato. Certo che, quando serviva, mai che il cervello fornisse prontamente i vocaboli giusti. Li faceva rimanere incastrati lungo il tragitto. «Fuori piove, ci si bagna», conclusi, facendo ciondolare la testa.

Vittoria mi scrutò poco convinta. «Sì, per forza, si chiama acqua».

Con un colpetto del dito indice colpii il vuoto e risposi. «Ecco perché. Già, brutto tempo e chi se lo aspettava».

Era chiaro che stava trattenendo a stento una risata, ma non mi fece il regalo di mostrarmela. «Quindi ha già conosciuto la signorina Selva?».

Feci spallucce. «Mmm, no. Non credo ci sia stata ancora l'occasione».

«Ma allora è perfetto. Perché sta venendo proprio qui...», mi disse, facendo esplodere un sorriso a trentadue denti. Falsissimo, non ti far ingannare.

Balzai in piedi come una molla e feci finta di dare una rapida occhiata al mio orologio. «Che peccato, devo proprio scappare. Magari sarà per un'altra volta», dissi arretrando verso la porta. Ve l'ho già detto che non sono la persona più indicata per socializzare, vero? Se volevo intrattenermi con qualcuno, avrei trovato io il modo per farlo. Le sorprese non mi erano mai piaciute.

La mia fuga fu interrotta da qualcosa che urtò contro la mia schiena.

Mmm, era qualcosa di spigoloso.

«Se ne va già via?». La sua voce era musica suonata da un angelo. Era melodiosa, sensuale, femminile.

Mi girai poco alla volta. Dovevo avere il tempo per inventare una risposta plausibile.

Ed eccola lì, in carne e ossa a pochi centimetri da me.

Dio, ma come faceva a essere così sexy anche con un abbigliamento del genere, così poco femminile come quello che indossava? E quella massa di capelli rosso fuoco che le incorniciava un viso assolutamente perfetto. Punteggiato da un'infinità di lentiggini piazzate nei punti giusti. E quella bocca contratta nell'accenno di un sorriso. E quegli adorabili occhi da cerbiatta con lunghe ciglia…

Stop! La pioggia mi aveva forse annacquato il cervello?

La situazione era piuttosto ridicola per una serie di motivi:

Primo: non ero alla ricerca di una donna con la quale condividere una notte o una vita intera. Anche se un tempo lo ero stato, eccome.

Secondo: non avevo mai avuto un debole per le lentiggini. Be', magari su un viso come il suo potevo anche farmele piacere.

Terzo: non sarei mai finito a letto con una donna di Roccamonte. Certo, in effetti lei non aveva ancora la residenza.

Sarei potuto uscire con una ragazza come lei solo in caso di una botta alla testa e conseguente perdita di memoria, tale da farmi dimenticare i miei gusti. Perché tisanerie e colori sgargianti non facevano certo per il sottoscritto.

Dio, mi veniva l'orticaria solo a pensarci.

«Stavo giusto andando a controllare se la pioggia si fosse calmata. Sa, ho del lavoro che mi aspetta».

Alzò le spalle in un modo così strafottente che dovetti trattenermi dallo scuoterle. «E no, piove ancora. Ha molto da fare, dice? Neanche il tempo per accomodarsi e bere qualcosa di caldo?», incalzò.

Datemi un martello, vi prego. Ora, non vorrei passare per un sindaco poco cordiale, soprattutto a ridosso della festa e con diversi cittadini rinchiusi in questo posto.

La ragazza mi stava mettendo alla prova. Forse era il caso di stare al gioco.

«Accetto volentieri il suo invito». Marcai volutamente la parola suo, giusto per enfatizzare il concetto. Volevo che capisse che era lei quella che insisteva affinché rimanessi, non io.

Lei non capì subito, rimase per un attimo interdetta, ma poco dopo ci arrivò. Me ne accorsi nel momento in cui i suoi occhi si assottigliarono ancora di più. «Ma certo! In fondo mi pare un gesto educato accettare l'invito di una persona più grande di me», rispose con la voce più ruffiana che avessi mai sentito in vita mia. Giuro che se l'avesse detto un'altra donna, l'avrei afferrata di colpo e avvicinata a tal punto che solo un centimetro avrebbe separato le nostre bocche. Perché mettere in difficoltà gli altri era la cosa che mi riusciva meglio. «Prego, da questa parte. È ancora libero il suo "vecchio" posto».

Infierisce, lei. Ecco la sua risposta con tanto di stoccata.

Era l'ennesima persona di città con la convinzione di poter venire nella mia cittadina e dirmi cosa dover fare, proprio a me. Neanche l'avessi invitata io a trasferirsi qui.

Forza, Enea, fa' un bel respiro. In fondo si trattava di una manciata di minuti, niente di più. Non poteva di certo essere più dura di una riunione del paese.

«Ecco, lei è Selva», commentò Vittoria, orgogliosa di essere riuscita nel suo intento. Dovevo trattenermi dal desiderio di spettinarle quella permanente per vendicarmi.

«Oh, ma che piacere», commentai fingendomi stupito, ma senza perdere la mia aria indifferente.

«E lei è?», mi chiese, facendo finta di non sapere niente.

Lentiggini, non fare il mio stesso gioco. Non ti si addice.

«Enea», risposi offrendole una stretta di mano che lei non ricambiò subito. Mi lasciò lì come un deficiente con il braccio sospeso. E no, non provate a dirmi che i secondi sono brevi perché, quando vi trovate a disagio, possono sembrare eterni. «Sono il sindaco di Roccamonte. Aspettavo solo il momento più adatto per porgerle i miei saluti e darle il benvenuto a nome di tutti gli abitanti di questa bella cittadina».

Be', forse avevo un tantino esagerato.

«Sì, ne sono certa», disse afferrando la mia mano con una stretta vigorosa. No, a essere precisi me la stava proprio stritolando. Va da sé che una presa decisa è un buon biglietto da visita, ma, tesoro mio, qui stai bloccando la circolazione sanguigna.

Però durò pochi secondi, perché poi l'allentò e in quel tocco più leggero percepii qualcosa di inaspettato. Non sapevo bene che cosa, però ero certo che fosse lo stesso per lei, perché l'aveva ritratta come se si fosse scottata. Era qualcosa che non avrei saputo definire. Somigliava all'elettricità dopo un temporale. Sì, ecco, doveva essere colpa della pioggia. Non c'era altra spiegazione.

«Si offende se le dico che mi aspettavo un sindaco, non so... più maturo? D'altronde Roccamonte è un piccolo paese che sembra fuori dal tempo. Visto che, come mi pare di aver capito, vi conoscete un po' tutti... pensavo che avrebbe trovato cinque minuti del suo tempo per venire a conoscermi, ma ho potuto constatare, data la sua fretta, che è un uomo molto impegnato».

Allora, iniziamo a mettere diversi puntini sulle i.

Prima cosa, si riferiva all'età anagrafica o alludeva ad altro? Perché nel primo caso poteva essere più che plausibile la sua incredulità, mentre per il secondo, be', avrei dovuto farle cambiare idea.

Seconda cosa, avevo sentito bene? Davvero mi stava rimproverando? Decisi in quel momento che non mi sarei fatto mettere i piedi in testa dalla prima arrivata.

Iniziai con il rivolgerle il più adorabile dei miei sorrisi, pur non essendo affatto divertito. «Tutto si sarebbe aspettata, tranne che fossi un sindaco, vero?», esordii dandomi qualche aria e incrociando le braccia al petto. Nella mia testa voleva essere la fotocopia di una di quelle pose per una gara di body building, nella realtà, a giudicare dalla sua faccia, credo che fossi davvero lontano. Non mi persi d'animo. «Pensi che sono sette anni che svolgo questo lavoro. Per i miei cittadini è qualcosa di assolutamente normale, visto che si tratta di una tradizione di famiglia. Lo era mio padre prima di me, ancora prima mio nonno. Siamo sempre stati così, troppo attaccati a questa terra, in fondo deve sapere che sono nato e cresciuto qui. Credo che non andrò mai altrove. Pensavo a una cosa, data la sua età, forse qualche anno più di me, potremmo passare direttamente al tu», azzardai, linciandola con lo sguardo.

Se solo avesse potuto, e sottolineo se, mi avrebbe scagliato quella teiera dritta in fronte. E di sicuro mi avrebbe fatto molto male.

Invece doveva essere dotata di un forte autocontrollo. Probabilmente tutto si aspettava tranne che un sindaco si rivolgesse a lei in quel modo, e in fondo la capivo. Immaginavo che non fosse più grande di me e non avrei dovuto dire quella cosa, almeno così mi suggeriva il buonsenso, ma era meglio metterla a bada. Cominciava a prendersi troppa confidenza non ricambiata.

«Per me va bene. Chi sono per contraddire il sindaco?»

«E allora andata! Visto che siamo qui, hai già visto qualcosa in particolare che ti piace di Roccamonte? Cosa ne pensi, ti stai trovando bene?». Furono le prime cose che mi vennero in mente, ma erano senz'altro domande intelligenti per cambiare discorso e assolvere il mio ruolo di sindaco. E poi, anche se faticavo accettarlo, ero davvero curioso di sapere qualcosa in più su di lei. Soprattutto da dove veniva e cosa l'aveva spinta fino a qui.

«Benissimo, direi. Non potevo chiedere di meglio! Roccamonte è davvero un angolino speciale e riservato, proprio quello che cercavo».

«L'avevo capito fin da subito. Appena ti ho vista mi sono detto "Questa ragazza ha proprio lo sguardo di una a cui piace starsene a casa"».

Mancavano solo i sottotitoli per rendere ancora più chiaro l'odio nei miei confronti.

Però non lo fece ad alta voce.

Meditò sopra la sua risposta, rimanendo in silenzio per qualche istante, cercando di capire fin dove potesse spingersi. Stava valutando le possibili conseguenze delle sue azioni. Evidentemente le premeva fare una bella figura o temeva il mio giudizio. «Ora, spiegami, per quale motivo hai pensato questo di me?», aggiunse con la voce leggermente stridula. Dovevo aver toccato qualche nervo scoperto.

Dovetti reprimere una risata nel vederla così arrabbiata con me. Era visibilmente a disagio. Trovavo adorabile quella situazione.

«Perché cos'altro avrebbe potuto spingerti fino a qui ad aprire un'attività?»

«Neanche avessi attraversato il deserto», sparò subito come un proiettile. «E poi queste sono cose personali», concluse.

«Non ne avevo dubbi»

«Bene».

«Benissimo».

Già finita la partita a ping pong? Proprio ora che l'adrenalina scorreva a fiumi?

Tuffò una mano nei suoi capelli e li scompigliò leggermente. Mi chiesi se fossi io la fonte del suo disagio o qualcos'altro. «Che fa? Vuole o non vuole provare qualcosa?», mi propose all'improvviso. L'elettricità tra di noi era ormai svanita.

«Ma sì, stavo giusto guardando il cartello là sopra. In caso di indecisione, dice di far scegliere lei che saprà indovinare».

Mi chiedevo su che base, ma preferii tenere il dubbio per me. Almeno per il momento.

«Quindi, faccio io? Proprio, sicuro?», domandò con quel tipico atteggiamento di chi, sotto sotto, sta godendo.

«Non vedo l'ora. Io intanto curioso un attimo, voglio proprio vedere come hai trasformato questo posto».

«Prego, fai pure», si limitò a rispondermi, sparendo dietro al bancone.

Soffocai una risata interna. Era da un sacco di tempo che non mi trovavo a intrattenere uno scambio di battute simili e la cosa mi divertiva, e anche parecchio. Avevo quasi rimosso quella sensazione e, non disponendo più degli strumenti, faticavo a tenerla a bada. L'unica cosa certa era che quella ragazza mi stupiva, e senza che sapessi ancora niente di lei. Era quel suo modo di fare a incuriosirmi, come si comportava di fronte a uno sconosciuto. Eppure cosa c'era di così interessante in una ragazza che aspirava ad aprire una tisaneria a Roccamonte? Alla sua età e con la crisi economica che attraversava il nostro paese... Ok, a Roccamonte nessun negozio era mai stato costretto a chiudere, ma era anche vero che non c'era concorrenza. Per ogni singolo bene, esisteva una sola attività. E spesso si tramandavano di generazione in generazione. E lei invece veniva da fuori.

Iniziai a camminare accanto ai vari tavoli, salutando qualche mio cittadino. Una cosa dovevo ammetterla: l'ambiente era rassicurante, armonioso e rilassante. E anche i clienti sembravano soddisfatti.

La mia attenzione fu catturata da una grande libreria. Mi avvicinai.

«Ma che diamine...», smorzai l'entusiasmo, quando mi accorsi che tra le mie gambe si era infilato un gatto.

Gatto? E che ci faceva un gatto dentro un locale dove si serviva del cibo?

«Vai via, gattaccio», lo stuzzicai spostandolo con la punta della scarpa.

Ma quello era irremovibile. Anzi, aveva scambiato il mio gesto, che tutto voleva essere tranne che cordiale, per una forma d'affetto.

E prima la pioggia, e ora una valanga di peli... quale altro cataclisma dovevo aspettarmi?

Non mi restò che agguantarlo per la collottola e tirarlo su come un sacco. Quello non sembrò gradire le mie intenzioni, forse le aveva anche capite, tanto che mi soffiò dimenandosi e mi rifilò due graffi sulla mano.

Lo lanciai via.

Perché nessuno mi aveva mai detto che le unghie dei gatti bruciavano così tanto?

«Ehi, ma che è successo? Berny ti ha graffiato?», mi domandò Selva, che era intervenuta tutta trafelata per controllare la mia mano.

Ero confuso. Conosceva quel gatto?

«Sì, ma non è questo il punto. Cercavo solo di farlo uscire. Deve essersi messo al riparo quando ha visto la pioggia, magari è entrato dopo di me», le spiegai, mentre lei concentrava la sua attenzione sul gatto.

«Come sospettavo. Non hai avuto modo di guardarti attorno? Eppure sembra così chiaro».

E fu in quel momento che cercai di isolarmi dal contesto e analizzare meglio i dettagli. C'era un bambino sdraiato su un tappeto che giocava con un topolino, lanciandolo a un altro gatto. Mensole che correvano lungo le pareti e sostenevano dei cuscini imbottiti. Un tiragraffi e cestini di palline collocate sopra i tavoli con il cartello: "Lanciami e farai felice un gatto".

Non erano dei randagi. Erano suoi.

«Ma in che posto sono finito?», chiesi tutto d'un fiato, quasi sotto shock per la sorpresa.

Tolleravo gli animali, ma più stavano lontano da me e meglio era.

«Devo andare a prenderti le istruzioni?».

Spiritosa, pensai.

Scossi la testa. «No, ci sono arrivato. Facciamo che adesso mi allontano dall'amico Berny, mi sposto verso la libreria e mi siedo su quella poltrona. Posso?»

«Guarda che non devi chiedermi il permesso. È un locale aperto al pubblico! Allora ti lascio qui tranquillo a continuare la perlustrazione e fa' attenzione: c'è la sorella di Berny nei paraggi. Non vorrei doverti salvare un'altra volta». E con quel monologo da commedia da quattro soldi, si allontanò.

Esaminai i volumi con le braccia conserte. Certo che per essere una donna era parecchio disordinata. Di solito erano loro a lanciarsi in sceneggiate in piena regola per qualcosa fuori posto. Ma quei libri erano ordinati senza alcuna logica, come se fossero stati impilati in fretta. Classici e grandi autori contemporanei come Stephen King, Camilleri, Baricco, Follet si trovavano a tu per tu con scrittrici di cui ignoravo l'esistenza. Mai sentite nominare. Corrugavo la fronte nel tentativo di trovare una spiegazione alla suddivisione. Mi veniva quasi voglia di dividere quella libreria in due sezioni: scrittori a destra e scrittrici a sinistra. Le fiabe per bambini al centro, giusto per trovare equilibrio tra le parti.

«Oggetti dalla forma rettangolare conosciuti anche come libri. Da come li stai osservando sembra che tu non ne abbia mai visto uno», mi fece notare Selva mentre raddrizzava qualche volume. «Ho l'impressione che resterai deluso nello scoprire che non ho romanzi pieni di immagini, a parte la sezione giù in basso dedicata ai libri per bambini», terminò sfacciatamente, adagiando una tazza sul tavolino accanto.

A quanto pareva, la battuta pronta non le mancava. Chissà se aveva preso lezioni private o se era un talento naturale, quello di cogliermi di sorpresa.

Alzai le mani in segno di resa. «Più che altro la delusione è legata alla scelta che hai fatto. Insomma, chi mai si sognerebbe di mettere Giulietta accanto a Mr Cinquanta sfumature? Cosa dovrebbe fare tra il vero amore, bello ma che finisce male, e il sesso, bello e senza vittime? Dura scelta, eh? Però chissà, magari scopriamo che la dolce Giulietta è una di quelle a cui piacciono certi giochetti. Non so davvero, tu cosa ne pensi?», le domandai ammiccando un po'.

Merda, l'avevo fatto per davvero? Quella donna riusciva a tirare fuori una parte di me che non volevo più mostrare. Mi stava risvegliando da un lungo letargo.

Selva era a dir poco spiazzata dal mio discorso. «Di Giulietta o Grey?»

«Qualsiasi cosa».

Mosse un passo verso di me con fare minaccioso. Ne feci uno indietro, e non perché trovassi raccapricciante la sua vicinanza, ma perché non controllavo più il mio corpo solleticato dal suo profumo. «Penso che Mr Grey potrebbe innamorarsi di una donna come Giulietta e rinnegare la sua natura, lasciar spazio ad altro. Non te l'hanno mai detto che l'amore è la miglior medicina? Può spaventare perché è in grado di fare miracoli, e alcuni preferiscono non correre il rischio di provare i suoi effetti».

Alzai un sopracciglio. «Non mi dirai che credi davvero a queste fesserie, teorie sulle storie d'amore, destino e bla bla bla. I libri di oggi, come il fenomeno editoriale di *Cinquanta sfumature*, o», mi fermai per leggere un titolo a caso sullo scaffale e lo afferrai, «questo *Cavaliere d'inverno*, ma dài. Perché esiste un cavaliere per ogni stagione? Non possono che essere stati scritti per un pubblico di donne come te».

In meno di un minuto il volto di Selva era passato dallo stupore all'irritazione. Per il sottoscritto, chiaro.

Mi strappò con prepotenza il libro dalle mani e se lo portò al petto, in un gesto di protezione. «Interessante questa teoria. Allora, dimmi un po', a cosa pensi che servano le storie d'amore?».

Alzai le spalle con aria spocchiosa. «Non saprei, a scopo decorativo?»

«Da come hai parlato, si è capito che non disprezzi i libri ma hai troppi pregiudizi. Tu hai un serio problema con l'amore, lo sai? E finché sarai così ottuso, non potrai mai capire perché le donne li amano così tanto. Prendi qualche appunto: dentro questi romanzi la vita non è sempre così complicata, o se lo è, ci riserva la possibilità di crescere e di regalarci nuova speranza».

«Mi sembri mia madre. Non ho alcun problema, semplicemente sorvolo tutte le parti o interi libri che raccontano di amore. Li trovo pieni di banalità, scontati e mettono strane idee nelle vostre teste. E anche senza leggere… ne avete di problemi…».

«Scusa?»

«Ma sì, dài, pensa sempre alla nostra Giulietta. C'è bisogno di architettare una messinscena simile per il vero amore? Certe volte bisogna rassegnarsi e non sfidare troppo la sorte. Era evidente che non dovevano stare insieme, era scritto nel loro destino, e avrebbero dovuto dare più ascolto a tutti gli impedimenti».

«Ne sei così sicuro? Be', almeno loro hanno conosciuto il vero amore… posso dire lo stesso di te? Perché, sai, c'è gente che lo rincorre e lo desidera così disperatamente che non lo incontra mai. E allora entrano in gioco loro, i libri. Fin da bambine ci leggono le fiabe e non lo fanno per farci fare bei sogni, ma per insegnarci che, quando meno ce lo aspettiamo, incontreremo quel principe che ci stava cercando. E sapremo riconoscerlo perché sarà in grado di metterci in salvo. I libri d'amore sono questo, regalano le farfalle nello stomaco e un appiglio a cui aggrapparci tutte le volte che ne avremo bisogno. È quella candela che rimane sempre accesa: senza quello spiraglio di luce sarebbe un mondo senza lieto fine». Mi rivelò la sua teoria a cuore aperto, mettendo a nudo ciò in cui credeva.

In quel momento il campanellino alla porta annunciò l'ingresso di un altro cliente. Selva mi liquidò con un cenno della mano e se ne andò.

Non mi ero mosso di un solo millimetro, ma un vuoto improvviso si fece largo nello stomaco. Ero come ghiacciato, non sentivo più calore dentro di me, non sentivo scorrere sangue. Paralizzato e con le gambe che faticavano a sorreggermi.

Dipendeva dal modo in cui aveva pronunciato quelle due parole, quel lieto fine. Lei non poteva saperlo, ma quelle due parole avevano riaperto una ferita che credevo si fosse rimarginata. L'avevo ricucita, punto dopo punto, con il passare del tempo, ma evidentemente era rimasta una fessura che ora si era allargata per fare spazio ai ricordi.

E lei aveva appena riportato a galla qualcosa che avevo dovuto dimenticare, che avevo voluto dimenticare.

Come faceva a parlare come lei?

Mi afflosciai come se fossi un qualsiasi palloncino bucato e scossi la testa per ritornare in me, perché mi sentivo perso.

Aria fresca, ecco di cosa avevo bisogno.

Estrassi dal portafoglio una banconota da dieci euro e la lasciai sul bancone. Avevo fretta di uscire da quel posto. La tazza era rimasta intatta sul tavolinetto. Non avrei mai saputo che cosa avesse scelto per me.

Capitolo undici

Selva

«C'è un ragazzo che mi piace», rivelai alla nonna, mentre l'aiutavo a preparare sacchetti di lavanda essiccata. Il tavolo di legno era ricoperto di fiori di lavanda, scampoli di stoffa, nastri sottili, ago e filo.

C'era un profumo buonissimo che si sprigionava nell'aria ed era qualcosa che superava di gran lunga ogni tipo di profumo artificiale. Tra i tanti rimedi, la lavanda era in grado di combattere l'insonnia e le cattive vibrazioni. Per quello la nonna ne teneva sempre un po' sopra il comodino, come se fosse un soprammobile che vegliava su di lei.

«Lo so».

Spalancai gli occhi di fronte alla sua risposta. «Come fai a saperlo? Non te l'ho mai detto».

«Devo ricordarti che non c'è bisogno che tu mi dica ogni cosa? Se voglio, so scoprirlo anche da sola».

Abbassai la testa, quasi piena di imbarazzo. Dovevo nascondermi, non volevo che la nonna mi vedesse così vulnerabile per un ragazzo. «Ah… si nota così tanto?»

«Ti basti sapere che lo sospettavo da un po' di tempo, ma aspettavo che fossi tu a dirmelo. E finalmente l'hai fatto! Volevo capire se si trattava di una cosa passeggera o no, e devo dire che ti sei davvero innamorata, bambina mia», mi disse soddisfatta, continuando a far entrare e uscire l'ago da quello scampolo di tessuto. Per lei era qualcosa di naturale, era portata per tutti quei lavori che richiedevano una certa manualità ed era in grado di farli anche a occhi chiusi. Evidentemente io non avevo ereditato quel talento, visto che ero più lenta di una lumaca e il cucito era mio nemico. Però non mi perdevo d'animo e continuavo a insistere, ed era un favore che facevo più a mia nonna che a me stessa.

«E, insomma, lui com'è?», mi domandò piena di interesse. Voleva saperne di più e non accontentarsi delle sole sensazioni.

Sospirai solo a pensarlo. «Oh, nonna! Lui è il mio principe azzurro, sono sicura che è l'amore della mia vita», pronunciai quelle parole con gli occhi che luccicavano e il cuore che scoppiettava come se fosse fatto di pop-corn.

«Addirittura? E cosa te lo fa pensare?».

Cercai le parole più adatte per soddisfare la sua sete di curiosità. «Be', perché nella mia testa e nel mio cuore non c'è spazio per un altro. Perché quando sono con lui mi sento di essere nel posto giusto, è capace di riempire ogni vuoto con la sua presenza, è forte, è bello, simpatico… ha tutto ciò che cerco. Nonna, lo so, lui è speciale. È il mio lui».

«Lo vedo, piccoletta. E tu lo ami?»

«Sì, nonna. Io lo amo!». Non mi resi conto che stavo quasi gridando presa dall'entusiasmo. Dire quelle tre parole mi faceva sentire il cuore gonfio di felicità, che non avevo mai provato così forte in vita mia. Ecco perché nei libri le eroine si struggevano per amore, perché era il loro tutto. Ora che l'avevo scoperto, avrei fatto ogni cosa in mio potere per mantenere viva quell'emozione.

«E la nonna è tanto felice di sentirtelo dire», rispose, distogliendo lo sguardo. Forse mi sbagliavo, ma era come se il suo viso avesse cambiato espressione. Un attimo prima era così contenta per me. Mi aveva guardato a lungo negli occhi e poi era successo qualcosa. Una rottura, come se qualcosa si fosse spezzato.

«Nonna, che c'è? Ho detto qualcosa di male?», non mi trattenni dal chiederle.

Scosse la testa più volte e mi afferrò la mano, interrompendo quello che stavo facendo. «No, piccolina mia, non lo pensare mai. L'amore è scoperta, è un gioco speciale. Deve sempre essere al primo posto, non deve indietreggiare per colpa di un lancio di dadi sbagliato. Lo dovrai accompagnare, lo dovrai prendere per mano e tenere con te. E sarà l'amore vero a renderci completi, altrimenti vivremo sempre un'esistenza spezzata, con la consapevolezza di sentirci sempre e solo una metà».

«Perché nonna mi dici queste cose?».

Mi strinse ancora più forte la mano. «Perché non voglio che anche tu commetta il mio stesso errore».

«Nonna, non capisco. Di quale errore parli?».

Sospirò e si tolse gli occhiali, rivelando occhi che racchiudevano un gelido inverno. «Quello di essere stata una codarda e non aver combattuto abbastanza per il vero amore».

«E quindi, chi è?», mi chiese Sonia come se leggesse quella matassa di pensieri che si aggrovigliava dentro la mia testa.

«Chi è chi?»

«L'uomo che ho appena visto, per colpa del quale mi hai afferrata per il braccio e trascinata via con tutta la forza che possedevi. Ci ho quasi rimesso un piede per colpa tua! E quando ti ho chiesto spiegazioni, hai fatto finta di niente. E lo sai benissimo che se una persona ignora la domanda è perché spera che l'altra, con il passare delle ore, si dimentichi di rifartela», disse, portando la tazza all'altezza delle labbra.

Il mio errore era stato quello di aver lasciato prevalere l'istinto sulla ragione. Non lo facevo spesso, ma quando succedeva reagivo in modo impacciato e prendevo decisioni affrettate. Spesso anche pessime, come quella di poter ingannare la mia amica.

Per di più quando Sonia si metteva una cosa in testa era irremovibile. Ormai dovevo aver imparato a conoscerla bene, eppure ogni volta speravo di poter aggirare l'ostacolo e pregare che la sua curiosità svanisse per effetto di una magia.

«Ma ancora con questa storia? Se ti dico che non è nessuno è perché non è nessuno...», le risposi con voce convinta, facendo del mio meglio. Volevo che capisse che non era davvero niente di importante e non che temessi di affrontare l'argomento.

Si fermò a studiarmi come faceva tutte le volte che arrivavano delle novità in biblioteca. Con un occhio che si ingrandiva e si trasformava in una lente d'ingrandimento per non lasciarsi sfuggire neanche il più piccolo dettaglio. E, ogni volta che lo faceva, il mio imbarazzo raggiungeva tutte quelle parti del corpo che mi tradivano. «Se era nessuno, perché ora sei diventata tutta rossa?».

Eccola. Scrollai le spalle. «Perché fa caldo».

«Sì, come no. Guarda che tu non mi freghi. E poi non ci sarebbe niente di male se ti piacesse qualcuno. Ti dirò, a me non dispiaceva... almeno aveva l'aria del bravo ragazzo. Hai capito cosa intendo, no? Non mi dava l'impressione di un tipo da avventura. Ecco, era più uno alla ricerca di una storia seria».

«Caspita, e ti è bastata un'occhiata per capirlo? E poi, certo che non ci sarebbe niente di male, se non fosse che quello è Enea».

«Beccata! Lo sapevo che lo conoscevi».

«Stronza!».

«Forza, ora devi essere più aperta di un libro e raccontarmi tutto. Provo a rifarti la domanda: lui chi è?».

Ciro si avvicinò al divano e balzò sopra le mie gambe. Iniziò a massaggiarle con quelle zampette che andavano su e giù, come se impastasse la pizza.

Bianca e Berny sembravano ancora un po' offesi e indifferenti nei confronti del nuovo arrivato, probabilmente si aspettavano di essere le uniche guest star del mio negozio e di casa.

«Ciro, quanto mi sei mancato», dissi in uno slancio emotivo, cercando di evitare la domanda. Lui quasi si spaventò di fronte al mio gesto inaspettato e spinse le orecchie all'indietro.

Sonia sbatté la tazza sul tavolino, facendone fuoriuscire un po' di liquido, e si alzò in piedi, sovrastandomi. Da quando si era trasformata in una donna così agguerrita?

Mi puntò l'indice contro e strinse gli occhi, riducendoli a capocchie di spillo. «Selva, o ti muovi e mi dici tutto o domani non ti aiuto in negozio. A te la scelta...».

«Io lo sapevo», le puntai, a mia volta, un dito contro. «Mi stai forse minacciando?»

«Sai, più cerchi di evitare il discorso e più mi convinco che hai paura di ammettere qualcosa. Con Luca è finita da un pezzo, è anche ora che volti pagina, non puoi stare a rimpiangerlo all'infinito o devo ricordarti, tutte le volte, come ti ha trattato? Basta che me lo chiedi e sarò ben felice di farti un riassunto di tutte le puntate».

«Che ne dici se ora torni a sederti? Non è piacevole la sensazione di essere ripresa dalla mia migliore amica. E comunque ti sei sbagliata fin dal principio, quello è un uomo che veste i panni del bravo ragazzo, ma non è come sembra. Girano strane voci in paese...», mormorai a denti stretti, osservando Sonia tornare al suo posto.

«Tipo?».

Sbuffai. «Non è il mio passatempo preferito quello di origliare le conversazioni altrui».

«Ma piantala! Se fino a un mese fa ci mettevamo con il bicchiere contro il muro per sentire cosa combinavano i nostri vicini».

«Sì, solo perché tu avevi un debole per lui e ogni volta speravi che si lasciassero».

«Questi sono solo dettagli... Comunque, resto della mia idea e sono sicura che mi stai nascondendo qualcosa. Perché in quella fuga improvvisa ho visto attrazione da entrambe le parti».

Era impossibile.

«Ma dài, cosa stai dicendo? Enea è un uomo impegnato».

«Te l'ha detto lui?»

«Be', no. Ma non è questo il punto, io non sono venuta qui per cercare fidanzato. Lo sai che è solo per mia nonna».

«Selva, scusa se te lo dico, ma stai perdendo di vista la realtà. Ok, tua nonna ti è apparsa in sogno, ti ha detto di aprire una tisaneria a Roccamonte e bla bla bla. Dio solo sa perché ti ha consigliato questo paese decrepito invece di una città figa, ma non devi darmi spiegazioni su come vuoi vivere la tua vita. Sei giovane, hai tutto il diritto di farlo, però svegliati un po'...».

Mi tornò alla memoria quella notte. Mi ero rannicchiata nel letto, avvolta nel mio bozzolo di coperta affinché potesse farmi da scudo. Non c'è niente che faccia peggio del rendersi conto di non essere abbastanza. Una donna non dovrebbe mai sentirsi sbagliata perché, come diceva mia nonna, il mondo si reggeva e andava avanti grazie a donne imperfette.

Mi ero rifugiata tra le pagine di una favola che sembrava essere stata scritta apposta per me. Ogni parola parlava di me, parlava di *noi*. Quel noi che fino a poco tempo prima avrei difeso anche a mani nude. Eppure nessuno mi aveva mai detto che non erano i draghi quelli da cui doversi mettere a riparo. Nella vita reale, erano le bugie a ferire di più.

«Sono sicura che c'è un motivo se mi ha spinto a venire fin qui. Mi è apparsa in sogno quando la mia vita stava andando a rotoli e, credimi, non la sognavo da tanto tempo. Eppure ogni volta che mi ha fatto visita, mi ha sempre indicato la strada giusta. Ora devo solo capire qual è».

«Spero che sia così, perché qui non vedo alcuna strada. Ti sei messa in un'avventura più grande di te e davvero mi auguro che tutto vada a meraviglia, ma sta' con i piedi per terra. Te lo sto dicendo da amica».

«Tranquilla, non corro alcun pericolo. E poi, sai, inizia a piacermi la vita qui», le rivelai, sorprendendo perfino me stessa.

«Ma davvero? Ti sei già dimenticata della tua città e di me? Non ti manco neanche un po'?».

Mi tuffai tra le sue braccia, facendola cadere sul divano. «Gelosona mia, ma certo che mi manchi. Basta che guardi dove sono capitata e con chi divido l'appartamento. Non uno, ma ben tre gatti. Come potrei non amare Roccamonte?»

«Non starai dicendo sul serio? E cosa ci trovi di bello qui? Mi sembra uno di quei paesi delle serie TV che ti piacciono tanto. Sono sicura che se aprissi la finestra non sentirei neanche volare una mosca. Roccamonte è un luogo fuori dal tempo, dove tutto scorre lento e dove non succede quasi mai niente».

Feci spallucce. «Be', questo lo dici tu. E poi, cosa ti fa pensare che io non avessi bisogno proprio di questo? Non mi dispiace l'idea di sapere cosa può succedermi, di sapere le cose in anticipo e di avere tutto a portata di mano».

«Sì, e tra le altre cose mi sa tanto che ti piace anche quell'Enea!».

Non riuscii a trattenere un sorriso. «Te l'ho detto, non ti si addice il ruolo del detective. E poi non sono in cerca dell'amore e non potrei mai, e sottolineo mai, innamorarmi di un uomo come lui. Ma l'hai visto bene? Lo sai cosa mi ha detto l'altro giorno in tisaneria? Che le storie d'amore sono piene di fesserie e che lui non crede a niente. E io come potrei provare anche solo un minimo interesse per un uomo che ha questa visione così sbiadita della vita?»

«Tagliatele la testa!», gridò Sonia, sollevando il pugno in alto.

«La prossima volta proverò a dirglielo. Tanto, visto i precedenti, vedrai che non saprà neanche cogliere l'ironia della citazione».

Mi alzai dal divano e recuperai dalla cesta una sottile coperta di cotone. Una di quelle con taglio vivo e lunghe frange ai bordi.

Sonia osservava con attenzione i miei gesti, stava analizzando i segnali che, involontariamente, lanciava il mio corpo. La odiavo quando lo faceva, perché mi rendeva nervosa, e mi tradivo da sola. Pessimo conflitto, quello tra parole e linguaggio del corpo.

«Non ti vedevo così impacciata da un sacco di tempo. E so che la causa è alta all'incirca un metro e ottanta, ha spalle robuste, boccoli da scompigliare con le mani e una fossetta sulla guancia destra. E credo che la tua fuga non sia passata inosservata, anzi, deve averla trovata anche molto divertente».

Mi voltai di scatto, tradendomi ancora. E non perché mi stesse dicendo che era colpa di un uomo se ero confusa, ma perché l'aveva descritto meglio di quanto avrei potuto fare io.

«Ora, tralasciando la tua folle teoria, spiegami come hai fatto a notare tutti questi dettagli».

Mi sorrise. «Perché, mentre tu ti ostinavi a fare il mulo e trascinarmi via, io mi sono girata a guardarlo e ho capito perché».

«Il perché di cosa?»

«Perché stavi scappando da un tipo come lui».

E poi Sonia aveva tirato fuori quella frase e in quell'attimo la stanza mi era sembrata troppo piccola. Come se le pareti si stessero muovendo, rimpicciolendo l'ambiente.

Non riuscivo a smettere di domandarmi se stesse dicendo

la verità e se davvero Enea avesse trovato la mia fuga divertente. Ma non era quello il motivo principale della mia confusione, perché c'era qualcos'altro che continuava a frullarmi in testa. Durante il nostro incontro nella tisaneria, tra noi c'era stato qualcosa di paragonabile a una scossa. Lo avevo solo immaginato? No, stavo dando peso a un mare di sciocchezze e il film che mi ero fatta doveva essere il frutto della mia fantasia. Un uomo come Enea, così attaccato alla sua terra e alle sue origini, non poteva essere interessato a una forestiera come me. Perché se il pane sta bene con tutto, la marmellata no. Appartenevamo a due mondi differenti, troppo lontani per incontrarsi.

Da quel momento in poi, Sonia non ritornò sull'argomento e gliene fui grata. Probabilmente l'aveva solo sospeso fino a data da definire. Sia chiaro, non che volessi tenerla all'oscuro di qualcosa, anche perché non era successo un granché, ma ero come bloccata. Non sentivo di voler condividere quella sensazione simile a un nodo che nessun marinaio sarebbe stato in grado di sciogliere. L'avrei tenuta con me fino a quando non se ne fosse andata da sola. Perché ero sicura che se ne sarebbe andata, prima o poi.

Capitolo dodici

Enea

«Guarda, hai visto? È un coniglio!».

Scoppiai a ridere per l'assurdità. «Ora tu dimmi come fa a sembrarti un coniglio».

Allora lei con l'indice tratteggiò l'aria e delineò dei contorni immaginari. Provai a seguirla. «Questo qui è il muso, queste sono le zampe e infine qui il codino… visto?», mi domandò convinta, come se si trattasse di una cosa così ovvia.

Era talmente adorabile che mi dispiaceva deluderla. E così l'assecondai, stringendola ancora di più a me. Lei tuffò la testa all'indietro, contro il mio petto, e io assaporai quel momento.

Eravamo distesi su un tappeto di margherite, il suo corpo adagiato contro il mio. L'avvolgevo come una corazza fa con il suo guerriero, pronto a prendere il peggio per poterle garantire solo il meglio. Evelina aveva giocato per ore a "m'ama e non m'ama", arrabbiandosi continuamente per quell'ultimo petalo che non dava il verdetto desiderato. Era cocciuta e ostinata, come se fosse quel fiore a determinare la buona riuscita del nostro amore. Però, per lei era importante. Voleva attaccarsi a qualcosa che le dicesse "Sì, sarà per sempre così". Io la trovavo una cosa assurda, perché bastava che lo chiedesse a me e le avrei risposto all'istante. Le avrei evitato un'inutile perdita di tempo.

Dopo aver setacciato tutti i fiori accanto a noi, era passata a osservare le nuvole con il naso all'insù. Il cielo era di un azzurro intenso e quelle nuvole spiccavano grazie al contrasto. Sembravano fatte di un dolcissimo zucchero filato.

«Sì, e c'è anche Alice laggiù», ci scherzai sopra, indicando una nuvola poco più in là.

La verità era che io vedevo solo nuvole. Belle, ma sempre nuvole restavano. Eppure da bambino ci riuscivo anche io. Dov'era finita la mia immaginazione?

«Dove, dove?», mi chiese tutta eccitata, piazzando il suo viso all'altezza del mio, per seguire la direzione.

«Proprio quella lì accanto al Brucaliffo. Non vedi gli anelli di fumo?»

«Ma quali? Quelli lì?», mi chiese prima di sentire soffocare una sonora risata.

Allora lei fece leva sui gomiti e si girò di scatto, cogliendomi in flagrante.

«E io che ti davo pure retta! Tu non hai visto neanche il coniglio, vero?», domandò diretta.

«Certo che l'ho visto, aveva anche un panciotto e l'orologio», risposi mantenendo un tono più serio possibile. Mi stavo divertendo a prendere in giro una delle sue fiabe preferite.

«Non capirò mai perché ti diverte tanto smontare ogni singola fiaba. Sono così belle, ma dalla tua bocca perdono la loro magia. Devi avere avuto un'infanzia davvero triste». Era una frase che mi ripeteva di continuo per trovare una giustificazione al mio comportamento.

«Te l'ho già detto, le conosco bene anche io… ma un conto era viverle quando ero un marmocchio e un conto adesso che sono un uomo».

«E di' di sì e basta, cosa ti costa? Puoi anche farmi felice una volta ogni tanto e assecondare la mia fantasia. E poi, se vogliamo dirla tutta, ora che guardo meglio mi sembra di vedere anche l'orologio».

Ora era lei che prendeva in giro me. L'allieva superava il maestro.

«Tu vuoi sempre trovare quel filo invisibile che lega la fiaba alla realtà. Sei così cocciuta che a volte proprio non ti sopporto. Però, dannazione, sei anche così bella quando lo fai, perché ci credi veramente. A volte mi domando se sono io a essere quello strano e tu normale...».

«Certo che ci credo. E poi Alice è la dimostrazione che la "normalità" non esiste...».

«Cosa ci trovi di così interessante nel leggere un libro che ti racconta di una ragazzina annoiata che fa di tutto pur di scappare alle sue lezioni? Anzi, non sarebbe neanche da raccontarla a dei bambini che vanno a scuola», chiesi con un tono cinico.

«Sì, ok, ma vogliamo parlare del paese delle meraviglie? Dove tutto è rovesciato?»

«Parliamone», le feci l'eco volutamente.

«Devi tenere a mente che questo romanzo racchiude un grande significato. Alice si trova protagonista di un viaggio stranissimo, che l'aiuterà ad acquisire nuove consapevolezze. Nelle prime pagine conosciamo una Alice bambina, stanca e annoiata, che insegue il Bianconiglio che urla "È tardi, è tardi". Poi incontrerà una tavolozza di personaggi bizzarri, fino ad arrivare a quella più temuta da tutti: la regina di cuori», mi spiegò come poteva fare una brava maestrina. Frutto di tante riletture.

«Sì, tu continui a rimanere della tua idea, ma per me questa storia è davvero pessima. Non c'è alcun tipo di insegnamento!».

«Ma questo non è vero! Chi non ha mai incontrato nella vita una regina di cuori? I personaggi cattivi non esistono solo nelle fiabe, ci sono anche in questo mondo. Ed è solo con il bene che sconfiggiamo il male. Non hai mai fatto caso che non c'è lieto fine per i cattivi?»

«Ci mancherebbe! Senti, solo per curiosità… Chi era la regina di cuori? Quella pazza che urlava "Tagliatele la testa"?»

«Bingo! Guarda che è il nostro cervello a decidere cosa immagazzinare e cosa gettare via, quindi, ora, domandati perché ti ricordi così bene questa storia».

«Questa è facile! Per tenere a mente di non dare mai retta a una ragazzina che faceva uso di sostanze stupefacenti».

«E quindi con questo cosa vorresti dirmi? Che sarà sempre mio compito leggerle la favola della buonanotte?», mi domandò sospirando, come se la cosa le pesasse. «Che tu non le regalerai la speranza di credere in qualcosa?».

Presi fiato a mia volta. «Chissà, magari lei sarà capace di farmi ricredere su tutto», risposi abbozzando un sorriso e posando dolcemente le mani sopra il suo ventre gonfio. Lì dentro c'era una vita.

Il gran giorno era quasi arrivato. Se solo avesse potuto parlare, Roccamonte avrebbe urlato "È qui la festa?".

Non capitava mai di urtare la spalla di un altro passante, né di doverne schivare un altro camminando in senso contrario sul marciapiede. Né che i vigili fossero chiamati a svolgere interrottamente il loro turno, cosa che capitava una volta l'anno visto che spesso facevano più *public relation* che altro. *Agguanta una mela* durava un solo giorno, ma, per noi abitanti, era paragonabile a una settimana di caos costante. Per carità, tutti la aspettavano con impazienza, anche perché era l'unico modo per dare una scossa alla nostra routine. Ma proprio perché non c'eravamo abituati, si verificavano episodi singolari. Roccamonte era uno di quei paesi dove la vita scorre serena, tutti si conoscono, c'è il negozio di frutta e verdura che si ricorda che cosa compri, la farmacia che ha la fotocopia del tuo codice fiscale, un paese dove ti puoi permettere di lasciare le chiavi in auto e nessuno oserà rubartela. Forse, a dirla tutta, era peggio di un encefalogramma piatto, ma a noi quella linea continua piaceva. I momenti di maggiore adrenalina erano legati al festeggiamento di una nascita. Anche se potevi contarle sulle dita di una mano.

A Roccamonte c'era spazio a sufficienza per tutti, ognuno trovava il proprio posto e niente poteva spezzare quel perfetto clima idilliaco. E invece ora, sembrava di essere in una metropoli. Dovunque posassi gli occhi, c'era un'esplosione di colori che conferiva alle vie, ai palazzi e alla piazza un'aria primaverile. Molte case erano legate da un filo invisibile di luci che si sarebbero accese prima del calar del sole, regalando a Roccamonte un Natale fuori tempo.

Le voci si confondevano, così come i dialetti, i profumi si mescolavano tra note di zucchero e fiori pronti a sbocciare. La locanda aveva esaurito le stanze disponibili, altri avevano subaffittato una camera della propria casa, e c'erano addirittura delle tende piazzate nell'area attrezzata del parco. Non per vantarmi, ma era il nostro piccolo orgoglio. Per quanto il cartello di Roccamonte segnalasse la presenza di 4986 anime pie, in realtà era una piccola cittadina a cui non mancava assolutamente nulla.

I lavori nella piazza erano stati eseguiti correttamente e le nuove panchine con la fontana centrale facevano la loro gran bella figura. Ero pienamente soddisfatto del risultato, e avrei esultato ancora di più nel trovarle come sfondo in qualche foto della festa condivisa sulla pagina dell'evento. Sapevo che il giornale locale avrebbe scritto un articolo. Dovevo ricordarmi di acquistare una copia per verificare che Simona, la nostra giornalista, si fosse ricordata di citarmi. In fondo, era grazie a me se il paese risultava ogni anno più bello del precedente.

Le prime bancarelle erano state montate. Seguivano il corso principale e si snodavano nelle vie più interne. Le vedevo, quelle donne, farsi prendere dal panico mentre addobbavano il loro tavolo e montavano gazebo, accertandosi che tutto fosse pronto per il pomeriggio. Ed era meglio non rivolgere a loro il saluto o si rischiava di ricevere degli insulti gratuiti.

L'area brulicava di persone, i turisti cominciavano ad arrivare a fiumi. E credetemi, non era un modo di dire. Vista la bella giornata, alcuni ne avevano approfittato per riversarsi nel nostro parco, altri facevano lunghe passeggiate. Da quella prospettiva vedevo la tavola calda senza più posti liberi e mi domandavo se lo stesso stesse accadendo anche nella tisaneria di Selva. Era pura curiosità per l'economia del paese, non sarei andato di certo a verificare. Non dopo il nostro ultimo incontro. A dire il vero, non era successo un granché, ma una parte di me non aveva smesso di riavvolgere la pellicola. Ci avevo rimuginato sopra tutta la notte, tanto che l'avevo trascorsa in bianco, controllando ossessivamente l'ora. Era qualcosa che non mi succedeva dai tempi della scuola, quando avevo l'ansia che la sveglia non suonasse e io potessi beccarmi una nota sul registro. Nell'ultimo periodo crollavo non appena appoggiavo la testa sul cuscino, ma evidentemente quel bel periodo si era concluso con l'arrivo di una donna. E la cosa che più mi innervosiva era che lei non mi interessava, non provavo attrazione per lei. E non ero intenzionato ad approfondire la sua conoscenza. Erano ormai passati due anni da quando avevo tirato su un muro di mattoni, e a nessuna donna avrei permesso di usare un martello per danneggiarlo o buttarlo giù. Però una cosa dovevo ammetterla, una piccolissima parte di me la trovava simpatica. Il suo humor era macchiato da una goccia di acidità che la distingueva dalla massa. Però eccomi qui, con gli occhi sbarrati a fissare un punto non identificato all'orizzonte pur di immaginarla ancora. Lei era come uno di quei tormentoni dell'estate che passano e ripassano alla radio. Non serve a niente cambiare stazione, perché lo risentirai.

Allora mi costrinsi a scrollarmi di dosso quei pensieri e

concentrarmi sulla festa. Il palco era stato montato e stavano terminando di sistemare le luci. L'ultima volta era finita con l'insegnante di danza che era volata giù per colpa del filo delle casse che si era attorcigliato attorno alla sua caviglia. Fortunatamente non si era fatta niente. Però sarebbe stato meglio non ripetere l'esperienza.

«Ehi, come procedono i lavori? Siete a buon punto?», domandai agli addetti mentre verificavo l'ora sul campanile della chiesa.

Il primo uomo si voltò indietro. «Oh, Enea! Come puoi vedere abbiamo praticamente finito. Mancano solo alcuni dettagli, ma roba di poco conto. Alla fine forse è anche più attrezzata quest'area che la piazza dove abbiamo sempre organizzato la festa».

«Sì, non è male, almeno è più spaziosa. Sbaglio o il palco è più basso rispetto agli altri anni?», chiesi guardandomi attorno.

Concordò. «Sì, ma di poco. In qualche modo dobbiamo prevenire le cadute, sai, visto l'anno scorso...», concluse ridacchiando e rivelando qualche dente fuori posto.

«Speriamo di non ritrovarci su Youtube... Però la caduta della signora Lorella ha acchiappato un sacco di visualizzazioni... Mi aspetto più afflusso rispetto agli anni passati, serviranno per risollevare un po' le casse del paese e per qualche lavoro di manutenzione in più».

Una voce femminile urlò il mio nome. Talmente forte che sobbalzai. «Mi resta ancora un po' di tempo prima di passare all'apparecchio acustico», le dissi con il mio solito atteggiamento.

«Scusami, è che ho le orecchie che mi fischiano da questa mattina. Sono sicura che qualcuna mi sta pensando e di certo non bene».

Mi trovavo di fronte Assunta, una di quelle donne che si piazzavano sempre sul podio di *Agguanta una mela*. Chissà se anche quest'anno sarebbe stato lo stesso, visto che avevo cambiato il giudice. «Vedremo come ve la caverete questa volta».

Lei si era scostata, infastidita. «C'è ben poco da ridere. Tanto l'abbiamo capito tutte che l'hai fatto di proposito per mescolare le carte in tavola. Ma tanto lo sappiamo io e te...».

«Io e te? Che cosa?»

«Che resto una delle più brave, qualsiasi sarà il verdetto finale».

Ressi il gioco. «Ma non avevo dubbi. Tranquilla e vedrai che i meriti saranno riconosciuti».

«Enea, Eneaaaaa», un'altra voce tuonò il mio nome.

Ma si erano messe d'accordo?

«Sì?», risposi allungando quella i finale.

Ma che diamine stava accadendo? Non volevo problemi a poche ore dall'inizio della festa. E quella sagoma che stava correndo verso di me, non portava buone notizie.

«Ecco, lo sapevo!», sbottò la ragazzina che avevo di fronte. Era Martina, la figlia della nostra insegnante di danza, quella che era caduta dal palco.

La mia bocca si era spalancata e avevo difficoltà a richiuderla. Non potevo credere a ciò che avevo di fronte.

«Mammaaa», strillò lei, richiamando la donna che la stava inseguendo a perdifiato. «Guarda che faccia! Anche Enea è del mio stesso parere. Il costume fa schifo!».

«Ehi, ehi, piano con le parole... non ho detto questo», mi giustificai non appena la raggiunse anche Lorella. Era sudata e accaldata. Chissà da quanto tempo correvano.

«Io, invece, lo trovo adorabile», s'intromise Assunta, sfiorando la manica del vestito della ragazza. «È tulle? Bello, bello».

La ragazzina la fulminò all'istante e scostò il braccio, infastidita. «Avanti, diglielo tu a mia madre che noi non saliremo su palco con quest'abito. Per me e per le altre l'esibizione può anche saltare».

Merda. Eh, no, ragazzina, non mettermi in posizioni scomode.

«Sono tua madre e la tua insegnante, fino a prova contraria, e spetta a me decidere», la rimproverò, cercando di riprendere fiato, tra una parola e l'altra. «E non di certo a un sindaco».

«Be'...», mormorai.

«Mamma, ma guardami! Mi faccio ridere da sola, io non mi esibisco davanti a un sacco di persone conciata in questo modo. Enea, diglielo anche tu. Ti supplico...».

«Sì, ma...».

«No, allora non ci siamo capite. Sono io tua madre. Piacerai a tutti!

«Ma guardati quanto sei carina vestita come una mela!», aggiunse Lorella, rimanendo a osservare la scena come uno spettatore.

Dovevo intervenire.

«Calmiamoci un attimo! Qui la festa deve ancora iniziare e mi avete già fatto venire il mal di testa», sbottai sovrastando le loro voci. «Iniziamo con ordine. Tu, ragazzina, perché non vuoi indossare questo costume?».

Lei posò le mani sui fianchi, pestando un piede contro il palco. Ci mancava solo che le partisse un tacchetto. «Dimmi, ti sembro carina?».

Mi rivolsi alla madre. «Con il tuo permesso, posso essere onesto o devo dire una bugia?».

Scosse le spalle. Non sopportavo le donne che lo facevano con quell'aria di superiorità «Perché, cambia qualcosa?»

«No, era solo un modo per essere gentile. Be', in tutta onestà posso dire che...», mi presi una pausa tattica per scovare il termine più appropriato. «Non è tanto tutto quel tulle arrotolato che parte dal collo e arriva fino alla coscia, e nemmeno quel simpatico cerchietto con un picciolo e con una foglia che spuntano dai capelli, ma quelle calzamaglie rosse sono davvero inguardabili».

Avevo detto una mezza verità.

«No, ti ci metti anche tu», mi gridò contro la ragazzina con gli occhi lucidi.

«Sei una mela rossa come quella di Biancaneve», s'intromise ancora Lorella.

Avevo tanti difetti, ma nessuno poteva rimproverarmi di non aiutare una ragazza in difficoltà. Anche se la maggior parte delle volte non capivo le loro lacrime, mi era stato fornito un cuore per soccorrerle.

«Senti, io non sono un mago con ago e filo, ma se questo tulle riuscissimo a metterlo solo qui in basso», proposi indicandomi i fianchi. «Sì, insomma, come se fosse una gonna? Il cerchietto si potrebbe levare, magari indossare una semplice canottiera e così i collant darebbero anche meno nell'occhio», buttai lì la prima soluzione che mi venne in mente.

Martina sembrò rifletterci, squadrando il proprio corpo fino alla punta delle scarpe. Poi si rivolse a sua madre. «L'idea che ha proposto Enea potrebbe andarti bene?».

Lei annuì e l'abbracciò stretta, contenta di aver fatto pace con sua figlia. Anche se stavo per temere il peggio, quella scena era in grado di scombussolarmi.

Verificavo che tutto fosse sotto controllo. Le macchine erano state tolte dalla strada, almeno nella parte centrale e bancarelle dei prodotti più disparati abbellivano e conquistavano occhi e palato dei turisti. La festa era iniziata e si respirava nell'aria un buonissimo profumo di vittoria. Sì, anche quest'anno la gente non mancava. Vedevo camminare tutti quei forestieri con un piatto tra le mani e un calice di vino riposto nella tasca appesa al collo. Alcuni avevano già preso d'assalto i banchetti di dolci e le torte stavano finendo, una dopo l'altra. Lanciai un'occhiata all'orologio del campanile: mancava mezz'ora alla gara. Veniva sempre dopo l'esibizione di ballo.

Per l'occasione indossavo un completo elegante che avevo reso più formale allentando un bottone della camicia bianca. Il mio lavoro richiedeva un certo *dress code* e in quelle situazioni non potevo evitarlo. Toccava a me salire su quel palco e fare le presentazioni.

La banda non aveva deluso le aspettative e aveva suonato passando di via in via fino a raggiungere il palco. Ed era formata dai nostri musicisti migliori, senza distinzione di età. Poi era arrivato il momento dell'esibizione di ballo, e un gruppo di bambine e ragazzine aveva danzato sulle note di un breve medley di canzoni popolari. Vedevo Martina raggiante, fasciata in quell'abito che, così modificato, la rendeva aggraziata. Di certo non si poteva dire che il nostro paese fosse a corto di ballerine, perché quasi tutte le ragazzine, di età inclusa tra i cinque e i sedici anni, facevano danza. Fu un successo, tanto che partì un coro di applausi che sembrava non voler finire.

Toccava a me.

Salii la scala, afferrai il microfono e raggiunsi il centro del palco. Però, che bella vista da qui. Diedi due colpetti per verificare che funzionasse prima di aprire bocca.

«Benvenuti a tutti alla XIX edizione di *Agguanta una mela*. Come sapete, questa festa si organizza una volta all'anno ed è l'orgoglio del mio paese, del nostro paese. Si narra che a Roccamonte, moltissimi anni fa, una donna coltivasse un albero di mele. Belle, rosse e succulente. L'albero era talmente rigoglioso e luminoso che non c'era abitante che non si fermasse ad ammirarlo. Se da un lato per Roccamonte quell'albero rappresentasse un vanto, dall'altro era fonte di invidia per i villaggi vicini. Tanto che una notte qualcuno osò, per dispetto, incendiarlo. Purtroppo il fuoco non si fermò lì, ma le fiamme divorarono l'intero paese, radendolo al suolo». Mi fermai per riprendere fiato. «Da quel momento gli abitanti si rimboccarono le maniche per ricostruirlo, e si dimenticarono dell'albero. Con enorme sorpresa scoprirono che quello stava crescendo ancora più rigoglioso dalle proprie ceneri, offrendo nuovi frutti ai suoi cittadini. Così, quell'albero di mele diventò un simbolo di rinascita di Roccamonte».

Finita la storia, annunciai l'ingresso del nuovo giudice e sentii animarsi un coro di borbottii. Chissà quanto le aveva infastidite. Probabilmente avevano avuto la giusta spinta per dare il meglio di sé. Invitai ad accomodarsi, dietro quel lungo bancone coperto da una tovaglia, altre tre persone pescate a caso dal pubblico. Quella era la fase più divertente perché nessuno si tirava mai indietro, anzi, spesso si rischiava anche di arrivare agli insulti pur di gustare quelle torte. La gara prevedeva l'ingresso, una dopo l'altra, delle varie partecipanti con la propria fetta di torta. Precedentemente tagliata sotto il controllo del giudice, mentre il resto delle torte era servito come omaggio ad anziani e bambini. Dopo ogni assaggio, le tre persone selezionate avevano il compito di assegnare uno o due punti, mentre il giudice aveva a disposizione un punteggio che arrivava fino a cinque.

Mi passarono la lista delle partecipanti e iniziai a chiamarle. Dovevo fare in fretta perché era abbastanza lunga. Nome dopo nome, chiamai all'appello le donne che gareggiavano come ogni anno. L'unica differenza era che, questa volta, apparivano ancora più agguerrite e determinate a portarsi a casa la vittoria. Per altro, più per gloria personale che per il premio vero e proprio. Non avevo mai pensato di cambiare quella tradizione, era sempre stata così. Una vittoria simbolica per il nostro paese.

Quando all'appello mancavano una manciata di nomi, la saliva mi andò quasi di traverso mentre annunciavo il suo nome. Perché si era iscritta alla gara?

La vidi marciare nella mia direzione. La scrutai da capo a piedi senza dare troppo nell'occhio, cosa non semplice da fare quando non vuoi perderti un solo dettaglio. Selva era strana. La sua camminata era leggera, delicata ma anche sexy. A ogni passo i suoi capelli ondeggiavano, e quei fianchi si muovevano al ritmo dei passi su quelle scarpe con il tacco. Tacco? Non potevo credere ai miei occhi. Allora non era solo capace di camuffarsi con abiti bizzarri pur di nascondere la sua bellezza.

C'era qualcosa in lei che mi metteva in imbarazzo. E non era legato al suo aspetto, dato che avevo avuto modo di confrontarmi con altre belle ragazze nel corso della mia vita. Però, ecco, lei aveva quel qualcosa in più. Non sapevo dove fermarmi a guardare. C'erano troppi dettagli su cui posare la mia attenzione. E, molto probabilmente, le altre iscritte speravano che il giudice fosse immune al suo fascino. Perché, io, un faccino come quello, l'avrei fatto vincere anche senza assaggiarla. La torta, si intende.

Dopo che tutte le partecipanti furono invitate a salire sul palco, chiesi al giudice di seguirmi al centro per il verdetto. Con enorme stupore, rimasi colpito quando al terzo posto fu chiamato il nome di Selva. Infischiandomene del mio ruolo, iniziai a battere le mani con enfasi, mentre lei si avvicinava. Era raggiante ma al tempo stesso confusa. Aveva un'espressione incredula. Si prese i vari complimenti e si fermò per la foto di rito con le altre vincitrici. Avrei desiderato essere una di loro per potermi stringere a lei, anche per il breve tempo di uno scatto. Era adorabile nel suo imbarazzo, non la smetteva di toccarsi quella matassa di capelli. Non appena il palco fu sgombro, invitai un gruppo musicale a salire, lasciai il microfono e rincorsi Selva che stava per andare via.

«Ehi, aspetta!», le gridai, facendomi strada tra le persone.

Selva non si accorse subito che la stavo chiamando, ma se ne rese conto nel momento in cui l'afferrai per un braccio e l'obbligai a voltarsi.

«Ehi», mi fece eco, sorpresa dall'idea di trovarmi lì davanti.

Mi ero dimenticato della sua voce, quanto era bella. Recuperai un minimo di fiato. «Davvero complimenti, e chi se lo aspettava? Appena arrivata e già hai sbaragliato la concorrenza. Lo sai che questa vittoria ti costerà qualche invidia?».

Fare complimenti non era mai stato il mio forte. Mi stupii di averla rincorsa per farglielo presente.

Fece spallucce. «Me ne farò una ragione. Si vede che hai proprio una bella opinione della sottoscritta. Pensavi che potessi avvelenare il giudice?»

«Magari ti ho un po' sottovalutato». Feci un sorriso sornione.

«Prego, continua pure», mi esortò.

Alzai un sopracciglio. «Certo che voi donne non vi accontentate mai di un solo complimento».

«Perché, quello voleva essere un complimento? Era più una constatazione del fatto che avevo ragione».

E allora scossi la testa divertito, perché non c'era niente di più intrigante di una donna capace di farti ridere.

«Mi stai fraintendendo. Perciò, credimi, quando ti dico che sei stata davvero brava. Penso che tu sia la prima a piazzarsi sul podio tra i nuovi acquisti di Roccamonte».

«C'è sempre una prima volta. Comunque non conoscevo la storia legata a questa festa. In biblioteca posso trovare qualche libro a riguardo?».

La sua domanda mi disorientò, perché era la prima volta che mi veniva posta. «Sì, credo di sì, forse troverai qualcosa nella sezione di storia. Anche se in realtà non posso garantirlo...», le spiegai, sincero.

«Ma davvero avete una biblioteca? Proprio qui?», mi domandò stupita e con gli occhi scintillanti.

«Ma dove pensi di essere capitata? Certo che ne abbiamo una, se vuoi un giorno ti posso accompagnare», le proposi. L'istante dopo, vedendo la sua reazione, mi pentii di essermi fatto avanti. Da quando mi rendevo così disponibile?

«Sì, se mi prometti che non parlerai male della sezione di libri per bambini e di quelli romantici».

Mossi un sopracciglio. «Te la sei legata al dito, vero?»

«Forse un pochino. Il fatto è che non riesco a capire come sia possibile che un uomo che non ci crede, sia così bravo a raccontare delle storie. Ti ho sentito mentre parlavi, là sopra. Sei riuscito a riportare tutti i presenti a quel tempo lontano, me inclusa», mi rivelò, spostando il peso del corpo da un piede all'altro.

Ma lei chi era? Possedeva tutto ciò che avevo sempre cercato, era perfetta.

«Era solo una banalissima storia da raccontare e io la conosco perché sono il sindaco. Non c'è altro».

Selva scosse la testa. «Non credo proprio. Diciamo che ho un dono e che sono brava a leggere tra le righe».

«Che cosa significa? Vorresti dirmi che, senza sapere niente di me, potresti stupirmi con delle rivelazioni sul mio conto?»

«Diciamo così. Peccato che tu non mi stia credendo e quel muro di diffidenza non mi aiuterà di certo a rispondere alla tua domanda».

Mossi un sopracciglio, incapace di replicare.

«Eccolo! L'hai fatto ancora», rimarcò lei.

«Che cosa, cosa ho fatto?»

«Hai mosso il sopracciglio. Lo fai ogni volta che ti trovi con le spalle al muro, quando ti senti in difficoltà. È il tuo modo per difenderti dalla verità».

Ascoltai le sue parole, ma quasi subito mi distrassi. Non per via di quello che mi stava rivelando, ma perché avevo già frequentato una donna simile a lei. E non era finita bene. Forse stavo commettendo un enorme sbaglio dandole tutta quella confidenza. Non mi avrebbe portato molto lontano. Anzi, avrei rischiato, ancora una volta, di bruciarmi.

Negai, sotto il suo sguardo sincero. «Cazzate! Non è assolutamente vero», sbottai, cercando di buttarla sullo scherzo. «Facciamo che ora tocca a me. Fammi indovinare un po' e, visto che ti piacciono tanto le favole, mi divertirò un po'. Perché mai, una donna come te, dovrebbe trasferirsi in questo posto tutta sola? Per fuggire da una matrigna cattiva, per cercare il principe azzurro o, più semplicemente, per ricominciare da capo?».

L'avevo colpita. Probabilmente non era quello che si aspettava di sentirmi pronunciare. «Bravo, devo farti i miei complimenti. Hai indovinato, c'è una strega cattiva che mi dà la caccia perché sono più brava di lei a fare le tisane. Però, credo che lo scappare appartenga più a te che a me, visto che non riesci a chiudere con il tuo passato». Si fermò a guardarmi, indicando il mio viso. «E intanto l'hai mosso ancora. Come era prevedibile, l'hai fatto di nuovo», mi punzecchiò.

«Dannazione», bofonchiai, colto in flagrante. Nessuno me l'aveva mai fatto notare, avrei dovuto esercitarmi meglio per nasconderlo.

E lei scoppiò a ridere, interrompendo quel momento che iniziava a farsi troppo serio. Ricambiai anche io perché la sua risata era contagiosa.

Il suono del mio cellulare ci colse di sorpresa. Lo recuperai dalla tasca per rispondere. «Piccola? Ciao, come stai? Ti senti meglio?», domandai sorridendo. Sentire la sua voce mi faceva stare bene, una sensazione di pace interiore che nient'altro era in grado di offrirmi.

Mi voltai verso Selva e, con l'indice sollevato, chiesi il permesso di allontanarmi per poter parlare.

Lei mi fece un cenno rapido con la testa, come per rispondermi che andava bene. Mi spostai di qualche passo a lato del palco e cercai di continuare la conversazione nonostante il gran brusio di sottofondo.

«La linea è disturbata. Sì», dissi tra una pausa e l'altra.

«Torno presto a casa. Ora devo andare. Ciao tesoro, ci vediamo tra poco», e staccai.

Quando tornai da Selva, notai una cosa strana. Era come se facesse di tutto pur di evitare di incontrare il mio sguardo. Il suo corpo la stava tradendo, mostrandomi il suo disagio. Davvero, non capivo che cosa fosse successo in una manciata di minuti. Un attimo prima ci stavamo divertendo, e un attimo dopo si era trasformata in un piccolo topolino che deve nascondersi dal suo aguzzino.

Ero un uomo, oltre a essere il sindaco, e non ero per niente la persona più indicata per insistere e ottenere delle risposte. Anche se una parte di me mi stava invitando a farlo. No, non avrei ceduto alla curiosità. Mi ero spinto già troppo oltre.

Però nella mia testa era scattato un campanellino d'allarme. Qualcosa di indecifrabile era rimasto sospeso nell'aria, tra di noi. Non era qualcosa che avevo previsto, ma forse era meglio che finisse così.

Capitolo tredici
Selva

«Quando un amore finisce, qual è la prima cosa che fai?», mi chiese tutto d'un tratto mia nonna.

Era una domanda inaspettata, di quelle a cui non pensi mai e quando te la pongono qualsiasi risposta ti sembra sbagliata. E poi, pur volendo, non ero dell'umore adatto per affrontare l'argomento, visto che la ferita era ancora lì e ogni tanto tornava a far male. Soprattutto la notte, quando stretta al mio cuscino, tutto sembrava insormontabile. Che poi, chissà perché con l'arrivo delle stelle la nostra mente viaggia più veloce di quando c'è il sole.

«Nonna, ti prego. Sono venuta solo perché hai detto che ti sentivi poco bene, ma ora che ci penso credo che si trattasse di una bugia».

Lei non riuscì a nasconderlo e mi sorrise. «E d'accordo, è che avevo voglia di vederti. Non si può?»

«Grazie, ma sarei passata, lo sai. Solo avrei preferito farlo in un altro momento, ecco...».

«Intendi dire in un momento migliore?»

«Be', sì, forse tra le due sono io quella che non sta tanto bene».

«E sentiamo un po'... che cos'hai?»

«Oh, no, no», le risposi, accompagnando il mio rifiuto con la testa. «Non attacca con me, nonna. Stai facendo di tutto per farmi parlare. Non questa volta...».

«Sono sicura che lo farai da sola», mi disse, alzandosi dalla sua poltrona e avviandosi a passi lenti verso la credenza. Restò qualche secondo lì davanti, prima di decidersi ad aprire le ante e tirare fuori un piccolo scrigno di legno con delle incisioni dorate sul coperchio.

Lo posò sul tavolo con delicatezza e mi fece un cenno con la testa, come per invitarmi ad avvicinarmi a lei.

Con poca convinzione mi alzai. Se per lei era così importante, l'avrei assecondata.

«Tieni, questo ora appartiene a te», mi disse allungando lo scrigno e piazzandolo di fronte a me.

Non capivo il perché di quel gesto.

«Che dovrei farci?»

«Non mi stai facendo la domanda giusta», mi suggerì lei. «Forza, aprilo!».

Con mani titubanti sfiorai la superficie. Era calda, confortante, come il legno che decorava il soffitto della casa di mia nonna. C'era raffigurata una farfalla lì sopra, incisa a mano.

Feci scattare un piccolo lucchetto e lo aprii. All'interno trovai un'infinità di bigliettini piegati a metà. Dovevano essere molto vecchi, visto che la carta era ingiallita e i bordi leggermente stropicciati e arrotolati verso l'interno.

Corrugai la fronte. «Carta? È questo che mi stai regalando?»

«Selva, quando sei così cocciuta non sembri neanche mia nipote», sottolineò lei con la voce irritata. «Sempre a soffermarti sull'apparenza. È questo l'errore che continui a fare, è come se tu avessi paura di assecondare la tua natura. E credimi, non è sbagliata come pensi, tu non sei sbagliata».

Scossi la testa. «Dài, non ho voglia di litigare proprio con te. Ti ascolto…».

«Scegline uno e leggilo ad alta voce».

Sospirai. «D'accordo». Tuffai una mano all'interno e girai

più volte i biglietti tra le dita. Ne scelsi uno, ma la nonna mi bloccò all'istante, facendolo cadere, prima che potessi aprirlo.

«Stai sbagliando ancora. Lo devi sentire, devi riconoscerlo in mezzo a tanti»

«Nonna, ma sono solo biglietti, perché te la prendi tanto? Cosa dovrei sentire?»

«Lo vedi che non credi in te? Stavi pescando quel biglietto solo perché ti ho detto di farlo e non perché sentivi che era quello giusto. Devi solo ascoltarti un po' di più, crederci, e scegliere assecondando le tue emozioni. Provaci ancora».

Alzai gli occhi al cielo. Quando la nonna mi parlava in quel modo non riuscivo a non irritarmi. Lo sapeva anche lei che le mie emozioni non mi avevano portato da nessuna parte, anzi, ma lei insisteva perché io dessi loro sempre una grande importanza.

Feci un lungo respiro, socchiusi gli occhi e provai a seguire il suo consiglio. Sgomberai la mente da ogni pensiero, mi concentrai su di me e su quello che provavo. Toccai i biglietti, uno dopo l'altro, e poi percepii qualcosa di diverso. Un calore improvviso che si sprigionava fino ai polpastrelli, come se stessero per prendere fuoco. Ma non era una cosa spiacevole, tutt'altro. Mi trasmetteva un senso di pace.

«Ecco», esclamai una volta che riaprii gli occhi, mostrandole la mia scelta.

Sul viso di mia nonna era sparito quel velo scuro. Mi sorrise orgogliosa, come tutte le volte in cui combinavo qualcosa di giusto. Almeno secondo lei. «Leggilo», mi invitò con un cenno.

Annuii e lo aprii. Era scritto a mano: "Il segreto per andare avanti è iniziare". Si consiglia l'assunzione di estratto di eleuterococco, circa 40 gocce di tintura madre diluite con acqua al risveglio.

Non trattenni una specie di risata.

«Ti rifaccio la domanda: qual è la prima cosa che fai quando finisce un amore?».

Ci pensai su. «Dipende chi è stato a lasciare. Però direi che mi do delle colpe... sì, quella è la prima cosa che faccio».

«Come immaginavo. Vedi, Selva, un amore può finire per tantissimi motivi. Magari perché uno dei due non prova più dei sentimenti profondi, perché uno cede alla tentazione, o perché si smette di dare importanza all'altra persona», prese una pausa. «È bene capire perché finisce un amore. Se tu hai dato tutto, anche quello che non avevi, pur di fargli capire che per te era essenziale, allora i sensi di colpa non faranno altro che alimentare le tue lacrime. Non servono se hai rischiato tutto per tenerlo con te».

Lo sapevo che lui non mi meritava, al suo fianco vedevo bene una donna che non lo mettesse al centro del proprio mondo. Perché quando una persona ti dà la chiave per entrare in quella piccola stanza, che si trova al centro esatto del suo cuore, tu non dovresti avere più voglia di andare via da lì. Mi faceva male l'idea che lui avesse guardato distrattamente cosa gli stavo offrendo, come se fossero un mucchio di cianfrusaglie usate. Non riuscivo a smettere di pensare a che cosa avessi sbagliato. Magari, magari... c'era sempre una scusa che iniziava con magari, come se, fatto quella cosa, gli eventi avrebbero preso una piega diversa. Forse sì o forse no, sicuramente avrei solo rallentato la corsa di un amore destinato ad arrivare comunque al traguardo.

«Tu lo sapevi, vero?», le chiesi con una nota di malinconia che non riuscivo a scacciare via. «Però mi avevi detto di rincorrerlo quell'amore».

Scosse la testa. «No, io ti ho detto di non smettere mai di lottare per il vero amore. Lui non lo era e, molto probabilmente, non lo sarà neanche il prossimo. L'esperienza serve a farsi le ossa».

«E cosa vorresti dirmi, che sono destinata a rimanere sola? Tanto se non lo incontrerò mai...», alzai le spalle contrariata.

«Hai un talento singolare nel capire solo quello che ti fa comodo... Lo incontrerai, ma non sarà facile. Devi imparare a riconoscerlo, ad ascoltare i segnali, forse te ne accorgerai troppo tardi o forse avrai paura di lanciarti in questa avventura. Però, Selva, non pensare che il vero amore sia solo un colpo di fulmine, non stiamo parlando di attrazione fisica. Il vero amore ti confonderà le idee, non ti farà dormire la notte, sarà sempre nei tuoi pensieri, sarà come il bagliore di una stella cadente».

«Sì, ma la scatola in tutto questo a cosa mi serve?»

«Nell'attesa del vero amore. Quando penserai che non lo troverai mai, dopo una delusione, in qualsiasi momento in cui ti sentirai sola. Apri questo scrigno e pesca un bigliettino. Vedrai che ti aiuterà».

«E a te, ti ha aiutato?».

Prese un lungo respiro e poi lo rilasciò, come se soffiasse fuori un fardello di tanto tempo fa. «Oh, tesoro, non sai quanto».

Piccola, una parola composta da sette lettere. Sette come le sette meraviglie del mondo, peccato che di meraviglioso, in quel caso, non ci trovavo proprio niente. Sia chiaro, con me non doveva giustificarsi, ma un conto era affidarsi a voci di corridoio e un altro conto era sentirle direttamente dalla sua bocca. Una scheggia di legno che si era conficcata nel dito e che, ora, restava ben piantata lì.

Quella chiamata era bastata ad annullare l'entusiasmo della mia inaspettata vittoria. Era rimasto tale fino a quel momento poi, come per magia, si era trasformato in una nuvoletta e si era dissolto. Be', ero sicura del buon risultato della mia torta, anche perché avevo usato l'ingrediente segreto della nonna, ma di certo tutto pensavo tranne di piazzarmi al terzo posto. L'insicurezza mi inseguiva da sempre come un'ombra, era impossibile ritagliarla e mandarla altrove. A essere più precisa non pensavo che mi avrebbero lasciato vincere. Almeno non il primo anno. Sì, insomma, ero o no l'ultima arrivata?

Avevo visto lo stupore negli sguardi delle altre concorrenti, quando, tutte strette sul palco, in attesa del verdetto, avevano mollato la presa lasciandomi sola. Le cose belle richiedono tempo, era una frase che continuavo a ripetermi per superare i momenti di difficoltà. Peccato che quella chiamata avesse annullato il mio entusiasmo.

Avevo salutato Enea distrattamente e di corsa. Tutto pur di fuggire lontano da lui. Non avrei retto il suo sguardo, perché non ero mai stata capace di mentire con gli occhi. Era un mio difetto, quello di essere trasparente. Era più semplice eliminare il problema prima che quello facesse fuori me. Ma poi, perché stavo dando così tanta importanza all'accaduto? Quella chiamata non avrebbe cambiato la situazione. Enea e Selva eravamo ed Enea e Selva restavamo. Niente di più e niente di meno. O forse speravo che nascesse un'amicizia? Tra uomo e donna? Che stupida, anche solo ad averlo immaginato.

Bastò un attimo per nascondermi tra la folla. I corpi mi urtavano e io desideravo solo essere nel mio negozio, lì al sicuro nel mio bozzolo, dove sarei riuscita a recuperare il controllo della situazione.

Scivolai dentro e mi diressi dietro al bancone. Non mi preoccupai di verificare che ci fossero clienti, poteva anche esserci il pienone. Per me non cambiava nulla. Sonia, che stava riempiendo una teiera d'acqua, quasi sobbalzò per la sorpresa.

«Selva, già di ritorno? Alla fine, tanta preoccupazione per niente. Hai fatto in fretta!», mi chiese, iniziando a percepire qualcosa che non andava.

Afferrai un grembiule e lo annodai dietro la schiena. Dovetti insistere più volte perché le dita tremavano e non riuscivano a formare uno stupido fiocco.

«Sì, non c'è voluto molto», le risposi senza guardarla negli occhi. Se solo l'avessi fatto, non sarei riuscita a trattenermi.

«Ehi, va tutto bene?», ci riprovò di fronte al mio silenzio.

«Sì, perché?», risposi, cercando qualsiasi cosa per tenermi occupata. Così iniziai a pulire il bancone con una spugna. Sfregavo a più non posso, come se volessi essere sicura che non ci fosse più un singolo batterio. Dovevo pur sfogarmi in qualche modo. Visto che, invece, ero molto brava a tenermi le cose dentro.

«Ehi...», mi interruppe lei.

Io proseguii con più foga, finché la mano di Sonia non mi bloccò il polso. «Che c'è?», sbottai, quasi infastidita.

Sonia si guardò attorno, anche se in quel momento c'era un solo cliente dall'altra parte della stanza a intrattenersi con Ciro. Evidentemente tutta la gente si trovava fuori a fare il conto alla rovescia per i fuochi d'artificio.

«Toglimi una curiosità, stai cercando di consumare il legno per ricavare dei buchi reggi-tazze?», si informò, indicando il bancone.

La ignorai e continuai a sfregare.

Allora Sonia perse la pazienza. «Innanzitutto, ora tu ti dai una calmata e mi dici perché sei così arrabbiata con il mondo. Vuoi dirmi che è successo? Sei uscita da qui con il sorriso e ritorni con un muso da cane abbandonato in tangenziale. È perché non hai vinto?», provò a indovinare. «Ne avevamo già parlato, non era il caso di aspettarsi niente. Lo sai che sei l'ultima arrivata, era prevedibile...».

Infilai una mano in tasca e le lanciai una coccarda rossa. «No, ho anche vinto».

Sonia la prese per osservarla meglio e allora si trovò ancora più confusa di prima.

«E allora perché ti stai comportando in un modo così strano?»

«Sciocchezze!», sbottai con un risolino esasperato.

«E cos'altro dovrei pensare? Se non è la gara di torte, che cosa può essere? Se il problema sono io, ti giuro che sono stata brava e ho seguito alla lettera tutte le tue indicazioni», si giustificò lei, più per farmi trovare il sorriso che per giustificarsi.

In altre occasioni sarei stata la prima a sfogarmi, senza che lei dovesse tirare a indovinare. Ma l'idea di raccontarle l'accaduto, mi faceva sentire sciocca. In fondo io ed Enea non c'eravamo mai promessi niente. La mia immaginazione doveva essersi spinta troppo oltre, vedendo cose che non esistevano.

«Dài, ne approfitto per andare in cucina a preparare qualcosa per domani mattina».

Sonia si appoggiò al bancone, determinata più che mai ad andare a fondo della faccenda. E poi sgranò gli occhi, come se fosse stata accecata dall'illuminazione divina. «Non è che per caso c'entra il sindaco del paese?».

Non fui brava a nascondere tutto lo stupore e la fulminai all'istante. Da dove aveva ereditato il talento di indovinare sempre? Era brava a captare i miei cambi d'umore, cosa che, forse, era anche piuttosto prevedibile. Quando non si è bravi a fingere.

«Perché deduci che ti stia mentendo?»

«Ah, non lo so, dimmelo tu… forse perché ti conosco abbastanza per riconoscere una bugia? Penso che, ora come ora, sia l'unico motivo per il quale potresti perdere il sorriso», rincarò la dose, inclinando la testa e valutando la reazione delle sue parole sul mio volto. «Confessa! Ho ragione, vero?».

Sbuffai e le lanciai contro la spugnetta. «E d'accordo! Vuoi sentirti dire che hai ragione?», ripetei alzando la voce.

«Sì, ogni tanto mi fa piacere».

«Cosa ti devo dire? Si era avvicinato per congratularsi per

la mia vittoria e poi all'improvviso è arrivata una telefonata. Lui si è allontanato per parlare e mi è bastato sentire le prime parole per capire che ha una donna»

«Be', lo sapevi anche prima. Me l'hai detto ieri. Quindi il problema è che, ora che hai avuto la conferma, sei gelosa?»

«Ma, chi? Io? Non dire cavolate. Quell'uomo è tutto quello che non ho mai cercato, non mi interessa neanche dal punto di vista fisico. Sono venuta qui per concentrarmi sulla mia attività e qualsiasi uomo, in questo momento, non è il benvenuto».

Altra bugia.

Mi puntò un dito contro. «Probabilmente non sono la persona più indicata per dare consigli, visto che anche la mia vita sentimentale non è delle migliori, ma so riconoscere quando una mia amica è interessata a un uomo. E lo so perché non fai altro che negarlo, ti capisco… ma non rimanerci male. Insomma, non lo conosci così bene. Ha una donna? Amen», ribatté, cercando la risposta migliore. «Meglio per te. Così ora puoi concentrarti sul tuo negozio e pensare solo a questo. Perché tu vuoi questo, no?».

Ciro corse verso di me e prese d'assalto le mie caviglie. Si strusciava con il musetto e aveva attivato quel tipico suono da macchinetta del caffè che amavo tanto. Non riuscii a trattenermi dal prenderlo in braccio e lui me lo lasciò fare. Lo stritolai a suon di baci soffocati contro quel suo collo così morbido. Profumava di bucato, doveva aver dormito sopra la coperta che avevo lavato il giorno prima.

Mi schiarii la gola. «Sì, è proprio così. Dài, ti preparo qualcosa da bere, così ci rilassiamo un po' entrambe. Sei stata in gamba e grazie per avermi aiutato».

«Figurati. Lo sai che puoi contare sempre su di me. E sì, accetto volentieri la tua idea, magari qualcosa che possa conciliarmi il sonno. Così a nanna presto, che domani si torna a casa».

«Lo sai che qui sei la benvenuta e puoi fermarti quanto vuoi».

Avrei voluto averla tra i piedi ancora per un altro po'. Ci saremmo divertite a gestire insieme la tisaneria e, di sicuro, mi sarei sentita meno sola. Anche se l'idea di avere un intero appartamento a mia disposizione poteva essere allettante, l'altra faccia della medaglia mi mostrava che in due si sorrideva di più.

«Se solo lo facessi, mi troverei una lettera di licenziamento all'istante. Ai miei capi non importa quante ore abbia accumulato nel corso degli anni, spetta a loro decidere quando farmi andare in vacanza e, guarda un po', questo periodo, a loro avviso, è molto critico», disse facendo una smorfia. «Grido al miracolo per essere riuscita a spillargli questi due giorni».

Spesso mi chiedevo se fosse il lavoro che Sonia aveva sempre sognato. Non c'era giorno in cui non tornava a casa con l'umore sotto terra per colpa dei "piani superiori". Quante lacrime l'avevo aiutata ad asciugare, ma era l'amore per i libri che la teneva incollata a quelle mura di cemento. La biblioteca era il suo mondo, anche se quell'amore veniva spesso rovinato per colpa di chi pretendeva troppo senza dire neppure un banale grazie.

Io, invece, era per merito suo se avevo divorato libri come se fossero fatti di pane. Una crosta come copertina e mollica come pagine, da sbocconcellare con calma. Immersa nella lettura in ogni momento libero della giornata. Sonia aveva il dono di trasmetterti l'amore per i libri, la passione, la magia dell'inchiostro su carta. Quell'inconfondibile profumo che si sprigiona nell'aria quando giri le pagine.

Non era tenuta ad aiutarmi, ma l'aveva fatto. Sempre con quel sorriso stampato sul viso, che stesse male o bene. Era una grande amica.

Sapevo che voleva solo il meglio per me. Non avevo mai

avuto dubbi a riguardo. Ma io non ero ancora pronta ad ascoltare i suoi consigli. E non perché fossero sbagliati, ma perché avevo bisogno di più tempo per accettarli e seguirli. Perché per quanto ci si possa impegnare, certe scelte sbagliate fanno fatica a lasciare il posto a quelle nuove. Più giuste, più vere.

E io con l'anno nuovo, come ogni capodanno che si rispetti, mi ero fatta una promessa. Non avrei più lasciato la porta aperta alle persone sbagliate. Non avrei affidato il mio cuore malconcio a chi avrebbe potuto stritolarlo con la sua mano.

Non appena ebbi chiuso a chiave la porta e abbassato la serranda, mi voltai prima di spegnere le ultime luci. Restai lì, ferma, ma con la testa che correva altrove. Pensai a mia nonna, a quanto sarebbe stata orgogliosa di me. Una lacrima solitaria e inaspettata mi rigò la guancia. Sì, le sarebbe piaciuto questo posto più che a chiunque altro. Perché quel negozio faceva affacciare alla memoria il profumo della sua cucina, il suo tavolo sempre sommerso di erbe e l'odore di legno sempre lucido. In un certo senso mi sentivo a casa. La nonna mi capiva e, ancora adesso, sapeva indicarmi per vie traverse la direzione giusta da percorrere. Perché ero convinta che la morte fosse solo una questione fisica, un modo per strapparci da questo mondo per condurci in un'altra dimensione. Mi piaceva pensarla così. Anche se all'inizio lo volevo negare con tutta me stessa, adoravo creare infusi per la gente. Mi dava conforto, un senso di pace che avevo difficoltà a spiegare. Quando tutte le mie convinzioni si ingarbugliavano in una matassa piena di nodi, occuparmi delle mie erbe era l'unica soluzione. Con il loro aiuto tutto mi sembrava meno difficile.

«Selva, corri a vedere i fuochi d'artificio. Sono bellissimi!», mi chiamò Sonia, con la voce che trasudava eccitazione.

Il silenzio che prima accompagnava la mia casa, ora era

spezzato da una raffica di scoppi e da un coro di voci euforiche. L'avrei voluto anche io, un po' di quell'entusiasmo.

Non mi restò che fare un profondo respiro e raggiungere Sonia.

Lei era già con il naso all'insù, i suoi occhi rincorrevano quei giochi di luci e di colori. I miei, invece, correvano in basso, a cercare, tra la calca, l'uomo di cui sentivo già la mancanza.

Capitolo quattordici
Enea

Non sono certo quei nove mesi che ti fanno capire che stai per diventare padre. Credetemi, non era la pancia che cresceva, non erano quelle voglie improvvise che mi obbligavano a prendere l'auto per portarla in pizzeria, sia che piovesse o che ci fosse il sole, non erano neanche le nausee appena sentiva l'odore del caffè che mi ero preparato per colazione, e neppure quei malesseri improvvisi che mi facevano temere il peggio e tremare le ginocchia. Non era niente di tutto questo, e per una semplice ragione… non ero io a farmene carico. Notavo quel ventre crescere, ma non provavo ancora sensazioni precise. Come facevo a immaginare quello che sentiva lei, come dovesse essere portarlo dentro, quel suo muoversi, dare calci e pugni girandosi? Non avevo mai cercato di saperne più di tanto, era come se quella gravidanza fosse sua. E a me non restava che mettermi lì, in attesa di starle accanto quando fosse arrivato il momento. Perché sarebbe arrivato e niente sarebbe stato più come l'attimo prima. Sapevo che lì dentro era nascosto il sangue del mio sangue, la carne della mia carne, ma me ne resi pienamente conto solo quando, con il suo vagito, venne al mondo. E, nel preciso istante in cui lo presi per la prima volta in braccio, pensai "Ne è valsa la pena".

Non posso certo dire di essere un padre perfetto. Perché, parliamoci chiaro, nessuno sa a cosa va incontro. Stringevo quel fagottino che profumava di talco e di buono, e la vita, improvvisamente, mi sembrò meno soffocante. Ed era una strana magia, quella della nascita. Come se fosse il mio compleanno e lei il regalo da scartare.

Tutte le paure non erano più le mie, ma erano diventate paure per lei. Perché avrei dovuto proteggerla e spiegarle che questo mondo, a differenza di quello da dove veniva lei, ha qualche bullone allentato. Cigola, si rompe, si riaggiusta, e si va avanti fino alla prossima difficoltà.

E mentre la guardavo, mi domandavo che tipo di persona fossi prima di lei. O come avevo fatto a stare così tanto tempo senza di lei. Il mio cuore era una mela, che avevo spaccato in due affinché lei avesse la mia metà.

Guardavo quella donna che fino a un attimo prima mi divertivo a chiamare ragazzina, distesa su quel lettino, la bambina attaccata al seno che succhiava la sua linfa. I capelli madidi di sudore, la camicia da notte sbottonata, le guance arrossate dallo sforzo.

Stremata ma sorridente.

Non riuscivo a stare seduto, dovevo fare, dovevo toccare, dovevo baciare.

Quella sedia, che continuavo a trascinare qua e là come se non sapessi dove metterla, sembrava troppo scomoda. O forse ero io che non ero fatto per stare fermo.

Se chiudevo gli occhi, potevo sentire la melodia del suo respiro che si sarebbe trasformato nella strofa di una canzone che non mi avrebbe mai annoiato.

Mi sedetti al fianco di Evelina, le presi una mano. Le dissi che aveva fatto un gran bel lavoro. Mi rispose che lo avevamo fatto insieme.

Insistetti. La maggior parte l'aveva fatta lei. Sorridente, replicò che senza di me non sarebbe stato lo stesso.

Tanto amore e nessun rancore.

«Hai visto che la mamma ti ha preparato il polpettone?», mi domandò mio padre, spingendo il vassoio nella mia direzione, come per invitarmi a servirmi. Doveva essere sporco d'olio, perché lasciò una vistosa macchia sulla tovaglia di cotone, che lui, prontamente, coprì con la bottiglia d'acqua.

«Se non gli va, non insistere», lo riprese mia madre, portando in tavola altre pietanze. Ormai non c'era più posto, sembrava di essere al cenone di Capodanno e aspettavo solo di vedere qualche concerto in TV.

La piccola Isotta sembrava essere l'unica a non aver perso l'appetito. Muoveva quelle sue gambette veloci sotto al seggiolone e si riempiva la bocca di pezzi di grana. Ne andava matta. Ti guardava con i suoi occhietti vispi, e poi sfuggiva verso nuove avventure. Rideva sempre, lei.

Spesso desideravo averla anch'io, un po' di quella primavera dentro.

«Che sei, il suo avvocato difensore? Mi chiedevo che cosa fosse successo di così grave da non prenderne neanche una fetta. Sia chiaro, la cosa non mi dispiace perché finalmente ne ho di più per me, ma a saperlo prima mica lo invitavamo a cena. Potevamo starcene qui da soli, io e te». Scandì la frase ammiccando a mia madre.

Era una di quelle cose che non sopportavo in lui fin da bambino, quando i baci erano ancora oggetto di imbarazzo.

«Ma che cretino! L'abbiamo fatto anche per nostra nipote. E poi piantala di fare sempre l'uccellino che spara sentenze, mangia quello che ti pare e lascialo in pace».

Decisi di intervenire. E non perché ne avessi realmente voglia, ma perché sennò saremmo andati avanti all'infinito.

«Grazie, mamma, per il polpettone. Ti offendi se ne assaggio un pezzo piccolo piccolo? Non ho molta fame», mi giustificai, cercando di accontentarla. In fondo, quel benedetto polpettone l'aveva preparato per me.

Mio padre posò il bicchiere di vino in modo rumoroso sul

tavolo e iniziò a distendere i suoi baffi come se fossero fatti di pasta filante. Ogni volta che lo faceva non era un buon segno.

«Per fortuna che c'è questa piccoletta che rallegra la serata, perché con te mi pare di essere a una veglia funebre».

«Dio mio, Corrado, tu e le tue battute!», s'intromise mia madre, avvicinando la sua sedia al seggiolone. Isotta si divertiva a spargere briciole sul vassoio e poi le raccoglieva e selezionava con le dita, neanche fosse un cercatore d'oro.

«Eh, ma qui non si può mai parlare!», sparò lui, brontolando. «Fammi almeno accendere la TV e chiama l'esorcista per riportarmi mio figlio».

«E io chiamo il dietologo per farti mettere a dieta».

Mio padre sobbalzò sulla sedia, ridendo sotto i baffi. «Bentornato, figliolo! Allora, che si dice dalle tue parti?»

Scossi la testa. E purtroppo mi scappò anche un sorriso che non passò inosservato. «Dalle mie parti si dice che se non la smetti ti arriva il mestolo di legno dritto in testa».

«Magari è la volta buona che la mette a posto. Sai che cosa mi ha combinato l'altro giorno?», cominciò mia madre, animandosi.

Allora mio padre le puntò un dito contro, socchiudendo gli occhi. « E qui ti voglio! Voi donne, sempre pronte a rinfacciare le cose. Mai che ci mettiate una pietra sopra. No, vi diverte proprio tirare fuori tutti gli aneddoti solo quando vi fa comodo».

I miei erano cresciuti a Roccamonte, si erano conosciuti lì e vivevano nella casa che aveva costruito mio nonno. Non avevano mai pensato all'idea di trasferirsi altrove. Mia madre aveva lavorato nell'unica scuola elementare del paese, lasciando un grande vuoto nel cuore di tutti quando era arrivato il momento della pensione. Non ci aveva pensato due volte a prendere quella anticipata, quando nelle nostre vite era arrivata Isotta.

Mio padre, invece, era stato il sindaco del paese prima di me. Agli occhi degli altri, i miei genitori, apparivano come una di quelle coppie tanto diverse da riuscire a compensarsi. Dove non arrivava uno, arrivava l'altro. Dove esagerava uno, l'altro era capace di contenere. Quando si parla dei propri genitori si tende sempre a iniziare il racconto elencando i difetti, chissà perché poi. Io, però, iniziavo sempre con dire "Se non ci fossero stati loro...", perché trovavo giusto riconoscere i loro meriti.

«Ma senti che profumino. E cos'hai fatto? Eh, eh? Cos'ha fatto questa bella bambina?», esclamò mia madre, battendo le mani e facendo strane smorfie a mia figlia. Quella, invece di dirle «Sì, ok, però mi cambi?», scoppiò a ridere come una matta.

«E santo Dio! Ma come fa un esserino così piccolo a fare una puzza del genere?», si lamentò mio padre, tappandosi il naso e scuotendo l'aria con la mano libera. «Ora non protestare e non ti lamentare degli spifferi, ma devo aprire la finestra che qua l'aria è irrespirabile».

«Come se non avessi mai sentito tuo figlio», incalzò lei.

«Chi, lui?», chiese, puntandomi un dito contro, come se mi avesse beccato sul fatto. «Se la cacca si misurasse in soldi, oggi sarei un uomo ricco grazie a lui», aggiunse infine.

Mi colpii la fronte con la mano e Isotta scoppiò a ridere ancora più forte. Poveretta, non capiva dov'era capitata. Ma soprattutto, con chi era capitata. In una gabbia di matti.

«Senti, vado a cambiarla io? Che qua abbiamo Mastrolindo che si lamenta di non sentire note di bouquet fiorito e brezza marina», mi proposi.

«No, lascia stare. Rimani qui a fare compagnia a tuo padre», mi liquidò mia madre, caricandosi Isotta in spalla e andando verso il bagno.

Mia figlia, con la testa appoggiata all'omero della nonna, mi lanciò una pernacchia al volo, divertita.

Ricambiai con una ancora più forte.

«Quella bambina ti ha proprio rincoglionito».

«Grazie, papà, vorrei avere una macchina del tempo per rivedere te».

«Ma era tanto per dire. Però, be', sei venuto su bene».

«Credo più per merito della donna con cui stai da una vita».

«Ma che succede stasera? Vi siete messi tutti d'accordo?», chiese lui, sbuffando. «Potrò anche essere stato un padre poco attento ai tuoi bisogni…», e di fronte a quella parola scoppiò a ridere da solo, «però capisco quando c'è qualcosa che non va. Di sicuro puoi prendere in giro tua madre, ma con me non attacca. Forza, dimmi chi è lei».

Lo guardai come un bambino alla sua prima volta al circo. Annaspai. «Ma lei chi? Di cosa stiamo parlando?».

«Senti, Enea. Non sarò più un leone della foresta, ma riconosco gli occhi di chi ha trovato la sua preda», guardò in direzione del corridoio per assicurarsi di non essere sentito. «È la figlia del macellaio? Dài, a me puoi dirlo», tentò di chiedermi, bisbigliando.

«Ma ancora con questa storia? No, santo cielo! Ti sembro il tipo da stare insieme a una come quella…».

Fece spallucce. «Mah, la criticate tanto e alla fine, in chiesa, la guardate tutti invece di stare attenti al parroco».

«No, ma dico, tu l'hai vista? Le manca solo un palo da lap dance per catturare l'attenzione».

«E la cosa ti dispiace così tanto?»

«Oh, pa', ma non mi interessa…».

«Tua madre dice che è normalissimo se non hai più avuto una donna dopo di lei. E in parte posso capirti, ma non riesco a levarmi dalla testa un pensiero… non è che niente niente ti piacciono i maschi?»

«Eh, santiddio, e anche se fosse? Non dirmi che sei una di quelle persone che rinnegherebbero il figlio per una scelta sessuale».

«Ah, per me, basta che resti l'uomo che sei per mia nipote».

«Però, ogni tanto ne dici una giusta», risposi sorridendo. Erano rari i momenti in cui mio padre mi faceva un complimento, quindi decisi di non ribattere.

«E comunque sì, c'è una ragazza che mi interessa. Ma non come puoi pensare tu. Non so neanche spiegartelo perché è tutto così complicato, ma stare con lei mi rallegra la giornata».

«E posso sapere lei chi è?»

«È la nuova arrivata!», s'intromise mia madre, con in braccio mia figlia pulita e profumata.

Se dal tetto avessero potuto cadere tegole, avrei pregato che una mi colpisse all'istante.

«Ma chi? La rossa?», chiese mio padre. Poi ci ragionò su e allora capì qualcosa. «No, no, no. Figliolo, non cercarne una fatta con lo stampino».

Non appena mi vide, Isotta mi chiamò e allungò le sue esili braccia. Mi alzai e la presi in braccio. Lei mi baciò e si strinse a me, il profumo più buono che avessi mai sentito.

Mi domandai perché non potessi scegliere una donna che assomigliasse a Evelina. Non potevo condannarla solo per quei capelli rossi, i suoi vestiti stravaganti e l'amore per i libri. Mi sentii in dovere di difenderla e, sia chiaro, non perché fossi tenuto a farlo, ma perché lo volevo.

«Mettiamo in chiaro una cosa e poi la chiudiamo qui. Vuoi sapere perché lei e non la figlia del macellaio?»

«Oh, madonna, ma ancora con questa storia?», rispose esasperata mia madre, fulminando con lo sguardo papà.

«Se vuoi, non ti fermerò», replicò lui divertito.

«Perché ho una figlia, te lo ricordi?»

«E quindi?»

«Niente, tanto è inutile parlare con te. E solo perché mi è andata male una volta, non vuol dire che sarà lo stesso anche la prossima».

Il simpatico siparietto era andato avanti per l'ora successiva. Finché mio padre fu troppo stanco per replicare e si addormentò sulla sua poltrona preferita.

Mia madre iniziò a sparecchiare, ritornando sull'argomento. «Qui si ride e si scherza, ma sappi che io ti appoggerò qualsiasi scelta farai e di qualsiasi donna ti innamorerai. Perché, con l'amore, non ci si può fare niente se non assecondarlo. Ora non so quali siano le tue intenzioni con questa ragazza».

Decisi di interromperla prima che potesse proseguire.

«Grazie, mamma, ma non è davvero il caso. Te l'ho detto che non sono interessato a uscirci insieme».

«Per parlare non bisogna per forza uscirci insieme. Il paese è piccolo, non sarà così difficile incontrarla per caso...», e mi strizzò l'occhio.

Capitolo quindici
Selva

Mi ero sempre immaginata il paradiso come un luogo familiare. Non avevo mai creduto a tutte quelle teorie del bianco, delle nuvole, della luce divina. In un modo o nell'altro, doveva essere qualcosa che ricordava il profumo di casa, dei biscotti appena sfornati, in grado di trasmettere pace e serenità.

Per questo rimasi scossa e a corto di parole quando mi si parò davanti mia nonna, tenendo in braccio una delle sue gatte. Non era cambiata più di tanto, indossava sempre lo stesso grembiule sgualcito, quelle pantofole aperte sulla parte superiore e i capelli raccolti in una crocchia, fermata da tante forcine. Se non era il paradiso, dove mi trovavo?

«Ti prego, non piangere», si preoccupò di dirmi subito.

Come facevo a evitarlo? Era a pochi metri da me, tanto che se avessi allungato un braccio sarei quasi riuscita a toccarla. Quanto mi era mancata.

«Giuro che ci proverò», le dissi, tirando su con il naso. Nel momento in cui pensai che mi sarebbe servito un fazzoletto, ecco che si materializzò dentro la mia mano. Lo guardai quasi impaurita, ma lo utilizzai lo stesso.

Lei diminuì la nostra lontananza, muovendo un altro passo. Miss balzò giù e si strusciò tra le mie caviglie, prima di sparire in una nebbia bianca.

«Le lacrime teniamole solo per le cose brutte, sei d'accordo?», mi propose, osservandomi con due occhi che mi stavano parlando. «Sorrisi, voglio vedere solo tanti sorrisi. Anzi, desidero avere anche uno dei tuo abbracci».

Non me lo feci ripetere e mi gettai tra le sue braccia, stringendola come se fosse la mia boa di salvataggio. Il mio porto sicuro. Ora che l'avevo ritrovata, non me la sarei lasciata scappare. Avevo tante cose da raccontarle.

«Piuttosto, dimmi, dove mi trovo?»

«Be', suppongo che questo sia il tuo sogno…».

«Vuoi dirmi che non sei reale e che, non appena mi sveglierò, tu scomparirai?»

«Temo proprio di sì, ma c'è ancora tempo per questo. Ti va di fare una passeggiata?», mi propose, facendo un cenno con la testa verso la sua destra.

Come per magia, si materializzarono una serie di panchine in ferro battuto una accanto all'altra, e un sentiero talmente lungo che faticavo a vederne la fine. «Da questa parte».

La seguii, tenendo per me quel fiume di domande che avevano già spaccato gli argini. Non le chiesi dove mi stesse portando, per me era importante camminare fianco a fianco, con lei. Chissà perché il tempo deforma i ricordi, le persone, le cose. Ora accanto a me, lei sembrava meno alta, meno in carne, meno forte. Tutto troppo meno. Mentre per me, lei, era sempre stata più forte, alta, in carne. La mia supernonna.

«Sai, ti ho tenuta d'occhio in questo periodo», cominciò lei.

Pensai a tutto quello che potevo aver combinato e iniziai a provare imbarazzo.

«Tutto, tutto?», le chiesi con un pizzico di pudore.

«Ma, no, sciocchina. La tua nonna non è mica così invadente. Ti ho sentita spesso, non c'è stato giorno in cui ti fossi dimenticata di me. Ho ascoltato tutte le tue preghiere, le tue parole rivolte a me. Grazie, perché non mi hai mai fatto provare la sensazione di essere sola».

Non riuscii a mantenere la promessa, e altre lacrime rigarono le mie guance. Erano trascorsi diversi anni dalla sua morte e non c'era stato giorno in cui mi fossi dimenticata di rivolgermi a lei. Avevo sempre pensato che, ovunque si fosse trovata, il mio amore sarebbe volato fino a lei. Probabilmente aveva assistito ai miei momenti peggiori, aveva potuto gioire per quelli migliori. In un modo o nell'altro ora sapevo che non si era persa niente.

«Sai, non ho mai avuto la certezza che qualcuno, quando ci lascia, riuscisse ancora a stabilire un contatto con chi resta. Però volevo crederci e sono contenta di averlo fatto. Avevo tanto bisogno di parlare con qualcuno e, anche se non ti vedevo, dopo averlo fatto mi sentivo meglio. Era come se assorbissi un senso di pace».

«Bambina mia, ero io che ti accarezzavo. Volevo che capissi che io ero lì. Non ti ho mai abbandonato e non sai quante volte avrei voluto rimettere insieme i pezzi, quando vedevo che il tuo cuore si riduceva in frantumi e ti sentivi persa».

Stavamo camminando, fianco a fianco, lungo un sentiero che saliva e poi scendeva, contornato da alberi in fiore e delicate farfalle bianche che danzavano attorno a noi.

«Nonna, ti posso chiedere una cosa?»

«Certo, tutto quello che vuoi».

Mi fermai un attimo. La brezza faceva ondeggiare il mio vestito.

«Perché mi hai detto di venire a Roccamonte per aprire la mia attività? Che ha questo posto di tanto speciale?».

Lei prese un profondo respiro. Non sapeva come dirmelo.

«Ti ostini a guardare nel modo sbagliato. Eppure ti ho insegnato che le cose devono essere sentite».

«Sì, ok, ma pur sforzandomi, non riesco a venirne a capo, non so da dove iniziare...».

«Be', dicono che a volte la soluzione sia davanti a noi, ma che si mostra solo quando siamo pronti ad accettarla ».

Era piacevole la sensazione di svegliarsi quando era il tuo corpo a volerlo, e non una sveglia. Mi sentivo di aver fatto un pieno di energia sufficiente per affrontare il resto della settimana. Il lunedì era l'unico giorno di riposo.

Mi sarei goduta quella giornata di libertà. Scostai le lunghe tende di lino azzurro e aprii le finestre, salutando l'inizio di un nuovo giorno. Dalla strada provenivano voci che si mescolavano al cinguettio di uccellini. Appoggiai entrambe le mani sul davanzale, socchiusi gli occhi per assaporare anche con l'olfatto quell'incredibile mattina.

Quello era il momento che preferivo in assoluto. Quando la mente era ancora fresca e lucida per elaborare le idee migliori, senza sentire ancora il peso della stanchezza.

Ciro dormiva ancora raggomitolato tra le mie lenzuola, la punta della coda che usciva fuori. Mentre Bianca e Berny occupavano uno spazio angusto della poltrona. Decisi di non svegliarli, tanto sapevo che mi avrebbero raggiunta una volta sentita la porta del frigo aprirsi. Prima di scendere al piano di sotto, mi diressi verso la scrivania e mi accomodai sulla sedia. Aprii il piccolo cassetto e cercai i miei appunti con le ricette. Mi ricordavo di averli messi lì, dopo il trasloco. Impossibile che fossero ancora negli scatoloni impilati nello sgabuzzino. Ero certa di averli consultati al mio arrivo. Non trovandoli, non restò che svuotarlo.

Finché, nascosto sotto a dei fogli, spuntò il vecchio quaderno di mia nonna. Non mi aspettavo di trovarlo lì. Lo presi in mano e annusai quella spessa copertina di cuoio. Potevo giurare che sapeva ancora di lei. In qualche modo, dopo quel sogno, mi stava dicendo che lei era con me, e quello mi bastava per sentire la sua presenza. Sciolsi il nodo che lo teneva chiuso e cominciai a sfogliare le sue pagine. Ogni volta che passavo a quella successiva era come se un flashback si affacciasse alla mia memoria, ricordandomi tutti i momenti che avevo vissuto con lei. Unici, magici, speciali.

D'un tratto notai una piccola fessura nel bordo della copertina in cuoio. Pensai che fosse qualche punto lungo la cucitura ma invece, guardando meglio, mi sembrò più un rattoppo fatto in un secondo momento che una cucitura di produzione. Che cosa strana, quante volte l'avevo consultato senza accorgermi di niente.

Presi un paio di forbicine e tagliai i punti, facendoli saltare uno dopo l'altro, attenta a non rovinare niente. La prima cosa che notai fu un angolo bianco, di carta. Doveva essere un biglietto. Ma cosa ci faceva lì dentro?

Il quaderno custodiva una vecchia fotografia in bianco e nero. La girai tra le dita e lessi una data scritta a mano.

«7 marzo 1964», sussurrai, domandandomi perché mia nonna avesse avuto così premura da segnarla per ricordarsela. Forse rappresentava un momento importante.

A giudicare dall'aspetto, la foto era stata conservata con molta cura. Come se fosse un ricordo prezioso da tenere stretto. Non riuscivo a capire perché la nonna avesse deciso di nasconderla nel suo libro, invece di averla sempre con sé a portata di mano. Forse voleva che la trovassi? O forse non voleva farla trovare a mio nonno?

La foto la ritraeva, quando era solo una ragazza, stretta a un uomo, mentre posava una mano all'altezza del suo petto. Sorridevano entrambi, come se qualcuno avesse appena pronunciato qualcosa di divertente e loro non riuscissero a camuffarlo. Doveva essere stata una di quelle giornate di sole ma accompagnate dalla brezza, perché i capelli di mia nonna ondeggiavano. Si vedeva che era felice, abbracciata a quell'uomo che la sovrastava di almeno trenta centimetri. Magro, ma tonico, con i capelli scuri e occhi profondi, ma sinceri. Chissà a cosa stavano pensando nel momento in cui qualcuno aveva scattato la foto.

Io, al loro posto, avrei espresso il desiderio di restare così per sempre. Come un biglietto di sola andata.

Poco meno di quattro ore dopo, anche per scrollarmi quei pensieri di dosso, andai in cucina e aprii il frigorifero, sperando di trovare qualcosa di mio gradimento. Meglio se già pronto.

Ma stavolta niente poteva riempire quel buco che si era formato nel mio stomaco. Non era fame, ma uno di quei momenti in cui vorresti che ci fosse qualcuno a prendersi cura di te. Che ti preparasse il tuo piatto preferito da mangiare poi sul divano. Non mi restava che provare con la tavola calda. Ero passata lì davanti tantissime volte, ma non avevo mai avuto l'occasione di metterci piede. Sapevo che era uno dei posti più frequentati di Roccamonte, una locanda a gestione famigliare e dove avrei potuto placare la mia fame a piccoli prezzi.

Recuperai il giubbino in pelle e, prima di uscire, mi accertai che i gatti avessero le ciotole piene. Mai lasciarli a digiuno. Rischiavo di trovarmi la casa invasa da rotoli di carta igienica vaganti. Avevo scoperto che era il loro trucchetto per vendicarsi quando non li sfamavo a sufficienza.

Varcai la soglia della tavola calda e salutai Ines. Ci eravamo strette la mano durante la gara di torte, lei si era addirittura complimentata per il mio impasto così soffice. Mi guardai intorno e notai che quasi tutti i posti erano occupati. Mi venne incontro una ragazza con un grembiule bianco a quadrettini rossi, che mi accompagnò a un piccolo tavolo accanto al bancone. Sulla sua maglietta spuntava un cartellino con scritto Margherita. Quel luogo era strutturato come se assomigliasse a un pub, ma con il pub aveva ben poco da condividere. Nell'aria non c'era l'odore di birra e di fritto, anzi, si sentivano note speziate.

I tavoli erano di legno grezzo, quadrati, da due o quattro posti. Le sedie, una diversa dall'altra, molte dipinte a mano. Una grande scala sulla destra portava a un piano superiore dove si affacciavano delle porte. Non sapevo a cosa servissero. Le pareti, di un intenso colore salvia, erano ricoperte da quadri con vecchie stampe della cittadina e alcune targhe di premi vinti. Un'imponente credenza occupava il lato maggiore, sommersa da servizi di porcellana dai colori e dalle forme più disparate.

«Posso portarti intanto qualcosa da bere?», mi domandò, un taccuino delle comande nella mano.

«Una bottiglia d'acqua naturale va benissimo», risposi, prendendo posto.

La ragazza sollevò le spalle. «Oh, d'accordo. Torno subito».

Non riuscivo a fare a meno di guardarmi attorno. Era la prima volta che mi concedevo un'uscita da sola per prendere parte alla vita di Roccamonte. Fino a quel momento mi ero limitata a viverla lo stretto necessario, visto che la tisaneria stava assorbendo gran parte delle mie giornate. E poi, avevo avuto bisogno di tempo per potermi inserire, non ero di certo una donna che riusciva ad attaccare bottone con chiunque.

Presi dalla tasca la fotografia che avevo trovato e l'appoggiai sul tavolo per guardarla meglio. Ero concentrata, andavo a caccia di dettagli. Mi tornarono alla mente le parole di mia nonna: dovevo guardare cambiando prospettiva. Valutai anche l'ipotesi di chiamare mia madre ma la scartai un secondo dopo.

Un'inconfondibile voce maschile richiamò la mia attenzione. A tal punto che sollevai lo sguardo, distraendomi da ciò che stavo facendo. Un attimo dopo comparve Enea. Era una coincidenza piuttosto bizzarra, anche se il paese era talmente piccolo che in effetti era quasi inevitabile incontrarsi.

Che ci faceva lì? Probabilmente era venuto per lo stesso mio motivo. Non dovevo vederci nulla di strano, era una cosa che facevano tutte le persone normali.

Avanzò nella mia direzione, senza accorgersi ancora della mia presenza. Portava jeans chiari, un maglione a V e un paio di comode sneakers. Aveva abbandonato i panni del sindaco.

Passai in rassegna varie soluzioni per rendermi invisibile. Presi uno dei menu e me lo piazzai all'altezza della faccia, sperando non fosse troppo tardi e che fosse sufficientemente grande per potermi nascondere. Mi domandai se i miei capelli fossero a posto e il mio viso presentabile. Perché ora mi interessava così tanto il mio aspetto? Aggiunsi anche una breve preghiera improvvisata perché lo facessero sedere a un tavolo il più lontano possibile da me.

Era quello che avrei voluto, ma era troppo tardi. Si rese conto che lo stavo sbirciando.

Enea rallentò la sua andatura e disse qualcosa alla cameriera, facendo un cenno con la testa nella mia direzione.

Ma cosa diamine stava combinando?

Decisa a non seguirlo con gli occhi, provai a fare finta di niente. Cosa impossibile. Enea riprese a camminare, diretto verso il bancone. Tirai un sospiro di sollievo. Invece lui tornò indietro e mi si parò davanti.

«Mi sono detto "Chissà da cosa si nasconde questa ragazza qui tutta sola soletta"», esordì, strappandomi il menu dalle mani. Feci giusto in tempo a mettere via la fotografia.

Lo guardai in cagnesco.

«O forse dovrei dire da chi», specificò lui, un accenno di sorriso sul viso.

«Se ti rispondessi "Da te", mi lasceresti consumare il mio pasto da sola?»

«Mi sa di no». Spostò la sedia e si sedette di fronte a me. «Hai già ordinato? Perché io ho una fame».

Esasperata, allargai le braccia. «No, prego, accomodati pure», aggiunsi con una punta di sarcasmo.

«Visto che dobbiamo fare conversazione, che ne dici di dirmi che c'era nella foto che fissavi?».

Ero stata poco svelta. «Foto? Non so di cosa stai parlando». La carta del "cadere dalle nuvole" è sempre quella che si gioca per prima. La seconda è quella di continuare a negare.

«Hai i riflessi arrugginiti. Ti ho vista mettere qualcosa in tasca, e sono certo che si trattasse di una fotografia. Cosa c'è, hai qualcosa da nascondere?»

«Ma certo che no. E comunque a volte gli occhi giocano un brutto scherzo, non lo sapevi? Magari sarà stanchezza o cataratta».

A quella risposta Enea scoppiò a ridere, scuotendo quella testa piena di riccioli. Mi dovetti trattenere dalla voglia di buttare le mani in quei capelli, e sentirli scivolare tra le dita. Chissà se era quel tipo di uomo che detestava farseli toccare, o se invece socchiudeva gli occhi e il suo respiro accelerava.

«Ti propongo un patto. Tu mi dici perché mi stai mentendo e cosa c'è in quella fotografia, e io in cambio ti garantisco una pubblicità della tua tisaneria nel prossimo numero del giornale locale», propose, allungando una mano per la stretta. «Ci stai?».

Tempo, avevo bisogno di tempo per riflettere sul da farsi. Ma davvero ci stavo pensando? Certo che avevo bisogno di quella pubblicità!

«Sto cercando di capire chi è l'uomo nella fotografia. Non si tratta di mio nonno, lo riconoscerei di certo», dissi recuperando la fotografia dalla tasca e mostrandola di sfuggita a Enea. «E poi, la data scritta a penna, qui dietro, risale a un anno prima del matrimonio. E la nonna mi ha sempre detto che si erano sposati poco dopo essersi conosciuti durante una festa».

«E ora che altro tirerai fuori? La storia di Cenerentola e del ballo, vero?».

Per un brevissimo istante mi pentii di averlo fatto. Se avessi avuto a portata di mano un piatto, gliel'avrei tirato dietro. In realtà mi limitai a mostrargli una boccaccia come risposta.

«Lascia stare, questa foto resterà un enigma che non risolverò mai, visto che mia nonna non potrà mai darmi una risposta».

«Perché non provi con i tuoi genitori? Magari loro potrebbero aiutarti...», buttò lì.

Per poco non scoppiai a ridergli in faccia. Lui non poteva sapere che i miei rapporti con loro si limitavano a sbrigativi auguri di buon Natale o di buon compleanno. Dopo che mia nonna era morta, la distanza tra me e loro era aumentata, come se avessimo dovuto attendere un evento così triste per avere la conferma di quello che già prima mancava. E poi, in ogni caso, non avrei mai tradito la fiducia di mia nonna chiedendo informazioni a mia madre. Se quella foto era stata nascosta dentro quel quaderno per così tanto tempo, in modo che nessuno la trovasse, e se lei non aveva mai affidato il suo libro a mia madre, doveva aver avuto delle buoni ragioni per non farlo.

Scossi la testa. «No, questa foto è arrivata magicamente tra le mie mani e io non credo nel caso. Deve esserci un motivo per cui proprio oggi è saltata fuori dal nulla».

«Ah già, tu sei la donna del destino», mi prese in giro. «Dài, posso vederla meglio?», mi chiese accostandosi a me.

Mi scostai, tenendo stretta al petto la fotografia. «No, tu non fai che prendermi in giro. Te ne rendi conto? E io ti ho già detto troppo...», mi bloccai cercando le parole più appropriate. «Anzi, perché non ordiniamo qualcosa?».

Ma Enea non si allontanò, anzi, si spinse con il busto verso di me. Ormai era un vizio, il suo. In meno di un secondo mi trovai riscaldata dal calore che emanava la sua vicinanza e solleticata dal profumo che si posava sul mio naso. In un altro contesto avrei trovato la situazione anche eccitante, ma dovevo tenere ben a mente che cosa eravamo l'uno per l'altra. Non avevo scelta. La cosa migliore, e anche quella meno rischiosa, era fargli vedere la fotografia. Anche perché non era il luogo più adatto per dare il via a uno spettacolo. Così sbuffai e gliela puntai dritta contro il petto, obbligandolo a fare marcia indietro. «È tutta tua!», bofonchiai tra me e me, incrociando le braccia.

Non appena Enea l'ebbe esaminata, tornai all'attacco. «Bene, ora che l'hai vista puoi anche ridarmela».

Mi rendevo conto che potevo apparire ai suoi occhi come una bambina capricciosa, ma non volevo che la foto si sciupasse. Ne ero gelosa, era un altro ricordo che avevo di lei.

Lui, invece di ascoltarmi, si scostò verso destra, dandomi le spalle. Se stava giocando non era divertente. Però non appena riuscii a guardarlo in faccia, mi resi conto che qualcosa non andava. Non stava ridendo, anzi, era serissimo e concentrato a osservarla come se si trattasse di un oggetto insolito.

Fu il primo a spezzare quel silenzio. «No, è impossibile...», la sua voce si incrinò. «Avevi ragione, mi dispiace. Non posso aiutarti».

Mi consegnò la foto, ma era poco convinto. C'era qualcosa che lo turbava.

«Impossibile, cosa?».

Alzò le spalle come per sottolineare la poca importanza. «No, niente... è che quel volto mi è familiare, ma è impossibile. Insomma, come potrei conoscere la persona nella foto?»

«Sì, infatti, non potresti. Grazie comunque per l'aiuto», mi trovai a dire, portandomi una ciocca di capelli dietro l'orecchio. Che cosa mi aspettavo, che mi avrebbe fornito nome e cognome di quell'uomo?

«Senti, vedrò di far uscire un breve articolo in settimana. D'accordo? Ora è meglio che vada, ho delle cose da sbrigare. Ci si vede in giro».

Si alzò dalla sedia talmente in fretta che non riuscii a domandargli il perché di quel repentino sbalzo d'umore. O della fretta di andarsene via. In fondo non aveva neanche ordinato.

Annuii, senza sapere che altro fare. Se voleva andarsene, non sarei stata io a trattenerlo. Anche se iniziava già a formarsi un groppo nella mia gola.

Seguii la figura di Enea salutare Ines e avviarsi verso l'uscita. Chissà cos'era successo. Tornai a guardare quella fotografia, domandandomi che cosa l'avesse così tanto scosso. Poi sollevai di nuovo lo sguardo e, un attimo prima di varcare la soglia, Enea si bloccò.

Tornò indietro con passo svelto e deciso che quasi mi spaventò. «Però fammi vedere ancora una cosa...», mormorò a pochi passi da me e recuperando la fotografia posata sul tavolo.

La rigirò tra le dita e l'avvicinò agli occhi, come se volesse studiarla, ancora una volta, minuziosamente. «Ma certo che avevo ragione... questo è Giuseppe Guaschini!», terminò soddisfatto, mentre spuntava di nuovo quell'adorabile fossetta.

«È impossibile! Come fai a conoscerlo? Ne sei sicuro?», quasi urlai dalla sorpresa.

«Guarda, ora ti spiego...», iniziò, prendendo posto accanto a me. Dovevo tenere a bada l'istinto di tuffarmi nell'incavo di quel collo che la maglia lasciava scoperto e inebriarmi del profumo della sua pelle. Il mio respiro cambiò in modo quasi impercettibile e sperai che lui non se ne accorgesse. I miei impulsi avevano sempre un pessimo tempismo, sceglievano i momenti meno opportuni. «Appena l'ho visto, questo volto non mi è sembrato nuovo. Sai, come una di quelle facce che ti solleticano la memoria ma senza che tu riesca a fissarle. Poi ho avuto la conferma grazie all'insegna qui dietro. Vedi? Sullo sfondo c'è il suo negozio!», lo disse indicandolo, eccitato dalla sorpresa.

«Davvero? Ne sei sicuro? Ma quindi vuoi dirmi che...»,

non ebbi il tempo di terminare la frase che Enea confermò i miei dubbi.

«Sì, questo è il vecchio negozio di oggetti antichi di Roccamonte».

Dovetti trattenermi dal saltellare per la gioia. Ora forse le tessere del puzzle iniziavano ad andare al loro posto. Non si trattava di coincidenze. Prima il sogno in cui mia nonna mi dice di aprire un negozio a Roccamonte, poi l'improvvisa comparsa di quella fotografia e, ultimo ma non meno importante, la notizia che l'uomo accanto a lei viveva proprio in quel paese. E in più possedeva un negozio. Ma la domanda a cui non riuscivo a smettere di pensare era: cosa ci faceva mia nonna a Roccamonte? Non aveva mai fatto parola di questo luogo, né con me né con la mia famiglia. Mi aveva raccontato che c'era stato un solo uomo nella sua vita ed era la buonanima di mio nonno. Quindi, lui chi era?

«Cosa stiamo aspettando? Ha ancora il negozio, posso andare a parlargli?», chiesi euforica. Mi dimenticai perfino che dovevo ancora mangiare. Improvvisamente la fame era scomparsa, sostituita dalla voglia di andare a fondo alla faccenda.

Peccato che Enea non condividesse il mio stesso entusiasmo.

«Sì, posso portarti anche adesso da lui, ma sarà tutto tempo sprecato»

«E perché?»

«Lo vedrai...».

Sottovuoto.

Era sempre quella l'emozione dominante ogni volta che entravo in una struttura per anziani. Mi sentivo intrappolata in un sacchetto chiuso ermeticamente, compressa, senza aria.

Per tutto il tragitto mi limitai a non fare domande. Non

perché non ne avessi, anzi, ma era la risposta di Enea che mi aveva bloccato. E ora capivo il perché. Ero stata stupida a pensare che godesse ancora di buona salute, in fondo la foto risaliva a molti anni fa. Però, saperlo ancora vivo, era già un'incredibile notizia. Ci vollero almeno una dozzina di minuti per trovare un parcheggio e altrettanti per smaltire la coda alla reception.

Enea si fece avanti e chiese informazioni sull'uomo. L'infermiera batté qualche tasto al computer e gli suggerì di seguire il corridoio e di prendere l'ascensore fino al secondo piano. Poi, una volta lì, chiedere direttamente al reparto. Mentre ci avviavamo, una strana sensazione si fece strada dentro di me.

«Qualcosa non va?», mi domandò mentre attendevamo l'ascensore.

«No, no, tutto bene. Spero solo che tu non ti stia sbagliando, così evitiamo di fare una brutta figura con quest'uomo».

«Se è questo che ti preoccupa, vedrai che non succederà», mi rispose, osservando il mio dito che continuava imperterrito a torturare il tasto dell'ascensore. Poi, finalmente, le porte si aprirono e ne uscirono un uomo e una donna a braccetto.

Mi catapultai dentro e premetti il tasto due. Ormai ci avevo preso gusto.

In un attimo arrivammo al secondo piano. Enea fermò la prima infermiera che incontrò, la quale ci consigliò di guardare nella sala relax, che avremmo incontrato alla nostra destra.

Enea fu il primo a incamminarsi, facendomi strada. Quando si affacciò alla sala relax, un medico ci chiese se stavamo cercando qualcuno.

Non appena Enea fece il nome di Giuseppe, l'uomo ce lo indicò con un cenno della testa. Nella stanza c'erano diversi tavoli, ai quali si intrattenevano ospiti della struttura che guardavano la tv, chiacchieravano e giocavano a carte.

Da quell'angolazione non riuscivo a inquadrare Giuseppe. L'unica cosa che desideravo era confrontare il suo viso con quello della foto e tempestarlo di domande. Ero andata fin lì per avere delle risposte.

Infilai le mani nella borsa per cercare la fotografia in bianco e nero e non appena sollevai la testa, mi bloccai. Enea spingeva una carrozzina, sulla quale sedeva un uomo con lo sguardo perso nel vuoto e la bocca semiaperta. Mi sentii mancare.

Ero rimasta lì, a osservare quella scena come se appartenesse a un brutto sogno. Non poteva finire così, c'era sempre un'uscita di sicurezza. Feci del mio meglio per ricompormi.

«Ecco, ti presento Giuseppe...», mi disse quando mi fu di fronte.

Mi abbassai di qualche centimetro e sfiorai la sua mano. Era calda, ma immobile. Non reagiva neanche al contatto, così come tutto il suo corpo. Un uomo racchiuso in un bozzolo.

Ci riprovai. «Piacere, io mi chiamo Selva. Sono venuta a trovarla», cominciai, sforzandomi di apparire il più naturale possibile. Ma lui non mosse un solo muscolo. «Riesce a sentirmi?». Dovevo insistere, era la mia sola opportunità.

In quel momento l'uomo si rianimò e mi stupì con poche parole. «Cioccolato fondente».

«Che ha detto?».

Mi guardò con occhi vispi. «È buono il cioccolato fondente».

Mi venne da sorridere per quel repentino cambio d'umore. «Sì, ha ragione, piace tanto anche a me».

Allora a lui scappò una risatina.

Sospirai e spostai lo sguardo su Enea. Lui alzò le mani in segno di resa. «Ehi, io ti avevo avvertita che non sarebbe stato facile».

Dannazione! Mi sentivo mortificata per aver assecondato la mia voglia di curiosità senza prima ascoltarlo. Se solo avessi saputo prima quali erano le condizioni fisiche e mentali di Giuseppe, non mi sarei sognata di andare fin lì.

«Il fondente batte il latte», continuò imperterrito l'anziano.

«E cioccolata fondente sia», gridai, afferrando la carrozzina e uscendo nel corridoio a caccia di una macchinetta di bevande.

All'anziano scappò un suono gutturale buffo, come quando si fa fatica a trattenere un'emozione.

In quel momento il telefono di Enea suonò. Si scusò e io mi limitai ad annuire.

L'aria era calda e il tempo una favola, così riuscimmo a consumare i nostri bicchieri di cioccolata sfruttando il tepore esterno.

Giuseppe si scolò il bicchiere in pochi sorsi, quasi senza prendere il fiato tra l'uno e l'altro e senza preoccuparsi di bruciarsi. Quando ebbe finito sospirò, soddisfatto. Come chi abbia avuto quello che desiderava.

Io appoggiai la mia cioccolata sulla panchina e tirai fuori dalla borsa la fotografia. Ero consapevole che stavo tentando l'impossibile, ma era la mia ostinazione nel credere sempre che tutto fosse possibile ad agire.

Così provai a mostrargliela. «Giuseppe, devo farti vedere una cosa. Dimmi se riconosci le persone in questa foto», gli chiesi quando ebbi la sua attenzione.

All'inizio lui non diede importanza alla mia richiesta, anzi, roteò gli occhi tutt'attorno, intrappolando quanti più colori possibile, poi li posò sopra quel ritaglio di carta dai bordi consumati.

E successe qualcosa.

Scoppiò a piangere e a disperarsi come fa un bambino, non riuscendo a trattenere le lacrime. Quasi mi spaventai e mi guardai intorno alla ricerca di un qualsiasi infermiere o medico che potesse calmarlo. Forse aveva bisogno di medicinali e avevo commesso un errore a portarlo via da quella stanza. «No, è tutto a posto. Ora la riporto di là», gli spiegai, cercando di farlo smettere, e alzandomi.

Lui me lo vietò con un secco no. Tornai a sedermi, quasi sciocсata dalla situazione e dalla severità di quell'uomo.

«Olimpia, quanto mi sei mancata», sussurrò tra un singhiozzo e l'altro.

Fu in quel momento che le forze mi abbandonarono. Che fine aveva fatto l'uomo di un attimo fa? Era come se in quel corpo vivessero due persone diverse: una apparteneva al presente e una al passato, e la seconda riemergeva nel momento in cui riaffioravano i ricordi.

«La conosci davvero? E l'uomo al suo fianco sei tu?», provai a chiedergli.

Lui annuì. «Io l'aspetto ancora, lo sai? Ogni notte la chiamo, le chiedo di portarmi via con sé, però lei ogni volta dice che non è ancora il mio momento».

«Aspetta un attimo, cosa mi stai dicendo?»

«Lei viene a trovarmi nei sogni, dice che è l'unico modo per poter stare insieme, ma presto ci rincontreremo. Non fa che chiedermi scusa, ma io l'ho già perdonata».

Era chiaro. Quell'uomo stava delirando, ma come poteva conoscere il nome di mia nonna? Io non gliel'avevo detto.

«E perché ti chiede scusa?».

Giuseppe girò la testa nella mia direzione, guardandomi dritto negli occhi. Riuscivo a specchiarmi dentro. «Perché ha scelto lui e non me. Ma io l'ho perdonata, perché so quanto lei mi amava»

«Dimmi di più, ti prego. Dimmi qualsiasi cosa di mia nonna Olimpia», lo supplicai, la voce prossima al pianto.

Allora l'uomo mi rivolse un sorriso e allungò la mano per accarezzarmi una guancia. Poi iniziò a fischiettare un breve motivetto formato da poche note e il suo sguardo si perse di nuovo, nel vuoto.

L'incantesimo era svanito.
Me ne restai lì seduta, inerme e svuotata. Però, nonostante tutto, avevo ancora aria nei polmoni. Per una breve frazione di secondo quell'uomo era tornato da me, alla realtà, e non riuscivo a darmi pace di averlo perso così velocemente. La mia testa era un viavai di domande che sarebbero rimaste in sospeso. Ma avrei trovato il modo di riportare a galla quel passato. Di una cosa ero certa: quello era il *famoso* amore di cui mi raccontava mia nonna.
«Mi dispiace, ma non volevo rovinare il tuo entusiasmo. Ora immagino che sarai triste», disse Enea comparendo davanti a me.
Raddrizzai le spalle e tornai in me. «No, Enea, tutt'altro».

Capitolo sedici

Enea

Gli ultimi due mesi erano stati devastanti. Non avrei mai pensato che un esserino di quattro chili o poco più potesse tenere in pugno la tua vita. Non me ne facevo niente dei racconti di chi c'era passato prima di me, né della rassicurazione che quella fase sarebbe presto passata. Che le poppate si sarebbero accorciate, che le coliche sarebbero finite, che le gengive avrebbero smesso di farle male. Non avevo ancora raggiunto alcune di quelle fasi, che già mi sentivo in trappola con la prima. Sempre a mangiare, pensava. E se non accorrevi appena lei cacciava un urlo da scoperchiare il tetto, rincarava la dose andando in apnea, facendomi sentire pure in colpa.

Sapevo solo io come mi sentivo quando, durante la notte, la sentivo piangere. In realtà, da quando c'era lei, non riuscivo più a dormire come prima. Il mio sonno era diventato così leggero che mi accorgevo se il suo respiro accelerava o rallentava, se muoveva quelle mani o scalciava con i piedi. Sentivo tutto. E il più delle volte accorrevo io, Evelina era stanca e, dopo il parto, non aveva ancora ritrovato le forze. La vedevo sempre stremata, sempre troppo pallida, sempre troppo spenta. Sempre stupenda ma stravolta. Le chiedevo se potessi fare qualcosa per aiutarla e lei mi rispondeva che non c'era bisogno di dirmelo. Che sarei dovuto arrivarci da solo.

Non mi lamentavo, almeno non con lei. La capivo, l'amavo. Aveva fatto lei il lavoro per nove lunghi mesi ed era giusto che ora, un po' di quel lavoro, lo facessi pure io.

Era uno di quei giorni felici. Di quelli da segnare sul calendario per ricordarli. Avevo ricevuto una telefonata importante e avrei potuto finalmente regalare una biblioteca nuova alla mia cittadina. Era Evelina che mi aveva spinto a farlo, non contenta di vedere quel luogo spegnersi. Mi aveva proposto una serie di suggerimenti che potevano risollevare la situazione e invogliare la gente a frequentare di nuovo la biblioteca. E io, di lei, mi fidavo.

Comprai un mazzo di ranuncoli, perché lei li amava tanto, e una torta con cioccolato e panna e mi presentai a casa con il migliore dei miei sorrisi. Inserii la chiave nella serratura e girai.

La prima cosa che notai fu che la casa era troppo buia. Non c'era alcuna luce accesa. Forse dormivano, mi dissi. Misi la torta nel frigorifero, lasciai i fiori sul tavolo e salii al piano di sopra. Un urlo squarciò le mura, disperato, impaurito. Saltai a due a due i gradini, pur di arrivare prima, e guardai nella camera da letto. Vuota. Andai in quella successiva e trovai Isotta paonazza nel suo lettino, con la tutina bagnata, che tirava calci e pugni all'aria, come una combattente. La presi in braccio e la cullai, finché non si calmò. Perché Evelina non era accorsa? Dov'era finita?

Aprii le porte delle stanze una dopo l'altra. Vuote. Mi restava quella del bagno.

Evelina sobbalzò presa dallo spavento, non appena quella colpì il muro. Fu quello che non mi disse subito a spaventarmi. Scivolò di nuovo giù nella vasca da bagno, facendo sommergere i suoi seni dalla schiuma. Socchiuse gli occhi.

«Santiddio, Evelina! Non sentivi tua figlia strillare come un'aquila?».

Lei si limitò ad alzare le spalle, suggerendomi con la mano di abbassare il tono. Aveva il mal di testa, mi disse.

«Non è un problema che tu voglia farti un bagno per rilassarti, ma potevi aspettarmi. Dovevi solo dedicarti a Isotta, cambiarla, darle da mangiare. Alla cena avrei pensato io, lo sai», la rimproverai, sentendomi anche un po' in colpa.

Isotta tornò a piangere. Mi soffocò il cuore.

«Adesso tu esci da quella vasca, ti asciughi, ti vesti, e vieni di sotto. C'è qualcosa da festeggiare», le feci presente, senza smettere di cullare mia figlia.

Uscii da quella stanza, senza sapere che lei, quella sera, non avrebbe mangiato con me quella fetta di torta.

Erano passati tre giorni da quando l'avevo accompagnata da Giuseppe. Forse era così che si sentivano i supereroi, quando riuscivano a risolvere un caso. Certo, non che quell'incontro avesse risposto alle domande di Selva, ma almeno le avevo fornito un tassello dal quale poter iniziare, o con il quale considerare chiuso quel mistero. Non capivo perché per lei era così importante. In fondo si trattava di una curiosa coincidenza. Quante persone si trasferiscono, e a quante piace visitare nuovi luoghi. Forse sua nonna aveva degli amici qui quando era giovane, chissà. Magari avrei potuto chiedere ai miei, se si ricordavano di lei.

«Isottaaaaa», strillai, allungando l'ultima vocale.

«Uiiiiii», gridò lei, correndo via, girando attorno al tavolino e schizzando lontano. Muoveva quelle braccia come se fossero delle bandiere, guardandosi indietro e rischiando di andare a sbattere contro qualcosa. Oltre a essere poco aggraziata era anche poco furba.

«Avanti, devi guardare avanti», le consigliai, alzandomi.

«Prendimi, dài, prendimi!». Se la rideva, la bambina. Era pure simpatica quando mi faceva gli scherzi.

«Isotta! Sei ancora sveglia?», s'intromise mia madre, schivandola e raccogliendo alcuni dei suoi giocattoli da terra.

«Oh, mamma, domani non deve timbrare il cartellino al

lavoro! E poi sai che non devi aiutarla a sistemare i suoi giochi. Dobbiamo metterci d'accordo e comportarci allo stesso modo. Se io le insegno che tutto quello che tira fuori poi va a posto, tu devi fare lo stesso. Sennò poi lei se ne approfitta e con me casca male», le spiegai, sperando che recepisse il messaggio.

E invece no, lei non capiva la mia lingua, quando c'era mia figlia di mezzo. Continuò imperterrita la sua missione, lanciando pupazzi dentro una delle ceste.

«Sono sua nonna ed è normale viziarla un po'. Se sarà la mia unica nipote, allora è giusto che concentri tutte le mie attenzioni su di lei», mi fece presente.

Da un po' di tempo quello era diventato il chiodo fisso di mia madre, come se avesse deciso che non avrei più incontrato una donna o avuto altri figli. Chissà se era colpa della menopausa o se all'esterno apparivo come un uomo senza più uno straccio di possibilità.

«E chi sei, Nostradamus? Hai già visto che non avrò una seconda possibilità?»

«No, finché la tua vita girerà attorno al lavoro e a tua figlia...».

Aveva ragione, mi ero dimenticato cosa significasse avere un appuntamento.

Intanto Isotta ritornò in salone, portando con sé secchiello e paletta. Da dove sbucavano fuori? Provai ad andare indietro nel tempo e mi ricordai di averli messi in una busta e portati giù in garage. Qui c'era lo zampino di mia madre.

«Ma', ti sembra che abbia inaugurato uno stabilimento balneare dentro casa? Era davvero il caso?».

Fece spallucce. «E lasciala giocare! Tu la soffochi».

«Io? Ma se le permetto tutto, solo che tu esageri. Lo so che ti occupi di lei e io non smetterò mai di ringraziarti, ma il prossimo anno andrà all'asilo e non voglio che diventi una di quelle bambine capricciose».

«Guarda, papà! Torre!», esultò Isotta, indicando quello che era un ammasso informe di terriccio umido. La pianta dietro di lei mi stava guardando con occhi pieni di terrore. "Salvami", mi suggeriva.

«Dammi secchiello e paletta che poi papà si arrabbia. Ora rimettiamo questa terra nel vaso e chiediamo scusa a Imma», le disse mia madre, abbassandosi sui talloni.

E chi era Imma?

Isotta, se all'inizio non sembrava convinta, poi fece sì con la testa e l'aiutò a raccogliere la terra rimettendola dove l'aveva prelevata. «Così, nonnina?»

«Bravissima! Ecco, abbiamo quasi fatto. Ora dai un bacino alla foglia e chiedi scusa a Imma che ci è rimasta male. Lei viene da un posto speciale e molto lontano, lo sai?».

Isotta si appoggiò con la manina sul suo ginocchio, pronta ad ascoltarla. Mia madre poteva apparire poco socievole, ma ci sapeva fare con i bambini. Il mio pensiero andò a tempi lontani, quando tutte le sue premure erano riservate a me. Era stata la migliore madre che potessi desiderare.

«Devi sapere che la mamma di questa pianta si trova nella foresta incantata. È un posto speciale, abitato da tutti i personaggi delle tue fiabe. Imma ha il compito di custodire ogni loro segreto».

Isotta l'ascoltava con la bocca leggermente aperta, rapita. Nei bambini era quella la particolarità che preferivo: il loro credere in qualcosa.

«Io ho uno segreto», le rivelò Isotta.

«Allora non dovrai mai dirlo a nessuno. Neanche a papà, siamo intesi?»

«Perché?»

«Perché i segreti si chiamano così proprio perché devono essere conservati. Se vuoi donare il tuo, dovrai sapere che lo affiderai a una persona speciale, che sarà in buone mani».

Allora mia figlia la guardò meglio e rimase in silenzio, non sapendo bene cosa poter replicare. «È tardi. Ora vai con papà a leggere una fiaba della buonanotte».

Ero talmente rapito da quella scena, che sobbalzai quando mi sentii interpellato.

«Chi, io?»

«Quanti padri ha tua figlia? Su, smettila di fare il brontolone e vai subito a metterla a letto con una favola».

«Ma io…».

«Smettila!».

Isotta mi prese per mano e mi condusse nella sua stanza. In meno di quindici metri quadrati, c'era racchiuso un mondo fatato. Le pareti riproducevano il bosco, nel cielo scintillavano piccole stelle luminose e dal soffitto scendevano delle fatine colorate.

Saltò dentro al suo lettino e io le rimboccai le coperte.

«Biancaneve!», mi suggerì lei.

Ma non aveva la nausea di ascoltarla?

«Non possiamo leggerne un'altra? Magari *Cappuccetto rosso* o *Pinocchio*?».

Scosse la testa. «No, voglio quella bella. Bella *Biancaneve*», mi implorò con quella sua vocina irresistibile.

Come dirle di no.

Neanche a farlo apposta, il libro si trovava sul comodino. Presi una boccata d'ossigeno. Anche se era passato del tempo, non riuscivo a smettere di pensare a sua madre, ogni volta che Isotta mi chiedeva di leggerle quella favola. Mi tornavano in mente tutti i suoi discorsi, la sua voglia di credere nell'arrivo di un principe azzurro, le sue teorie sul bacio del vero amore. Mi domandai quale fosse stato il punto di rottura, quando avevo smesso di crederci. Cos'era successo?

Rassegnato e con un groppo in gola, lo presi tra le mani e iniziai a leggere.

«C'era una volta, nel cuore dell'inverno, mentre i fiocchi di neve cadevano dal cielo come piume, una regina che cuciva, seduta accanto a una finestra dalla cornice di ebano. E così, cucendo e alzando gli occhi per guardar la neve, si punse un dito, e caddero nella neve tre gocce di sangue. Il rosso era così bello su quel candore, ch'ella pensò: "Avessi una bambina bianca come la neve, rossa come il sangue e dai capelli neri come il legno della finestra!". Poco dopo diede alla luce una figlioletta bianca come la neve, rossa come il sangue e dai capelli neri come l'ebano; e la chiamarono Biancaneve...».

Forse Selva aveva ragione. Non era così spiacevole raccontare storie.

Capitolo diciassette
Selva

«Selva, ma è possibile che in questa cucina ci siano solo i tuoi barattoli?», mi rimproverò Luca, aprendo l'anta del mobile.

Entrai in cucina con ancora l'accappatoio addosso. «Non capisco qual è il problema».

«Il problema è che ormai parli sempre e solo di queste erbe, le collezioni, me le trovo dappertutto. E poi puzzano, sono nauseanti. Per non parlare di quando questo tavolo è sommerso da quelle stregonerie che prepari».

Succede, a volte, che capitino cose a cui non eravamo preparati. Qualcosa che non avevamo previsto nella nostra tabella di marcia. Ed è così inaspettato che l'unica cosa che occorre si chiama coraggio. Gambe "abbastanza lunghe" per scavalcare quello che non ci fa stare più bene.

Non era tanto il tono che mi riservava, ma il peso di quelle parole a ferirmi. Cercai di non dare troppa importanza all'accaduto, era un momento, mi dissi. Nell'ultimo periodo il lavoro lo rendeva nervoso, spesso intrattabile. Cercavo di aiutarlo con le erbe. Di certo non avrebbero risolto i suoi problemi, me ne rendevo conto, ma erano un buon punto di partenza.

«Lo sapevi anche prima di andare a vivere insieme. Ti ho raccontato di mia nonna, no?»

«Sì, ma, chissà perché, ho sempre pensato che esagerassi.

Ti assecondavo perché vedevo che per te era importante, invece credo che questo sia un vero problema».

«Ehi, sono sempre io. La ragazza a cui hai regalato questo anello di fidanzamento e hai chiesto di andare a vivere insieme», gli ricordai, mettendo in mostra l'anello che portavo al dito.

Richiuse il mobile con troppa forza, tanto che temetti lo spaccasse. Era visibilmente nervoso. «No, Selva, tu non sei più la ragazza di cui ero innamorato. Hai iniziato a contagiare tutti i miei amici con le tue stramberie, vengono a chiederti consiglio neanche avessi una bacchetta magica, ascoltano quello che hai da dire loro. Mi spaventi, ecco che cosa c'è».

Sbattei più volte le palpebre, basita.

Mi ero fermata molto prima di arrivare alla fine del suo monologo. Il mio cuore era ancora bloccato a quel "ero innamorato". Stava cercando di dirmi che adesso non lo era più? Che tutto quell'amore che urlava al mondo era svanito? Cercai di fare appello alla mia razionalità, temevo di fargli la domanda sbagliata.

«Sei sicuro che sia solo questo o ti dà fastidio che i nostri amici si confidino più con me che con te? Sei geloso?», gli chiesi diretta.

Luca gettò la testa indietro, ridendo. Mi chiesi che cosa ci trovasse di così tanto divertente nel nostro litigio. Anzi, a me faceva male e sentivo un gran freddo. Non eravamo mai arrivati a quel punto, neanche quando le nostre vite erano così ingarbugliate. Ci eravamo salvati a vicenda. L'uomo che avevo incontrato in coda al negozio, in fila per un gelato, mentre le mie orecchie si riempivano di urla di bambini schiamazzanti, sembrava essersi sdoppiato.

«Geloso», bofonchiò in una risata. «Questa mi sta chiedendo se sono geloso...», ripeté come se stesse parlando con una terza persona.

Io ero paralizzata dal suo comportamento. Non riconoscevo più l'uomo che avevo davanti. Troppo duro, troppo insensibile.

Fui più veloce di lui nel riprendere il discorso. «Luca, ti ho fatto qualcosa? C'è qualcosa che dovrei sapere?»

«Selva!», mi ammonì in modo secco. Luca era troppo agitato per poter rispondere con calma. Sembrava una creatura selvatica in gabbia. Se era la libertà che voleva, gliel'avrei data. «Tu non hai ancora capito niente. Io mi vergogno di te».

Ero quasi certa che una raffica di proiettili mi avrebbe fatto meno male. Tutto mi sarei aspettata da lui, tranne che rinnegasse quello che ero. Perché l'amore non ci forza a cambiare la nostra natura, al massimo la migliora. Avrei voluto ricordargli le cose che mi aveva detto quando, tra le lacrime, gli raccontavo di mia nonna. O quando mi prendevo cura dei suoi malanni, preparandogli intrugli naturali in grado di farlo sentire meglio. O quando mi chiedeva consiglio sulle scelte da fare, perché del mio sesto senso si fidava.

«Ma io sono sempre stata così. Non capisco perché mi dici queste cose adesso, dopo esserci trasferiti qui. È un tuo modo di ferirmi? Perché se è così, ci stai riuscendo alla grande».

«No, è che adesso ho raggiunto il limite. Ho sempre cercato di tollerare questo tuo lato perché ne avevi tanti altri che lo compensavano, ma adesso sono stanco di fare finta che non esista. Ho accumulato troppo. Non mi piace e non credo che riuscirò mai a digerirlo».

La sua voce arrivò fino a me più violenta di un fiume in piena. Ferendomi con tutti i detriti raccolti nel corso degli anni.

Le mie gambe avevano voglia di scappare via e me lo stavano urlando come meglio potevano fare.

Ci separavano una manciata di passi, sei o sette al massimo, ma per loro erano troppo pochi. Come se temessero che la sua vicinanza potesse ferirmi ancora di più. Volevano mettermi al sicuro, ma io non potevo scappare da lì. Avevo dato tutto a quel rapporto, affidandogli parti che per me erano importanti. Luca le aveva gettate via come se fossero cose di poco conto.

Ed è in quel momento che dovresti tirare fuori il coraggio per dire basta. Per non restare intrappolata in un amore che ti avvelena e ti trasforma in una donna spezzata.

«Dimmi cosa devo fare. Posso cambiare, se vuoi...», lo supplicai prossima alle lacrime. Non volevo che finisse tutto quello che avevamo costruito. Avrei fatto di tutto per tenerlo con me, anche rinnegare la donna che ero, anche rinnegare la mia natura.

Anche se adesso il suo cuore non era in grado di amarmi e di vedermi come un tempo, gli avrei dato il mio. Era sufficientemente grande e forte per poterlo fare.

«Fa' la tua scelta!».

La sua risposta era un ordine. Era disposto a tenermi con sé e ad amarmi a un caro prezzo. Mi stava dicendo che tutto poteva tornare come prima, se avessi cancellato quella parte di me che lui disprezzava.

Tornai in camera e presi un oggetto che custodivo sotto il mio cuscino. Aprii l'armadio e mi abbassai sui talloni per cercare, dietro una pila di abiti appesi, una scatola. Tastai con le dita finché non ne percepii la presenza. La tirai via da lì e sollevai il coperchio. Lo gettai in mezzo a quelle cianfrusaglie con il cuore gonfio di rabbia e detestandolo. E detestandomi. Quel libro era solo capace di fare danni.

«Mi dispiace, ma ho scelto Luca».

«Ciao, come va?».

Voltai il capo e scrutai la sala finché non incontrai due occhi familiari e la figura di un uomo alto. Il problema era che i miei, di occhi, non riuscivano più a guardarlo come prima, con indifferenza. Era a suo agio, disinvolto, con quel sorriso che si allungava da parte a parte. Mentre io facevo fatica a ricambiare il suo sguardo. Era la prima volta che lo rivedevo dopo l'episodio della tavola calda. Ci avevo pensato giorno e notte, a quella foto. E anche a lui. L'avevo anche riferito a Sonia in un momento di entusiasmo, pentendomene l'istante dopo.

Non sapevo cosa mi stava succedendo, ma la mia amica l'aveva chiamata infatuazione. Se aveva ragione, avrei dovuto darci un taglio.

Il problema era che mi ero fatta un'idea sbagliata su Enea, e non riuscivo ad accettarlo. Sarebbe stato tutto più facile se non l'avessi incontrato e se non mi avesse aiutato. Perché ora, anche se non l'avevo desiderato, c'era qualcosa che ci legava.

«E tu che ci fai qui?», sentenziai brusca non appena lo vidi apparire davanti a me. «Hai letto su quel cartello che il locale chiude proprio...», feci una pausa tattica per indicargli l'orologio appeso. «Proprio adesso?».

Sollevò il sopracciglio e, nonostante la mia uscita, lui non cancellò quel sorriso. «Prima toglimi una curiosità».

Lo bloccai ancora prima che potesse completare la frase. «Magari un'altra volta. Vado un po' di fretta», mentii distogliendo lo sguardo.

«Qualche magico personaggio delle fiabe ti aspetta per una nuova avventura delle sue? Che ne so, Peter Pan per condurti all'isola che non c'è o Dorothy dal mago di Oz?», tirò a indovinare, alludendo divertito alle mie scarpe rosse. «Con quelle, se batti tre colpi, puoi arrivare dove vuoi!».

Scossi la testa, trattenendo a stento una risata. E anche un po' colpita dalla sua preparazione in materia. Non aveva detto che erano solo "favolette"?. «No, in realtà mi vedo meglio accanto a un intrepido e valoroso cavaliere, o magari a un pirata! Ma, come ho detto prima, devo chiedere a te e alla tua curiosità di tornare domani».

«E pensare che passavo da queste parti e volevo chiederti se ti andava di mangiare qualcosa insieme».

Me lo propose con tutta la gentilezza di cui era capace, e con quei riccioli che gli ricadevano sempre sopra gli occhi, dispettosi. Ma non volevo alimentare strane idee.

«E cosa ti fa pensare che non abbia già cenato?»

«Ho visto che hai lavorato fino all'ultimo momento».

«E come fai a saperlo?».

Fece spallucce. «Mi sono fumato almeno dieci sigarette nell'attesa. Ho danneggiato i miei polmoni solo per aspettarti».

Incrociai le braccia, confusa. «Dovrei sentirmi lusingata?»

«Piuttosto, ragazza dalle buone abitudini, non ti hanno mai detto che non si rifiuta l'invito di un cavaliere?», insistette, giocando la carta della galanteria.

«E tu dimmi tra quanto arriva, magari lo aspetto. Grazie dell'invito, ma meglio di no», risposi con sicurezza. Peccato che il mio stomaco non fosse dello stesso parere e brontolò proprio in quell'istante. Rovinando la mia strategia.

Ci riflettei sopra. Una parte di me voleva accettare quell'invito e mettere qualcosa sotto i denti, ero disposta a tutto pur di godermi una cena senza doverla preparare io, l'altra parte, ovviamente quella più razionale, mi stava rifilando una serie di scuse plausibili. Che ne so, il corso di pilates, la pentola sul fuoco o la chiamata urgente di un amico in difficoltà. Però prima di fare marcia indietro, dovevo fare chiarezza sulla situazione.

«E ammettiamo che io decida di accettare… Come dovrei interpretare questo invito?»

«Sai che hai una mente davvero contorta? Potresti spiegarti meglio?».

Non potei fare a meno di approfondire. «In che veste mi stai invitando? Come amico, vero?»

«Be', mi sembrava chiaro. Visti gli ultimi avvenimenti, era

solo un modo carino per recuperare quel pasto che non ti ho fatto consumare. E poi anche per scusarmi di non essere stato un sindaco modello, anzi, mi sono comportato come un perfetto idiota fin dal principio».

«Solo per il fatto che ti sei dato dell'idiota da solo, mi viene voglia di accettare».

«Fantastico! Cioè, voglio dire, allora ti aspetto?»

«Ah, andiamo?».

Il silenzio che accolse la mia domanda, mi portò a pensare che si aspettasse qualcosa di diverso. «Altrimenti, quando?», mi chiese confuso.

L'arrivo di Ciro mi diede l'idea giusta per fargli una controproposta. «Facciamo così, se tu riuscirai a conquistarti l'amicizia di Ciro, allora accetterò l'invito».

Ero quasi certa che non avrebbe acconsentito.

«Tipo uscire insieme, andare a bere una birra, guardare una partita di calcio?».

Scoppiai a ridere. «Magari un passo per volta. Anche solo riuscire ad accarezzarlo e fargli qualche coccola potrebbe essere un buon inizio...», gli suggerii, divertita.

Di divertente, nel suo sguardo, c'era solo la sua diffidenza nei confronti dei gatti.

«Scusa se te lo chiedo, ma hai paura?»

«No, è che proprio non mi piacciono».

«Mi piacciono le risposte secche e sincere, ma se vuoi che venga, mi sa che devi fartelo piacere», risposi con grande sincerità. Mi abbassai sui talloni e Ciro corse verso di me. Pronto a ricevere tutte le mie attenzioni. «E poi guarda che è ancora offeso per come l'hai trattato. Dovresti anche chiedergli scusa».

«Pure».

Mi alzai e misi le mani in tasca, dondolando. «Be', se non hai voglia...».

Enea sbuffò e sollevò gli occhi al cielo. Poi si tolse la giacca e iniziò a scuotere le spalle, neanche fosse una gara di pugilato. «D'accordo, ci sono. Vieni qui, micio micio».

Ciro inclinò il suo musetto e si mise seduto. La coda adagiata sul pavimento come un punto interrogativo che accompagnava la domanda "Santo cielo, ma ancora tu?".

«Insisti, in fondo lo volevi cacciare fuori da casa sua», rincarai la dose, mentre dentro di me si agitava un coro di risate. Non avrei mai creduto possibile che il sindaco si prestasse a tanto.

«Sì, ma non ti fare strani pensieri. Lo sto facendo solo perché lo impone l'educazione, non di certo perché nutro qualche secondo fine nei tuoi confronti e spero che lo stesso sia per te», precisò, lui. Poi allungò ancora la sua mano. «Vieni qui, bel micino, sono stato davvero cattivo con te. Lo so, tu non piaci a me e io non piaccio a te, ma ti sto chiedendo una tregua. Che ne dici?».

Prima di fare la sua scelta, Ciro si voltò a guardarmi. Cercava una conferma da parte mia. Senza che Enea mi vedesse, gli feci un cenno con la testa per rassicurarlo. Allora gli annusò le dita e poi si strofinò contro i baffi.

Enea mi guardò soddisfatto, forse non ci credeva neanche lui.

«Mmm, buon per te! Dovrò accettare l'idea di essermi sbagliata sul tuo conto».

«E invece dovresti farlo un po' più spesso. Non te l'hanno mai detto che non bisogna fermarsi alle apparenze?»

«Quindi, dove mi porti di bello?», gli domandai, cercando di sistemare le ultime cose in negozio.

«Dov'è finito il tuo spirito di avventura? L'hai dato in pasto ai coccodrilli?».

Quell'uomo era una continua fonte di sorpresa. Come faceva a essere così preparato in materia di fiabe? Chissà, forse sua mamma, quando era un bambino, l'aveva sottoposto a una maratona Disney.

«D'accordo! Aspettami fuori, mi cambio in un attimo e chiudo il negozio», gli suggerii, prima di poter cambiare idea.

Erano passati circa venti minuti da quando mi ero accomodata sul sedile. E lo sapevo bene perché non avevo smesso di controllare l'ora. Ero agitata. Anche se ero già salita sulla sua auto, sentivo che questa volta era diverso. Non c'era alcun uomo da andare a incontrare, non c'era un indovinello da risolvere. Eravamo solo io e lui. Era un appuntamento?

Ma certo che no, l'aveva ribadito anche lui. Era stato solo un gesto gentile. Quindi non avevo niente da temere. Peccato che avevo come l'impressione che stessimo facendo sempre lo stesso giro. O Enea si era perso – cosa impossibile nel suo paese – o lo stava facendo di proposito. Forse per mettere alla prova la mia pazienza o forse per stuzzicarmi.

«Sai, ho come l'impressione che tu mi stia facendo uno scherzo. Sono passati venti minuti e stiamo girando in tondo», decisi di intervenire per prima.

«Ma va', cosa stai dicendo. Vuoi che non conosca il mio paese?»

«Ecco, guarda lì», strillai indicando un cartello stradale. «Quello l'ho visto poco fa. Te l'ho detto, stiamo facendo su e giù per le stesse strade», lo rimproverai.

«L'avranno messo poco fa, ti giuro che non è così...».

Mi voltai per guardarlo in faccia. Si divertiva, lui. Peccato che il mio entusiasmo si affievolì non appena lo vidi prendere una piccola strada laterale. Una proprietà privata.

Mio Dio. Ma come mi era saltato in testa di accettare il suo invito? Dove mi stava portando?

Mi ero interrogata più volte su come mi sarei comportata in questi casi. Sì, lo so, non sono pensieri che una donna sana di mente dovrebbe fare. Dovevo mantenere la calma.

Fare lunghi respiri e non fargli capire che sospettavo qualcosa. Intanto avrei allungato la mano dentro la mia borsa e tirato fuori quello spray al peperoncino che tenevo lì. Sapevo che, prima o poi, mi sarebbe servito.

Enea alzò il volume della radio. Ecco il momento, ci siamo. Ed era tutta colpa mia.

Stupida, stupida.

Nascosi lo spray dietro la schiena, a portata di mano. Era solo questione di momenti.

Lui si voltò e mi sorrise, stupendosi del mio silenzio improvviso. Non sospettava ancora nulla, tutto sotto controllo.

«Ora dovresti chiudere gli occhi», mi consigliò, scalando la marcia.

Scossi la testa. «No, grazie. Soffro il mal d'auto se li chiudo». Fu la prima scusa che mi venne in mente.

«Certo che sei proprio strana. Allora tienili aperti, tanto siamo arrivati».

Mi guardai velocemente attorno. Campi, campi e campi. Vedevo solo campi.

Le case più vicine erano troppo distanti per poterle raggiungere di corsa.

Arrivammo davanti a un'imponente struttura, un casolare recintato da un alto muro e un cancello di ferro battuto. Non si vedeva un granché, ma quel poco bastava per farmi rimanere a bocca aperta. Lo aprì con l'aiuto del suo telecomando ed entrò con l'auto.

Ero già pronta a saltargli addosso, colpendolo dritto su quel bel faccino con lo spray, quando mi accorsi che aveva virato a sinistra. Allontanandosi dalla casa. E non fu la paura di quello che poteva farmi a scuotermi, ma quello che aveva organizzato.

Se solo provassi a spiegarlo, non gli renderei giustizia. Perché, davvero, per certe cose così belle non hanno ancora inventato le parole giuste.

Mi si parò davanti una visione di cui neanche nei migliori film avevo mai goduto. Incantevole. C'era una immensa distesa di verde, un prato tagliato così corto da far venir voglia di recuperare una coperta e distendersi là sopra. Diverse auto d'epoca parcheggiate in ordine sparso, ma tutte rivolte a nord. Fili e fili di luci dorate che ricadevano da albero ad albero, illuminando quello spazio meglio di come potesse fare la luna. A riempire quel mio silenzio, solo delle voci. Che non provenivano dalla casa, bensì da quel maxischermo illuminato più di un albero di Natale.

Enea possedeva un drive in! Dentro casa sua!

Era la cosa più bella, pazzesca e al tempo stesso bizzarra che avessi mai visto. Non sapevo più cosa dire, che cosa fare.

Il mio cuore galoppava come un cavallo felice di essere libero. Meritavo davvero qualcosa di così speciale?

Probabilmente il mio imbarazzo era ben evidente, tanto che Enea mi lasciò il tempo per riprendermi, prima di parcheggiare e scendere dall'auto.

Io ero ancora imbambolata, e mi risvegliai da quello stato di trance solo quando Enea mi aprì la portiera e mi invitò a scendere. Offrendomi la sua mano che io agguantai come se mi stesse tirando fuori da un mare in burrasca.

«Scegli il posto che vuoi», mi disse, alludendo a tutte quelle auto parcheggiate.

Se di anni non ne avessi avuti ventisei, giuro che mi sarei messa a saltellare su e giù per quel prato. Però decisi di darmi un minimo di contegno. Peccato che durò un attimo, perché non riuscii a trattenermi e corsi via. Sbirciando dentro ogni auto e provando i vari sedili. Mi distendevo, appoggiavo la testa allo schienale e guardavo fuori, e poi schizzavo verso la macchina successiva. Neanche ci fosse qualcuno a inseguirmi. Nella fretta non mi accorsi che mi era caduto lo spray, che prontamente Enea aveva raccolto.

«Immagino che questo fosse per me», mi fece presente, sventolandomelo davanti con enfasi.

Merda. Mi colpii la fronte con la mano. «Sì, ma ti posso spiegare...».

«Lascia stare, direi che me lo sono meritato. Ecco perché mi fischiavano le orecchie, chissà quante me ne avrai dette in silenzio...».

«Chi, io? Ma cosa vai a pensare...».

Enea annuì, consapevole che mentissi. «Pensavi che ti avrei rapita? Ehi, io sono il sindaco. Ne va della mia immagine», si divertì a darsi delle arie, gonfiandosi.

«Chiedo scusa, signor sindaco, per aver pensato male. Sono una cattiva persona, potrà mai perdonarmi?», mi misi in ginocchio con le mani appoggiate in preghiera.

«Per questa volta sei salva, ma solo se mi dici quale macchina hai scelto».

La indicai. «Scelgo la 500, ne ho sempre desiderata una».

«Allora, che stai aspettando? Vai e accomodati. Dammi due minuti e ti raggiungo».

Non me lo feci ripetere due volte. Gettai la testa all'indietro, socchiudendo gli occhi. Chissà dov'era andato? Il mio cuore premeva contro il petto a una velocità incontrollabile. Temevo che potesse frantumarsi di fronte a un'altra sorpresa. Perché, in fondo, che altro poteva esserci di più sorprendente?

Poco dopo Enea aprì la portiera e si accomodò a sua volta. Tra le mani stringeva un cestino di vimini. «E qui dentro è pronta la nostra cena», mi disse, offrendomi un sandwich. «Una birretta? Tra circa mezz'ora inizia un film che dovrebbe piacerti», aggiunse infine, mostrandomi una bottiglia di vetro.

Ero eccitata come una ragazzina, e non per la birra. Nessuno mi aveva mai organizzato qualcosa di più spettacolare. «Oddio, cosa, cosa?».

La sua risata mi vibrò nel petto. «Ora mangiamo, per quello c'è ancora tempo. E poi, se ti dicessi tutto, che sorpresa sarebbe?».

Rimasi incantata da quegli occhi. Erano di un castano che virava verso il verde, come le prime foglie d'autunno pronte a cadere.

Capitolo diciotto
Enea

La verità è che ero troppo curioso. Era quello il problema maggiore, in quel momento. Forse era per colpa del mio lavoro, che mi portava sempre a guardare con maggiore attenzione i dettagli, ma di lei volevo sapere tutto. Ma proprio tutto. Anche quelle cose di poco conto, che spesso non raccontiamo perché ci sembrano insignificanti. E invece sono proprio quelle che ti fanno capire chi hai davanti. Potresti anche finire per innamorarti di quei piccoli dettagli.

Non avevo previsto di portarla lì. A casa mia. Nella mia zona sicura. Forse era stata una mossa azzardata, di cui ne avrei pagato le conseguenze, ma era l'unica idea che mi era venuta in mente pensando a lei. Pensare... Diciamo pure che la nuova arrivata stava diventando un chiodo fisso. Il suo arrivo aveva mescolato le carte in tavola. Risvegliando i miei sensi assopiti. Ero stanco di sentirmi solo, ero stanco di tenere le donne a distanza da me, volevo solo godere della sua presenza. Della sua voce, del suo profumo. Perché, dopo ogni volta che la incontravo, mi sentivo più felice dei giorni in cui la evitavo. Non mi succedeva da moltissimo tempo, di sentirmi di nuovo un uomo. Con dei bisogni, degli istinti.

L'idea del picnic improvvisato era stata geniale. Lei non poteva sapere che nei sedili posteriori avevo messo anche una confezione di pop-corn pronta per essere consumata.

Sì, avevo nascosto il tutto in ogni auto. Era quasi buio e un cielo punteggiato da minuscole stelle era comparso sopra le nostre teste. Senza quel tettuccio, l'aria si percepiva più fresca. Ma lei non poteva sapere, ancora una volta, che avevo una maxi coperta a portata di mano. Dovevo ammettere che quando volevo fare bella figura, non risparmiavo certo nei dettagli.

Lei non aveva smesso di mostrarmi il suo stupore, e me lo stava urlando con ogni parte del suo corpo. Aveva lo stesso entusiasmo e spensieratezza di mia figlia. E ancora prima di Evelina, quando l'avevo incontrata. Forse era quello che stavo cercando, una donna che mi mostrasse che, nel mondo, c'è ancora spazio per l'incanto delle piccole cose.

Una sigla catturò la sua attenzione. Era iniziato. Selva si girò di scatto e guardò quelle immagini che scorrevano sullo schermo. Poi improvvisamente il suo entusiasmo si trasformò in imbarazzo o comunque in qualcosa di molto simile. Mi domandai se avessi sbagliato qualcosa.

«Ma... ma questo è *Serendipity*», balbettò lei, guardando prima il maxischermo e poi me. Me e il maxischermo.

Dio, era adorabile.

«Sì, ho pensato che fosse il film giusto per te. Parla di libri, parla di destino, parla di lieto fine e cose del genere...».

Selva continuava a osservarmi con un'espressione che non sapevo decifrare. Era contenta o l'avevo delusa? Forse si aspettava altro, qualcosa di meno romantico. «Vuoi che cambi? Non c'è problema», le proposi.

Feci per alzarmi, ma la sua mano mi bloccò il polso. In quella stretta percepivo qualcosa di sconosciuto, ma che mi faceva stare bene.

«No, è bello. Guardiamolo», mi suggerì, lasciando la presa e facendo aderire meglio il suo corpo allo schienale. Ora, finalmente, stava iniziando a rilassarsi.

E provai a farlo anche io, almeno l'intenzione era quella.

Perché in realtà feci tutt'altro. Non avrei voluto starmene lì zitto. Le avrei voluto chiedere molte altre cose, ma lei era già in un altro mondo. In quello raccontato da Jonathan e Sara. E avrei voluto anche dirle che anche io, proprio come loro, avevo trovato qualcosa di bello quando non lo stavo cercando. Guardavo quel film e non smettevo di domandarmi se fosse possibile aver bisogno di una sola e specifica persona per poter sorridere. Non riuscivo a ignorare quella voglia che mi spingeva a cercarla. Saperla in quella tisaneria, tutta sola, mi faceva scattare un senso di protezione unico nei suoi confronti.

Non mi resi conto che eravamo già ai titoli di coda. La mia testa non aveva smesso un solo istante di elaborare teorie e pensieri. Non mi ero voltato una sola volta a guardarla, temevo che se ne accorgesse e che potesse spezzarsi quella magia. Anzi, ero talmente teso per la sua vicinanza che mi ero appiccicato alla portiera pur di mettere una certa distanza tra di noi. Perché, se avessi ascoltato l'istinto, l'avrei afferrata con audacia e poi baciata. Senza alcun ripensamento.

«E allora è così che conquisti le donne? Per uno che non crede nelle favole, trovo che sia una cosa molto romantica, o sbaglio?», mi domandò lei, riportandomi alla realtà.

«E se ti dicessi che sei la prima donna che ho portato qui, tu mi crederesti?»

«Ti risponderei che hai fatto male, perché avresti potuto fare colpo. Però tu continui a evadere le mie domande...», riprese fiato. «Perché uno come te, che detesta a morte il romanticismo, conosce le favole e film stupendi come *Serendipity*?»

«Sono libero di sparare a zero?»

«Prego, accomodati pure».

«Quelle che tu definisci "le tue principesse", non sono altro che personaggi in cerca della pappa pronta e, soprattutto, incapaci di prendere in mano la propria vita. Ora dimmi, hai presente Cenerentola? Aveva davvero bisogno di farsi umiliare in quel modo dalla matrigna e dalle sorellastre, non poteva abbandonare scope e straccetti per dare un taglio alla sua vita?»

«Sì, ma...».

Non mi lasciai interrompere. «Quasi tutte hanno avuto dei traumi nel passato. E che sfiga! Chi era orfana, chi rischia di essere uccisa o derisa dalla matrigna, e tutte nel frattempo cosa fanno? Aspettano l'arrivo di un principe azzurro che le salvi».

Selva era allibita dalle mie parole. Ci mancava solo che sbuffi di vapore fuoriuscissero dal suo naso. «E invece io sai cosa penso? Perché ho due teorie su di te, ma ti prego di aiutarmi a scegliere quella giusta...», iniziò a dirmi, mentre non riuscivo a smettere di guardarla sorridendo. Perché era davvero buffa quando si alterava. «Non so se ce l'hai tanto con questo mondo perché non hai mai trovato la tua principessa o perché non sei stato in grado di salvarla».

E poi tutto tacque. Mi aveva tolto le parole.

Il silenzio che accompagnò la fine del suo discorso fu peggio di una tortura. Lei sembrava smarrita di fronte alla mia reazione e io mi sentivo nudo di fronte al suo discorso. Forse erano vere le voci che circolavano sul suo conto, lei riusciva a vedere oltre. Quel dono, che sosteneva di avere, aveva fatto centro. Avevo sbagliato tutto. Non avrei dovuto portarla a casa mia, perché quel posto mi faceva sentire a mio agio e avevo abbassato le difese. Permettendole di vedermi.

Però fu lei la prima a cambiare discorso. «Sai invece che cosa mi piace delle principesse?»

«No, non lo so».

«Che loro appartengono a un altro mondo, nel quale credere nell'amore non è poi così sbagliato. Non pensano che potrebbero cambiare da sole la propria vita, che sono abbastanza forti per aprire quella porta e andare via. Non trovi che sarebbe troppo scontato? Loro aspettano, e lo fanno perché arriverà il principe azzurro che le porterà via da lì. Le favole funzionano così, non rispecchiano il mondo in cui viviamo, si perderebbe la magia nel raccontarle a dei bambini».

Ripensai a tutte quelle volte che le avevo lette a mia figlia. E di come ogni volta lei sospirasse di fronte a quel lieto fine.

«Probabilmente hai ragione, forestiera», le risposi, e probabilmente mi scappò quel nomignolo che non passò inosservato.

«A proposito, sai invece cosa ho pensato la prima volta che ti ho visto fuori dal mio negozio?»

«Quando?», chiesi pur ricordando perfettamente quel giorno.

«Non appena mi sono trasferita, mi pare poco prima dell'apertura. Ho pensato che fossi un maniaco e, mi dispiace dirtelo, che il cappotto lungo non ti si addicesse».

«E pensare che è anche uno dei miei preferiti. Comunque, il dubbio che lo fossi ti era rimasto anche fino a qualche ora fa...».

Lei concordò. «Prima o poi smetterai anche tu di pensare che io sia una forestiera. Sono venuta per restare, mi dispiace», e lo disse rivolgendomi un sorrisetto angelico.

«Questo è ancora da vedere», risposi, buttando giù l'ultimo sorso di birra.

«E tu che parli tanto. Hai mai pensato di trasferirti altrove? Che ne so, in una grande città?»

«Dici sul serio?»

«Sì, perché?»

«Perché potrei chiedere a te come mai ti sei trasferita qui».

«Questo scambio di ruoli non ti si addice. E poi, devi sapere che io non sono una donna di città come pensi. Ho passato più tempo nel piccolo paese di mia nonna che a Torino».

Soppesai la mia risposta, perché c'era stato un brevissimo momento in cui avevo pensato di farlo. Ma non adesso. Io a Roccamonte stavo bene. E poi avevo il mio lavoro, la mia casa, mia figlia. «Per me le città si assomigliano tutte. Sono un copia e incolla di cose già viste, anche le persone sembrano fatte con lo stampino», dichiarai senza preoccuparmi di risultare arrogante.

«Immagino che avrai un bagaglio di esperienza per poterlo dire».

«No, lo so e basta. E tu, forestiera, non ti manca la tua città?».

Fece spallucce. «Dovrebbe?»

«Be', ci sono di sicuro delle persone, dei luoghi o delle cose che avrai lasciato lì», tentai di aprire un varco per sapere di più di lei.

«Quello che era davvero importante l'ho portato con me. Sì, certo, a Torino ho la mia famiglia e la mia migliore amica. Ma non stiamo parlando di persone che non posso sentire o vedere quando ne sento la necessità».

Le rivolsi un adorabile sorriso. «È l'effetto di Roccamonte».

«Sì, hai ragione. Come poter gareggiare con una metropoli dove hai i negozi aperti anche di domenica e una vasta scelta di supermercati», disse sospirando.

«Hai visto? Lo sapevo che avresti trovato il lato positivo di questo paese. E comunque la serata non è ancora finita...».

«Oddio, che altro tirerai fuori dal cilindro?».

Allora scesi dall'auto, abbassai il sedile e recuperai un contenitore dai sedili posteriori. «Non c'è serata che si rispetti senza il dolce!», le feci presente, sollevando il coperchio.

Selva si mostrò divertita. Probabilmente non pensava che fossi un uomo in grado di stupirla più volte. Tagliai in modo goffo due fette di torta e lasciai che l'assaggiasse prima lei.

«Allora, com'è? Ho superato il test, giudice?», chiesi, alludendo alla gara di pochi giorni prima.

«Mmm, sì...», mormorò facendo dondolare la testa. Le piaceva. «Se a breve non starò male, allora vorrà dire che è commestibile», bofonchiò assaporando un altro boccone.

«Papà, papà», gridò una vocina sottile, che sembrava appartenere a un folletto.

Solo in quel momento mi accorsi che avevo trascorso un'intera serata in compagnia di una donna. Senza guardare l'orologio, senza annoiarmi, e senza pensare alla mia vita.

Selva non ebbe il tempo di mandare giù l'ultimo pezzo di torta, che cominciò a tossire ripetutamente.

Aprii la portiera e lasciai che quell'esserino di talco mi si appiccicasse addosso. Non c'era niente che potessi amare più di mia figlia quando mi abbracciava in quel modo.

«Mi dispiace, ho provato a distrarla ma ti ha visto dalla finestra. Non c'è stato verso», si giustificò mia madre, correndo verso di noi. Sventolava ancora per aria il libro della buonanotte.

Mi divincolai dai suoi capelli per poter parlare. «E che problema c'è? Mamma, ti presento Selva, un nuovo arrivo a Roccamonte», mi sbrigai a ricordarle. Sia per evitare figuracce, che mia madre coltivava come funghi, sia per dare modo a Selva di capire che fosse tutto ok. Selva era ancora incredula, non sapeva bene cosa dire o cosa fare. E, contro ogni aspettativa, mia madre la tolse da quell'impiccio, tendendole la mano. «Francesca, il piacere è tutto mio. Caspita, la tua bellezza supera di gran lunga le voci che circolano in paese».

No, forse aveva solo peggiorato la situazione perché il suo viso diventò più rosso di un papavero.

Selva le strinse la mano e balbettò qualcosa di incomprensibile. Forse solo Isotta era in grado di capire, visto che la studiò per bene e le chiese: «Tu sei Merida?».

Dovevo essere io l'unico a non capire, visto che mia madre e Selva scoppiarono a ridere contemporaneamente. Neanche si fossero messe d'accordo.

«No, piccoletta. Io mi chiamo Selva!», le spiegò con estrema dolcezza.

Isotta non sembrava convinta dalla sua risposta, continuò a studiarla e fece spallucce. «Sì, tu sei più bella», le disse prima di schioccarmi un bacio e scappare via.

«Isotta, fermati, è ora di andare a letto!», strillò mia madre, facendo un sospirone. «Scusatemi, ma devo andare. E comunque, caro Enea, potevi anche dirmi che la torta non era per mia nipote. Sono contenta che vi sia piaciuta», strizzò un occhio, riferendosi alle fette mancanti.

E si allontanò.

All'interno della Fiat 500 si sentiva solo lo schiamazzo di mia figlia che se la rideva di gusto e seminava mia madre. «Tanto non mi prendi».

Mi agitai sul sedile. «Tanto perché tu lo sappia, questo non era previsto».

«Sono sempre belle le cose che accadono all'improvviso. Sai a cosa stavo pensando? Non ti sembra che la luna sia più vicina?».

Apprezzai la sua scelta. Invece di tempestarmi di domande sul mio passato, preferì lasciare a me la decisione di parlarne. Mi stava rispettando. Magari un giorno l'avrei fatto, ma non quella sera.

«Impossibile, è sempre uguale».

«Ma no! Guardala! Ci sta osservando dal cielo con quella sua faccia enorme. Ti dirò, a me sembra davvero più vicina e più luminosa», insistette cocciuta.

«Mi dispiace deluderti, ma la luna ha sempre la stessa distanza dalla Terra. Ci appare più grossa quando è bassa sull'orizzonte, mentre sembra più piccola quando raggiunge la massima altezza. È solo un'illusione ottica, il nostro cervello la vede con occhi diversi quando entrano in gioco altri oggetti che la fanno sembrare più grande e, quindi, più vicina».

Mi fissò dritto negli occhi con aria scioccata, tanto da chiedermi se avessi qualche residuo di cibo sulla bocca. «Spiegami perché ogni volta devi fare così?».

Drizzai le orecchie come per verificare che avessi sentito bene. «Scusami? Che intendi?».

Allargò le braccia. «Devi sempre smontare tutto ciò in cui non credi ma che vedi! Tu devi trovare sempre una spiegazione a tutto. A volte le cose non hanno bisogno di spiegazioni, sono belle così».

«Sì, ma…».

Mi interruppe. «Niente ma! Non puoi solo restare in silenzio e goderti questo spettacolo?», mi consigliò, facendo spuntare su quel bel viso una maschera di delusione.

Inspirai, forse aveva ragione. Si perde tutta la magia quando si trova un perché a ogni cosa. Forse avevo dimenticato com'era bello sapere che c'era ancora spazio per la felicità.

Capitolo diciannove
Selva

«Mi manchi», sussurrai quelle due parole con urgenza. Come se avessero fretta di uscire fuori. Come se ripeterle potesse far cambiare il corso degli eventi e riportarla indietro, da me.

Sfiorai con la punta delle dita quella lapide in marmo. Avrei voluto abbracciarla ancora una volta e gridarle quanto le volessi bene. Era una delle cose di cui mi ero sempre pentita, non averle detto spesso quel ti voglio bene. Eppure a volte sembrava così pesante, così imbarazzante anche solo pensare di farlo ad alta voce. Invece, quando si parla di sentimenti, non dovrebbe esistere imbarazzo. Non è una vergogna mostrare quello che viene dal cuore.

«Nonna, se solo sapessi cosa sta succedendo a casa. Io non ce la faccio più, vorrei tanto scappare e andarmene via, ma dove posso andare? Ho iniziato a lavorare in fabbrica, faccio i turni. Sapessi come sono a pezzi, ma è l'unico modo che ho per fuggire via. Un giorno so che lo farò». Ripresi fiato. «Sai che non hanno detto niente di fronte alla mia scelta? Pensavo di essere messa al rogo per non aver accettato di andare all'università, visto che con mio fratello non hanno voluto sentire ragioni. E invece no, ho visto i loro occhi. Erano occhi di persone sollevate, di chi non aspettava altro».

Notai una piccola ragnatela nell'angolo e la tolsi. Mi scusai con il giovane ragnetto e lo invitai a cambiare casa. «Ehi, devo proprio chiederti di andare via», dissi mettendolo sopra un fazzoletto e poi soffiandolo via.

Tornai a concentrarmi sul motivo per il quale ero lì. «Ho sempre pensato che non mi avresti lasciato, mai. Eri l'unica persona a sapere che cosa provavo, a capire la mia diversità, senza che dovessi spiegare nulla. Il tuo diario lo custodirò come il regalo più prezioso al mondo. Lo terrò al sicuro, non ti devi preoccupare. Farò tesoro di tutto quello che mi hai insegnato, perché so che un giorno mi servirà. Con tua figlia non posso parlare di certe cose, a volte provo a prepararle qualche rimedio per contrastare il suo umore, ma lei rifiuta tutto. Dice che non ci crede e sperava che con la tua morte, finalmente avessi messo la testa a posto. Dovresti vedere come è contenta di sapermi tutto il giorno al lavoro».

Anche se lei non era fisicamente davanti a me, era come se io sentissi la sua presenza. Mi svuotavo di tutti i miei pensieri e li facevo volare fino a lei. Mi alleggeriva le preoccupazioni, mi donava la serenità per affrontare un nuovo giorno.

«Chissà se la vita che hai vissuto è stata quella che hai desiderato. Se anche tu non hai mai avuto rimpianti, se non hai mai pensato di guardarti indietro. Perché ci sono momenti in cui non credo di farcela senza di te. Appena tornerò a casa aprirò quella scatola e pescherò un biglietto. Perché, ti giuro, nonna. Un giorno me ne andrò da questo posto e mi prenderò la felicità che mi merito».

Mi svegliai di soprassalto. La camicia da notte mi si era incollata addosso come se fosse una seconda pelle. Mi girai su un fianco per controllare l'ora, ma era un compito difficilissimo. A renderlo così complicato era la presenza di Ciro lungo tutto il mio cuscino e di Bianca e Berny coricati nello spazio tra le mie gambe. Perché i gatti non avevano mai caldo? Che fosse inverno o estate, erano peggio di una colla. A che servivano divani, cuccette, tappeti se avevano a disposizione un letto una piazza e mezza e la sottoscritta?

Mi scossi un po' sul posto per invitarli gentilmente a spostarsi. Probabilmente il mio messaggio non era così chiaro, così mi alzai, senza preoccuparmi di loro.

Mi trascinai a piedi scalzi fino alla finestra e sentii che il campanile annunciava che mancava un'ora esatta al suono della mia sveglia. Non aveva senso rimettermi a letto. Tanto ormai ero sveglia.

Erano due notti che faticavo a prendere sonno. Due notti esatte dopo l'uscita con Enea. Non che le cose fossero collegate, ma certi pensieri non riuscivano ad abbandonare la mia testa. Non desideravo apparire invadente con lui, per cui non avevo osato fargli alcuna domanda. Non era il momento adatto. In fondo, il nostro non era neppure un appuntamento. Enea voleva solo essere gentile invitandomi a mangiare qualcosa. Avrei voluto chiedergli tante cose, avrei voluto dare una risposta alla domanda più insistente di tutte. Chi l'aveva chiamato dopo la gara? Era sua figlia o c'era una donna nella sua vita? Dubitavo che fosse la madre della bambina. E poi quel presentarmi come forestiera? Doveva giustificare la mia presenza a casa sua?

Anche se provavo a negarlo, era quasi certo che fosse quello il motivo della mia insonnia. E mi stupivo del fatto che fosse un uomo come lui a non farmi dormire. Sì, mi aveva stupito con tutti i suoi effetti. Dovevo riconoscere che continuava ad alzare un muro senza darmi il permesso di vedere chi fosse in realtà. Eppure, per qualche strana ragione, quell'uomo mi incuriosiva.

Al di là del vetro, Roccamonte iniziava a svegliarsi. Notavo illuminarsi alcune finestre del palazzo di fronte, come se fossero delle lucciole. Dovevano essere tipi molto mattinieri, quelli lì. Non sapevo cosa fare, dovevo trovare un modo per occupare il tempo. Così mi allontanai dalla finestra e recuperai dalla cassettiera lo scrigno di mia nonna. Lo portai sulla poltrona, mi sedetti e lo aprii. Le mani mi tremavano un po'. Da quanto tempo non lo facevo? Credo dalla volta in cui avevo nascosto il diario della nonna. Non volevo vedere i suoi oggetti sparsi per casa. Temevo che potessero essere motivo di litigio con Luca. Che sciocca che ero stata. Se solo fossi potuta tornare indietro, avrei cambiato tutto. Perché non c'era giorno in cui non mi maledicessi per aver scelto l'amore malato invece di lei. Ci vorrebbe un manuale d'istruzioni con precise indicazioni per poter fare un viaggio avanti e indietro nel tempo. Per vedere il prima e il dopo di ogni scelta importante.

Feci un lungo respiro, come se dovessi andare sott'acqua, e lo aprii. Socchiusi gli occhi, gustandomi il momento, e mi concentrai sulle mie sensazioni e su quello che volevo sapere. Ricordandomi delle parole di mia nonna, e poi pescai un biglietto.

Cercai di dare un senso a quel messaggio che mi suggeriva "Stai guardando troppo lontano. La risposta è più vicino di quanto pensi".

Non era cosa insolita che il mio negozio fosse frequentato più da donne che da uomini, ma quel giorno batteva ogni record. A parte Vittoria, che ormai era diventata un complemento d'arredo, erano passate a trovarmi anche Giulia e addirittura Maria.

Pensavo che avesse deciso di non farmi visita per non rivedere i suoi gatti. Per non sentirne la mancanza. Avevo anche provato a chiamarla, mi sentivo in dovere di informarla sullo stato di salute di Bianca e Berny, ma ogni volta le sue risposte erano fredde e disinteressate. La capivo, avevo visto quanto amore regalava a quei gatti e come se ne prendeva cura. Semplicemente non era ancora pronta. O forse ripensava alle mie parole dopo il nostro incontro. Perché la donna che avevo di fronte non sembrava più lei. I capelli erano sciolti e ondeggiavano morbidi fino alle spalle, un trucco leggero colorava il suo viso che non appariva più stanco, e indossava un bellissimo abito floreale che metteva in risalto il suo fisico ancora tonico. Aveva seguito alla lettera il mio consiglio.

«Ma quante belle clienti che ho oggi», dissi con il cuore colmo di gioia. Era piacevole la sensazione di vedere la tisaneria con dei clienti e non più vuota come i primi giorni.

«Sai, ho incontrato Maria al negozio d'abbigliamento che c'è in fondo alla via. Ero andata a comprarmi qualcosa, quando ho visto questa donna in difficoltà. Era alle prese con dei collant, li guardava senza decidersi, così ho pensato di aiutarla a rinnovare il suo guardaroba», mi spiegò Giulia, quasi stupita di quello che mi stava raccontando. Non ci credeva neanche lei di aver contribuito a un tale cambiamento.

«Caspita! E hai fatto anche un ottimo lavoro», mi complimentai, battendo le mani.

Maria era decisamente in imbarazzo, non essendo abituata, ma stette comunque al gioco. «Ho pensato che fosse il momento giusto per farmi un regalo. In fondo è da tanto tempo che non davo un taglio netto al passato».

Vittoria annuì, incrociando il mio sguardo come per dire "Ho sentito bene?".

«Che ne dite di accomodarvi? Vi porto subito qualcosa da mettere sotto i denti», proposi, indicando la sala. Mentre ero lì che trafficavo tra tazze e piattini, un uomo varcò la soglia. Reggeva in mano una pila di volantini e si appoggiò allo stipite della porta con estrema naturalezza.

«Scusate l'intrusione, ma ho il permesso di appenderne uno? Ho dimenticato la porta di casa aperta e il mio Cippi non lo trovo più da nessuna parte. Sto diventando matto, non so cosa dire a mia figlia non appena tornerà dalla gita», si lamentò, visibilmente provato dalla situazione.

Maria, di fronte al suo discorso, balzò in piedi, come se la cosa la riguardasse in prima persona. «Oddio, ma dobbiamo trovarlo subito».

Eccola, pensai. Quella donna prendeva tutto troppo sul personale, quando si trattava di gatti.

L'uomo la fissò stupito. Dalla sua espressione non si aspettava di certo che qualcuno si proponesse di aiutarlo. E soprattutto senza chiedere niente in cambio. «Stia comoda, non voglio disturbare nessuno. E poi lei indossa un vestito così carino che ho paura si possa rovinare. Rovinerebbe la sua bellezza...», le fece presente in un modo così gentile che, se l'avessero detto a me, mi sarei imbarazzata. Subito dopo l'uomo si accorse che, molto probabilmente, aveva esagerato nel rivolgersi così a una sconosciuta. Cercò di fare marcia indietro. «No, cioè, non che non voglia il suo aiuto, ma non vorrei rovinare il suo appuntamento. Ecco tutto».

Invece Maria restò imbambolata, non credendo a quello che aveva appena sentito. Mi guardò e io le sorrisi, come per dirle che andava tutto bene. Era sconcertata, non poteva immaginare che si sarebbe realizzato quello che le avevo predetto.

Non mi restò che dare loro un'ulteriore piccola spinta. «Per la locandina dia pure a me. Posso appenderne due, magari una qui alla porta e l'altra sulla parete giù in fondo. E poi sono sicura che Maria abbia un vestito di ricambio dentro uno di quei sacchetti, e che ti aiuterà a ritrovare il tuo Cippi. Lo sai che lei si occupa di gatti randagi e in cerca di casa?», gli spiegai, posandogli una mano sulla spalla e sospingendolo verso Maria.

«Sì, certo. Se per te non è un problema, posso andare a cambiarmi e ribaltiamo questo paese da cima a fondo», disse fiduciosa.

L'uomo annuì, ancora scosso dalla fortunata coincidenza.

Li lasciai lì per dar loro il tempo di conoscersi. Mi allontanai con un sorriso stampato in faccia. L'oroscopo l'aveva detto, sarebbe stata una bella giornata.

E così era finalmente arrivato il pomeriggio. Poche ore mi separavano dalla chiusura del negozio e da una serata speciale. No, non con un uomo. Avevo un appuntamento con me stessa. O meglio con un bel bagno caldo, una pizza e il mio adorato abbonamento Netflix. Da quando mi ero trasferita a Roccamonte, tutte le mie abitudini di una volta avevano ceduto il posto a una nuova routine. La tisaneria mi portava via la maggior parte della giornata e dell'energia, per quello la sera ero solita crollare non appena toccavo il divano.

«Ciao, c'è un buon dolcino da dare a questa bambina?», mi domandò una donna.

Giusto il tempo di voltarmi che per poco non rovesciai la tazza che reggevo in mano. Che cosa ci faceva lì la madre di Enea? E poi con Isotta?

«Si ricorda di noi, vero?», ripeté, quasi divertita dalla situazione.

Invece io la trovavo imbarazzante. Soprattutto per il modo in cui c'eravamo incontrate.

«Certo che sì», risposi cercando di ricompormi. «Che cosa posso portarvi?»

«Per me niente, sono a posto così, ma per la mia nipotina magari una fetta di torta di mele», propose, facendo un cenno al tavolo dei dolci. «Sai, è fissata con la storia di Biancaneve».

Allora Isotta mi fece un sorriso, nascondendo il viso tra le mani.

«Intanto accomodatevi, arrivo subito», suggerii, indicando un tavolo.

Francesca sganciò la cintura di sicurezza del passeggino e fece scendere Isotta che, inizialmente, si guardò intorno e poi si catapultò sul tappeto dove Ciro si stava rotolando, inseguendo i raggi del sole che filtravano dalla vetrata. Era adorabile, una piccola eroina coraggiosa e dal cuore puro che non temeva gli animali.

Non riuscivo a staccare gli occhi da quella scena. E non riuscivo a smettere di domandarmi se anche io, da bambina, assomigliassi un po' a lei. Perché sentivo che c'era qualcosa che ci univa, anche se non capivo ancora bene cosa.

Tagliai una fetta di torta e la sistemai sopra un piattino. «Isotta, vuoi venire qui? Guarda cosa c'è», la esortai ad avvicinarsi.

Lei smise di giocare con Ciro e mi guardò con occhi vispi e pieni di entusiasmo. Cercò l'approvazione della nonna e poi si tirò su, correndo nella mia direzione.

Mi abbassai sui talloni e le feci una carezza, prima di darle il piatto. «Ora che ne dici di andare a sederti vicino a tua nonna?».

E prima che Isotta arrivasse al tavolo, Francesca si alzò tutta trafelata. Il telefono stretto nella mano. «Mi hanno appena mandato un messaggio, devo scappare».

Rivolsi la mia attenzione alla piccola Isotta che non era ancora riuscita ad addentare la sua fetta di torta. «Posso metterla in un vassoietto, così potrà portarla a casa».

Lei scosse la testa. «Non è che posso lasciarla qui? Ti giuro che non combinerà guai, passo a prenderla tra poco».

I suoi occhi non me la raccontavano giusta. Cosa mi stava nascondendo?

Rimasi di stucco di fronte a quello che mi stava proponendo. «Ma io…».

Francesca mi sfiorò il polso, riservandomi un sorriso sincero ed educato. «Ti prego, non posso portarla dietro e mio figlio mi ucciderebbe».

Al pensiero di Enea, mi sentii in dovere di aiutarla. In fondo dovevo ancora ricambiare il favore che mi aveva fatto. Dio, che situazione. Come potevo badare a una bambina mentre lavoravo?

«D'accordo, ma ti prego di fare in fretta», le chiesi, unendo le mani in segno di preghiera.

«Il prima possibile». Mise la borsa sulla spalla e uscì.

Lanciai un'occhiata alla bambina. «Io e te dobbiamo parlare», le dissi, puntandole un dito contro. «Noi non siamo amiche ma potremmo diventarlo. Se tu farai la brava, ti prometto che ti regalerò una fiaba». Era l'unico accordo che mi era venuto in mente e che poteva interessarle.

Lei mi scoppiò a ridere in faccia. Tutto mi sarei aspettata, una valle di lacrime, capricci, singhiozzi e invece no. Lei era divertita.

«Cosa c'è di così divertente?»

«Tu», mi rispose nella sua ingenuità.

«Ah, è così? Ti faccio ridere?», mi gonfiai per finta.

E lei annuì, facendo ondeggiare i suoi boccoli. «Sei bella».

E di fronte a quel complimento mi sciolsi letteralmente. Se avessi avuto il potere di imbottigliare un momento, credo che avrei scelto sempre quello. Io, un'adulta, resa così inerme da lei, una bambina.

Capitolo venti

Enea

«Non ci riesco più», mi rivelò Evelina, mentre cullava nostra figlia tra le braccia.

Ero alle prese con gli ultimi due piatti da sciacquare. «A fare cosa?», le chiesi, pur immaginando che si trattasse di qualcosa di poco piacevole. Ogni giorno speravo che fosse migliore del precedente, mi convincevo che fosse solo un periodo di transizione. Come una pausa che le servisse per ricaricarsi. Ma c'era una sensazione che non mi dava tregua, perché ogni volta che la guardavo era come se mi mostrasse il peggio di sé. E io avevo paura. Non di lei, ma di quello che sarebbe potuto succederle.

Evelina sospirò, come se fosse difficile affrontare l'argomento. Spostò una sedia e si accomodò al tavolo. La piccola Isotta dormiva, pacifica, stretta al corpo di sua madre. Lei non sospettava nulla, non poteva sapere che sua madre stava male. Che qualcosa l'aveva cambiata dopo la sua nascita. «A leggerle le favole», mi disse, lasciandomi di stucco.

Tra tutte le cose possibili, mi sembrava la meno grave. «Non sei tenuta a raccontargliele. L'importante è che tu sia accanto a noi, per il resto ce la faremo. Non ti preoccupare...», cercai di confortarla. Mi asciugai le mani e presi posto al suo fianco.

Scosse la testa. «Per me è importante. Fin da piccola ho

sognato questo momento, quello di poter fare ciò che mia madre aveva fatto con me. Raccontare la favola non è una cosa da prendere alla leggera, è condivisione. È un momento speciale che si instaura con tua figlia, è quel tempo che togli a te per far stare bene lei. Con la tua voce riesci a calmarla e farle fare bei sogni»

«Sono sicuro che nostra figlia possa crescere sana e forte anche senza storie», affermai.

«Non ho dubbi sul fatto che crescerà sana e forte, ma ho paura che non crederà a niente. Essere bambini è una fase magica, in cui la fantasia non conosce limiti. È giusto che credano negli eroi, nei buoni, nelle principesse, nel topolino dei denti, in Babbo Natale...».

«Non capisco perché ti stai preoccupando di qualcosa che si spezzerà quando sarà grande. Forse allora è meglio così, interrompere la cosa sul nascere».

«Tu, Enea, sei l'uomo più realista che io conosca. Devi fare in modo che sia lei a scegliere se crederci o no».

«D'accordo. Vedrai che appena ti sarai ripresa, riuscirai di nuovo a raccontarle tutte le favole che ti piacciono tanto».

«Il problema è questo. Ora che ho quello che ho sempre desiderato, mi rendo conto che non è in grado di farmi felice. Pensavo di avere tutto e invece mi accorgo che non era questo il lieto fine che volevo per me». Sputò fuori quelle parole con rabbia. E fu quello a ferirmi di più. Non che me lo stesse dicendo, ma il modo in cui aveva deciso di farlo. E con me. Con me che l'avevo sostenuta in ogni sua scelta. Che mi ero fatto carico di tutte le responsabilità, anche di quelle che non mi spettavano. Con me che l'avevo amata più di quanto il mio cuore fosse in grado di fare. E me lo diceva come se avessi deciso io al posto suo. Come se l'avessi incastrata in una vita che avevo disegnato solo io. Come se fosse stata solo mia la volontà di mettere al mondo un figlio. Come se fossi io a trattenerla con noi.

«Non so cosa dire». Pronunciai quelle parole con un groppo in gola.

«Mi dispiace, amore. Non so cosa mi sia preso, ma ogni mattina mi sveglio in questa casa, in questo paese e vorrei solo trovarmi altrove. Qualunque cosa faccia, non riesce più a rendermi felice. E lei...», si rivolse a Isotta, facendole una carezza. «Mi toglie tutta l'energia. Non pensavo che avere un figlio potesse cambiarmi così tanto».

Mi sentii crollare, ma non lasciai che il dolore prendesse il sopravvento. Non potevo permetterlo. Scattai in piedi, facendo cadere la sedia a terra. Per fortuna Isotta era abituata ai rumori e non si svegliò. Mi stropicciai i capelli, gli occhi, la bocca. Lo feci per evitare di prendere a calci qualsiasi cosa avessi sotto tiro. Io non ero un mostro. «Cosa credi, che io non sia stanco? Credevi che sarebbe stato facile? Be', non lo è. A nessuno viene consegnato un libretto d'istruzioni quando diventa genitore, non esistono formule magiche, incantesimi, sortilegi in grado di agevolarti il compito. Sarebbe troppo facile! Però, nonostante le notti in bianco, nonostante la stanchezza, la mia vita è cambiata in meglio. E sai perché? Perché quando apro gli occhi al mattino e la guardo, penso che avrò una bella giornata. Perché non c'è niente al mondo, ma proprio niente, che possa rovinarmela se al mio fianco c'è lei».

Evelina sussultò e incassò il colpo. Non era mai preparata ai miei repentini cambi d'umore. Pur sapendo che era lei a provocarli. «Io quando la guardo vedo te, e sto ancora peggio perché so di non essere più la ragazza di un tempo».

Ora era troppo. «Evelina, basta girarci in tondo. Sono stato paziente, ti ho aspettato, ti ho aiutato, ma ora ho anch'io bisogno che qualcuno pensi a me. Quindi smettiamola qui. Che cosa vuoi? Vuoi uscire da quella porta, è questo?»

«Io... io non lo so», balbettò tra le lacrime, continuando a stringere Isotta. Quell'immagine mi ferì, mi fece male perché ora non riuscivo più a guardarla come prima. Ero inorridito di fronte alla sua mano che accarezzava senza amore quel corpicino. Lei non aveva chiesto di venire al mondo, lei non aveva colpe da scontare.

«Sappi che se vorrai uscire dalle nostre vita non sarò io a impedirtelo. Però pensaci bene, perché indietro non si torna. Perché, se vuoi sciogliere un nodo indissolubile, sarà impossibile riallacciarlo».

Quando il citofonò suonò all'improvviso, tutto mi sarei aspettato tranne di vedere lei dalla videocamera. Lanciai un'occhiata all'orologio: segnava le nove. Provai a passare in rassegna tutti i motivi che potessero giustificare la sua presenza, ma non ne trovai neanche uno.

«Forestiera, qual buon vento ti porta a casa mia?», le domandai, osservandola mentre si sistemava i capelli. La signorina era agitata. E io non riuscivo a smettere di usare quel nomignolo, con lei.

«Ho pensato di riportarti questo. Magari tua figlia ne sentiva la mancanza», mi rispose, sollevando nell'inquadratura un piccolo libro di fiabe.

Era una persecuzione, quel libro. E come faceva ad averlo lei? Isotta se n'era accorta una volta messo piede in casa, tanto che mi aveva costretto a mettere a soqquadro ogni stanza pur di trovarlo. Anzi, io ero quasi sollevato dalla sua scomparsa.

«E io che pensavo di essermene liberato».

«Te lo lascio qui fuori, vado di fretta», mi fece presente.

«Addirittura? Hai un appuntamento galante con qualcuno?»

«Sì, il mio letto mi ha promesso lenzuola fresche e profumate».

Sorrisi. Per fortuna lei non poteva vedere me. Era eccitante poterla studiare, osservare senza pudore e senza che lei se ne accorgesse. «Perché non entri un secondo? Potresti darglielo direttamente tu», proposi, rendendomi conto subito dopo che la stavo davvero invitando a entrare. A casa mia. Con mia figlia ancora sveglia.

Perché lo stavo facendo? Sperai di non pentirmene.

Notai che Selva si guardò intorno e poi posò gli occhi sulla copertina del libro. Stava riflettendo sul da farsi. «E d'accordo. Ma sarà una breve visita».

Controllai il mio aspetto allo specchio. La tuta che indossavo non mi rendeva giustizia ma, pur volendo, non avevo il tempo di cambiarmi. E poi non sarei stato credibile in giacca e cravatta. Isotta era in salone a guardare un DVD. Era l'unico modo per avere qualche minuto di tregua. Perché, quando ci si metteva, sapeva essere una bambina davvero chiacchierona e iperattiva. Soprattutto da quando riusciva a formulare intere frasi e raggiungere la maniglia delle porte. Addio alla privacy.

Mi precipitai all'ingresso prima che potesse di nuovo suonare il campanello.

Inclinò la testa di lato, studiandomi. «Avevi anche tu un appuntamento con il letto?»

«Questo non è un pigiama», le spiegai, mostrandole dei dettagli della maglia e dei pantaloni. «È una tuta. E poi io non indosso quelle cose per andare a dormire», mi sentii in dovere di giustificarmi. «E tu pronta per il carnevale di Rio?». D'accordo, non era la mossa migliore prendere in giro il suo abbigliamento, ma non riuscii a trattenermi.

«Ti riferisci a questo?», mi chiese stupita, indicando il proprio vestito. «No, è solo un abito. E poi, a Rio, io ci vado senza».

Per un brevissimo istante rimasi a corto di salivazione. Primo perché non ero pronto alla sua risposta e, secondo, perché avevo fatto una scansione spudorata del suo corpo, immaginandola senza niente addosso. E non era spiacevole, tutt'altro. Non riuscii a non pensare come fosse l'intimo che nascondeva là sotto. Chissà se anche quello era colorato o era una di quelle donne che preferiva i colori più classici.

Per fortuna mia figlia, almeno per una volta, ebbe un tempismo perfetto. Sbucò tra le mie gambe, gridando allegra. «Ciao!».

Selva si abbassò e le restituì il libro. «Credo proprio che questo sia tuo. L'hai dimenticato in negozio da me».

«Da te?», chiesi confuso.

Selva fece spallucce. «Tua madre non ti ha detto niente?»

«E che c'entra adesso mia madre?», sbottai per la sorpresa.

«Oggi era di passaggio e ha pensato bene di farmi una visita. Con tua figlia», mi spiegò, senza staccare gli occhi da Isotta.

L'avrei fatto, il giorno dopo. Avrei rimproverato mia madre per averci messo lo zampino.

«Papà, papà», mi chiamò, strattonandomi la maglia con la sua piccola mano. «Me la leggi?».

Alzai gli occhi al cielo. «Tesoro, che ne dici se papà ti accende il tablet e ti mette il racconta storie?».

Scosse la testa, imbronciata. «No, questo. Biancaneve», si fece sentire a gran voce, mostrandomi il libro come se fosse un trofeo.

Avrei voluto avvelenarla io personalmente, quella Biancaneve. Togliendo il duro compito alla regina cattiva e al cacciatore.

«Perché non vuoi? Hai qualcosa di meglio da fare?», mi rimproverò Selva, studiandomi con le braccia incrociate.

Ci mancava solo lei.

«È che io ho un problema…».

«Solo uno?», si divertì a stuzzicarmi.

La stesi con uno sguardo. «Con quella fiaba!».

«Ora si spiega come mai conosci così bene ogni singola storia e perché le detesti così tanto».

Mentre stavo per ribattere, Isotta, che non aveva il dono

della pazienza, tornò all'attacco. «Dài, papà!», insistette, cocciuta.

E mentre stavo per replicare che, no, non ne avevo voglia. Selva mi anticipò. «Isotta, che ne dici se te la raccontassi io? Sai, io la conosco molto bene», si propose.

Sperai che mia figlia non accettasse. Non ero pronto a compiere quel passo. «Ti ringrazio, ma vedrò di occuparmene io. Vai pure a casa e al tuo letto che ti aspetta».

Isotta, invece, afferrò la mano di Selva e la trascinò via, verso la sua cameretta, più euforica di quando scartava i regali a Natale.

Mi si spezzò il fiato in gola e sentii il cuore sobbalzare.

Come facevo a proteggermi da quello che stava per accadere?

Capitolo ventuno

Selva

«Ciao, tesoro, già di ritorno?», gridai in direzione della porta d'ingresso, non appena la sentii richiudere con un colpo secco.

Non ricevendo alcuna risposta, abbassai il volume della televisione e mi alzai, andando a controllare.

Sobbalzai quando Luca mi si parò davanti. «Santo cielo, che spavento mi hai fatto prendere. Ti ho salutato ma non mi hai sentito». Era un terribile difetto, quello di spaventarmi per niente.

Luca fece scivolare giù dalla spalla il borsone della palestra e iniziò a spogliarsi. C'era qualcosa che non andava in lui, ma non capivo cosa. Quando era uscito da casa sembrava così allegro e ora era evidente che qualcosa l'aveva turbato.

Ritentai. «Lascia, ti aiuto io», proposi, sfiorando la sua giacca. Ma lui si scostò, obbligandomi a fare marcia indietro. «Che hai?», gli domandai, sentendo crescere dentro di me una brutta sensazione.

Lui mi rispose a tono. In quel momento capii che il problema non era esterno, ma ero io. «Che cos'hai detto alla fidanzata di Luigi?».

Ero confusa. Cercai di ripensare a cosa potessi averle detto di così preoccupante o di sbagliato. Parlavamo così tanto tra noi, che era difficile selezionare l'episodio esatto al quale si stava riferendo.

«Non posso saperlo se non mi dai qualche indizio. Noi parliamo di tutto», gli feci presente, visto che era la verità.

Per un istante Luca incrociò il mio sguardo e io mi sentii morire. Lo riconoscevo e non portava niente di buono. Mi sentii mancare.

«Ci eravamo fatti una promessa o sbaglio? Dimmi, Selva, che cosa mi avevi promesso?», mi ripeté pieno di rancore, tirando fuori tutto quello che credevo fosse ormai sopito.

«Sì, e ho fatto come mi hai detto. Lo sai...».

«Bugiarda che non sei altro. Luigi si è lasciato scappare che stai insegnando a usare quelle cazzo di erbe alla sua fidanzata!».

«Sì, no, ma ti posso spiegare...».

«Cosa c'è da spiegare? Tu non riesci a mantenere le promesse, tu sei solo capace di rovinare tutto». Vomitò quelle parole piene di odio, poi schizzò in camera, rovesciando tutto quello che c'era all'interno. Cosa stava facendo?

Lo rincorsi. «Fermati e parliamo. Cosa vuoi fare?», gli gridai.

Il suo volto sembrava una maschera.

«Eccolo qui», ringhiò, sollevando un oggetto in aria. «Il libro di tua nonna».

Mi gettai addosso a lui, graffiandolo. «Lascialo, non hai il permesso di toccarlo», gli ordinai.

Lui si divincolò, deciso a non mollare la presa. «Ora so io cosa fare di questo. Avrei dovuto farlo tanto tempo fa», mi rimproverò, raggiungendo a passi svelti la cucina.

Accese il gas.

«No, ti prego. Quel libro è tutto il suo mondo, e un po' anche il mio», lo implorai con le lacrime agli occhi. Soffocando la mia supplica in un singhiozzo.

Le sue labbra si incresparono in un sorriso. «Io non posso stare con una donna come te, lo capisci? Noi non siamo simili, io non sopporto questa tua stranezza. Non capisci che ti sto aiutando? Voglio solo che tu sia come tutte le altre ragazze. Ti aiuterò a farti piacere i bei vestiti, i tacchi alti, i trucchi, i centri commerciali, gli aperitivi in centro».

Ero esausta, stanca più di lui di sentirmi inadatta. Io non volevo essere la donna che lui mi suggeriva. Io non avrei mai potuto amare quel tipo di vita. Io non sarei mai stata la donna che lui voleva. Io non potevo amare un uomo che si vergognava di me. L'unica cosa che desideravo era rientrare in possesso di quel libro.

«Dammelo subito», gli ordinai, asciugandomi il viso con la manica della maglia. Basta piangere, ora ne avevo abbastanza.

Luca non mi prese sul serio. «Dài, non fare la stupida. Non mi far fare questa figura, proprio adesso che abbiamo deciso la data».

E poi la realtà mi trafisse all'improvviso. Illuminando tutto quello che prima era rimasto al buio. Per colpa mia.

Già, la data. Peccato che quell'abito da principessa sarebbe rimasto nell'armadio, perché non sarei mai salita sull'altare con lui.

Cogliendolo di sorpresa, gli strappai il libro dalla mano. Feci un passo indietro e mi allontanai il più possibile da quello che una volta era il nostro nido d'amore.

«E poi Biancaneve fu risvegliata dall'incantesimo con il bacio del vero amore. E lei e il principe vissero felici e contenti», mormorai facendo un lungo respiro. «Fine», terminai emozionata.

Leggere a mia volta quella favola della buonanotte fece riemergere dentro di me qualcosa che apparteneva al passato. Quando insistevo per farmi raccontare all'infinito le storie che più amavo. *Biancaneve* era una di quelle, ma la mia preferita restava *La bella e la bestia*. E non perché Belle avesse a disposizione una libreria da urlo, ma perché insegnava alle future bambine che l'amore aveva molti volti.

La piccola Isotta pendeva dalle mie labbra, ma non aveva fatto in tempo a sentire la fine della storia che i suoi occhi si erano già chiusi e la sua mente una corsa a rincorrere sogni. Avrei tanto voluto farmi piccola per poter ritrovare un po' di quella bambina che ormai era cresciuta.

Chiusi il libro e restai lì. Non volevo interrompere quella magia che si era creata attorno a noi. Quella bambina non era mia figlia, ma in lei c'era qualcosa che mi spingeva a volerle bene e desiderare di vederla sempre felice. Era così delicata, stretta nel suo pupazzo di peluche e con la bocca semiaperta. Come se anche lei fosse vittima di un incantesimo del sonno e attendesse la mamma per essere svegliata a suon di baci. E avrei voluto farlo io, riempirla di baci fino al mattino.

Un rumore alle mie spalle mi colse alla sprovvista. Mi ero dimenticata di non essere sola in casa.

«Ci sei riuscita? Si è addormentata?», mi domandò Enea con un tono stupito.

«Perché, avevi dubbi? Ancora non hai capito che non devi sottovalutarmi?», ironizzai. Anche se volevo apparire sicura ai suoi occhi, io, invece non ero sicura che sarei riuscita nell'impresa.

Non mi voltai subito. Posai il libro sopra il comodino, spensi la lampada e mi alzai dalla poltrona. Per sbaglio urtai un oggetto e lo feci cadere a terra. Mi maledissi silenziosamente per la mia goffaggine, sperando di non averla svegliata.

Mi chinai per raccoglierlo e sentii una melodia che mi era familiare. Tra le mani reggevo un piccolo scrigno di legno, doveva trattarsi di un vecchio carillon che suonava un breve motivetto. Poche note e un senso di vuoto nella mia testa. Era sulla punta della lingua, ma non riuscivo a tirarlo fuori. Ma dove potevo averlo già sentito?

Non ci pensai più. «Ops, sono un po' sbadata», mi scusai rimettendolo al suo posto.

Enea mi scrutava divertito. «Almeno sono bravo nel non fare danni. Però, io, per esempio, non ci sono mai riuscito», mi rivelò un po' impacciato. «Alla fine si addormenta perché deve farlo e non grazie a me».

Raggiunsi l'uscio e l'osservai mentre dava silenziosamente la sua buonanotte alla piccola Isotta. Il suo profilo aveva perso quella spigolosità che avevo intravisto la prima volta, come se si ammorbidisse in presenza di sua figlia. La barba incolta gli conferiva quell'aspetto rude che lo rendeva più spontaneo e più "umano". Ecco, meno calato nel ruolo che svolgeva. Meno sindaco e più Enea. Quella doveva essere la sua vera essenza. Non riuscivo a smettere di domandarmi se c'era già un'altra donna nella sua vita.

Lo seguii al piano di sotto.

Ci pensai un attimo, poi decisi di riaprire l'argomento. «Non riesci a farla addormentare con le favole perché sei il primo a non crederci. Come puoi pensare che tua figlia possa aver piacere di sentire una storia se gliela racconti come se fosse solo un'accozzaglia di parole prive di senso?».

Mosse il sopracciglio, come suo solito. «Perché lo sono. E io non riesco a fingere di credere in qualcosa che avvelena l'amore».

«Mi spieghi che problema hai? Isotta è solo una bambina, uno sforzo in più non farebbe male...».

Mi sorrise, in modo tenero, quasi triste. Come se non avesse piacere di affrontare l'argomento. Allora approfittai del momento per buttarla sul ridere. «Sai che ti vedrei bene a interpretare il ruolo della regina cattiva? Avete la stessa idea di romanticismo...».

Enea assottigliò le labbra, stringendosi nelle spalle. «Mi dispiace deluderti ma quello non è un ruolo che fa per me. Non sono abituato a pagare cacciatori per strappare il cuore alle persone. Di solito hanno sempre strappato prima il mio».

Ero pronta a una battuta, invece la sua risposta arrivò inaspettata. Fu come un calcio assestato in pieno stomaco. Serrai i denti, cercando un qualsiasi pretesto per mettere fine a quel momento.

Sapevo di aver assolto il compito e che ormai mi stavo trattenendo oltre il dovuto, ma non volevo andarmene così. Non dopo la sua risposta. Io volevo sapere di più di lui, il mio istinto mi stava suggerendo di fermarmi e di ascoltarlo. Non mi restò altra scelta che affidarmi alle mie erbe.

«Posso?», chiesi il permesso indicando la cucina.

Mi fece un cenno con la mano. «Tutta tua».

Aprii un mobiletto dopo l'altro alla ricerca di una teiera e poi la riempii d'acqua. Recuperai dalla mia borsa il preparato per una tisana che portavo sempre per me. Enea mi guardò perplesso, tanto che restò con l'indice sollevato a mezz'aria.

«Spiegami una cosa, ma tu giri sempre con le tue erbe nella borsa?», si affrettò a dirmi.

Feci spallucce. «Certo, possono sempre servire e questo mi sembra un momento adatto per fare due chiacchiere». Desideravo che il tempo si fermasse per restare in quella casa un po' di più. Anche se non era un luogo che conoscevo, quell'ambiente non mi faceva sentire un'estranea. Anzi, ero proprio a mio agio in quella cucina. Avvertivo una buona vibrazione toccando quei mobili, come se mi volessero raccontare qualcosa che avrei gradito.

Non appena la teiera ci avvertì con il suo fischio, spensi il fuoco e ci versai il mio preparato. Lasciai in infusione.

Tornai a concentrarmi su Enea. Lo vidi distante, come se fosse lì ma con la testa altrove. Mi domandai se la colpa fosse mia, se mi fossi spinta troppo oltre invadendo il suo spazio. Certe volte l'uomo entra in uno stato di confusione quando si trova messo alle strette.

«C'è qualcosa che ti turba?», chiesi diretta e poi un senso di imbarazzo mi colse impreparata. Che ci facevo in casa sua? Mi ero presa una confidenza non richiesta. Mi stavo atteggiando a donna di casa, quando tra di noi non c'era stato niente. Dovevo fare un passo indietro e tornare nella mia zona sicura prima che fosse troppo tardi. «Scusami, sono stata inopportuna. Non avrei dovuto fare come se fossi a casa mia, merda...». La mia voce iniziò a incrinarsi e mi sentii improvvisamente vulnerabile. «Si è fatto tardi, è meglio che vada così tu puoi rilassarti e andare a letto».

Enea si risvegliò da quello stato di trance e il suo volto era attraversato da qualcosa che non avrei saputo definire.

Non aggiunse niente, non mi trattenne. Mi lasciò andare.

«Allora ci si vede in giro», pronunciai quelle ultime parole, avviandomi da sola verso la porta. Mi sentii improvvisamente le gambe pesanti, il respiro affannato, il cuore deluso.

La mia mano era già sulla maniglia, pronta ad abbassarla, quando il corpo di Enea mi si parò davanti obbligandomi a fare un passo indietro.

Una ventata del suo profumo mi investì e l'odiai. Non volevo che il mio olfatto si facesse soggiogare da quel mix di note di legno. Mi ricordava il bosco dopo una notte di pioggia.

«Per favore, resta ancora il tempo di una tazza. È ancora presto per andartene», mi implorò.

La sua richiesta suonava come una supplica, ma io non riuscivo a smettere di pensare che lo facesse più per educazione che per altro. «Non ti mentirò perché non sono brava a farlo. Mi hai fatto sentire di troppo». Non volevo essere così diretta, ma dopo l'esperienza con Luca, ero stanca di essere trattata come non meritavo.

Enea si portò una mano ai capelli, scompigliandoli con un gesto distratto e poi la fece ricadere giù lungo la fronte. Sembrava esausto pur non avendo fatto nessun sforzo.

«D'accordo, è che non è facile! Come pensi che mi sia sentito quando ti ho visto con mia figlia? E come pensi che mi stia sentendo mentre tocchi tutte quelle cose in cucina e mentre fai tutti quei gesti che faceva la madre di mia figlia? Tu non capisci, a volte parli come lei e la cosa mi fa impazzire».

E finalmente quel muro tra di noi cadde giù. Le sue parole mi colpirono come uno schiaffo. Avevo dato per scontato che la mia presenza fosse d'imbarazzo, ma in un altro senso. Non mi era passato per la testa che lui soffrisse. Era colpa mia che avevo fretta di arrivare a una conclusione che si era rivelata sbagliata.

«Come pensi che possa capirti se io non so niente di te?», gli rinfacciai, perché mi faceva sentire meglio.

Fu il suo silenzio a parlare per lui. «Niente, fa' come se non ti avessi chiesto niente. Sono stata indiscreta...», risposi decisa.

Enea si decise finalmente a guardarmi e per un attimo temetti quello che avrebbe potuto dirmi.

«No, non lo sei stata. È che davvero non so da dove poter cominciare», sussurrò a bassa voce.

«Qualsiasi punto sarà buono...».

Lasciai per un brevissimo istante che quelle parole aleggiassero nell'aria. Era una specie di religioso rispetto.

Lui mi guardò accigliato e mi scrutò con più attenzione. «Vorresti dirmi che nessuno ne ha mai fatto parola con te? Strano, le voci girano sempre così in fretta. C'è stata una donna, la madre di Isotta, siamo stati felici per qualche tempo...», si lasciò andare a quella rivelazione, ma durò solo per poco. Non riusciva a farlo completamente. «Comunque non ha importanza, ormai appartiene al passato», aggiunse infine.

«Certe cose non si possono cancellare, non si possono dimenticare, perché hanno contribuito a farci diventare quello che siamo oggi. E credo che il padre che sei oggi, tu lo debba anche a quell'esperienza».

Scosse la testa. «Io ero già un uomo migliore nel momento in cui Isotta è venuta al mondo. Non grazie a sua madre».

Tentavo di dare una spiegazione razionale a quello che mi stava raccontando. Ma non potevo ancora farlo perché c'erano ancora troppi punti interrogativi lasciati in sospeso.

«Su questo non ho dubbi. Se non sono indiscreta, dov'è sua madre, ora?», chiesi, osservando i suoi occhi a caccia di una spiegazione.

Forse avevo esagerato, ma avevo bisogno di sapere. E l'unico modo era approfittare del fatto che si fosse aperto con me.

«Lei non è più un pericolo», terminò così. E mi convinsi che, forse, era meglio lasciarlo con il suo segreto.

Non c'era più motivo che rimanessi. Sebbene il mio istinto opponesse resistenza. «Ora, con il tuo permesso, vorrei andarmene a casa». Il solo dirlo mi fece sentire più leggera.

Mi afferrò il polso e la voce decisa di Enea mi distrasse. Ancora di più la sua insinuazione, del tutto inaspettata e fuori luogo. «Hai intenzione ancora per molto di fare la dura? Smettila, perché si vede che ti piaccio». Mi sorrise, di fronte alla mia faccia stupita, contento di aver fatto centro.

«E cosa ti ha fatto arrivare a questa conclusione?»

«Perché lo sto sentendo. Il battito accelerato non mente...», disse con voce roca.

Ritrassi la mano. Avevo la mente in subbuglio, ma avevo ancora un minimo di razionalità che potesse rispondere per me. «Tu...», gli puntai un dito all'altezza del petto e, involontariamente, scivolò giù di qualche centimetro. «Tu, Enea, non solo sei il sindaco più arrogante che abbia mai conosciuto, ma sei anche il più egocentrico», aggiunsi fulminandolo con lo sguardo e toccandomi i capelli per trovare conforto.

«Lo sai cosa si dice in giro? Che quando una donna si tocca in continuazione i capelli di fronte a un uomo è perché quell'uomo non gli è indifferente».

Deglutii. «No, mi è nuova».

«Ma se stai cercando in tutti i modi di fuggire. E una donna lo fa perché ha paura di quello che potrebbe accadere», mi canzonò.

Una volta tanto era a corto di battute. Pensai all'eventualità che potesse avere ragione. Stavo scappando da lui perché mi sentivo di troppo o perché temevo di non rispondere delle mie azioni?

«Non hai mai pensato alla possibilità che possa scappare perché non sei il principe che pensavo tu fossi?»

Sembrò colpito dalla risposta. «E dimmi un po', forestiera, che tipo di principe azzurro ti aspettavi?».

Ancora quel nomignolo. «Te l'ho detto. Sono venuta per restare».

«Allora perché tutta questa fretta?». La sua espressione si fece seria. Non mi aveva mai guardato in quel modo, come un uomo che è stanco di giocare. Avevo l'impressione che fino a quel momento avessimo continuato a girarci intorno. La nostra frequentazione, se così poteva chiamarsi, si era trasformata in un gioco che non vedeva mai la fine né un vincitore. Eppure mi ero resa conto che sarei voluta arrivare alla fine per vedere che cosa sarebbe successo.

Enea mosse un passo verso di me. Io mi obbligai a restare ferma. Non tornai indietro di una casella.

Sentivo il mio corpo tremare e il sangue raggiungere punti che non mi ricordavo di avere. E non potevo dare la colpa al tempo, alla temperatura e a qualsiasi altra scusante. La ragione era lui. La sua vicinanza. Il suo profumo. Le sue labbra.

«Perché cerco un uomo che mi rispetti per la donna che sono», dissi brusca.

Per fortuna, fu lui a fare la prima mossa, in modo che non potessi ripensarci. «Toccami, Selva, perché io sono reale», mi spiegò, prendendomi una mano e portandola al petto. «Non faccio parte di un libro di fiabe, non sono un principe azzurro che sconfigge draghi o bacia la principessa per risvegliarla da un lungo incantesimo. Però sono qui, adesso e ho intenzione di portare avanti quello che ci sta succedendo».

Ero affannata. Non eravamo mai stati così vicini al punto di non ritorno. Ci guardavamo come se entrambi desiderassimo qualcosa, che però, al tempo stesso, ci intimoriva. Perché la paura di non sapere cosa c'è dall'altra parte fa sempre tremare un po' le ginocchia.

Persi le staffe. «Io ti interesso solo perché ti ricordo una persona che non c'è più. Non perché tu vedi una donna che ha una sua identità e che si chiama Selva».

Enea non era d'accordo. «Dannazione! È che non riesco a pensare ad altro che a baciarti. A baciare te, Selva! Perché in pochissimo tempo sei riuscita a scombussolarmi. E, credimi, non voglio approfittare della situazione. Sei libera di prenderti tutto il tempo del mondo e io non te lo vieterò. Te lo lascerò fare. Perché almeno, quando ti sarai convinta, sarò sicuro che sia tu a volerlo».

Quelle parole mi tranquillizzarono e al tempo stesso mi colpirono. Mi resi conto che lo desideravo anche io, e che avrei voluto tanto scoprire che sapore avessero le sue labbra.

Come può essere così struggente l'attimo che precede un bacio? Sapevo riconoscere il desiderio che provavamo entrambi. Lo sentivo. Lo vedevo.

Istintivamente mi ritrovai a fare un altro passo verso di lui. I nostri piedi ormai si toccavano, non c'era più spazio per i ripensamenti. Poi sentii le sue labbra depositare un bacio sulla mia fronte. Così leggero che non mi sembrò reale, ma era il mio battito impazzito a dirmi che stavo sbagliando. Se bastava un tocco così innocuo a produrre quelle scintille, immaginai cosa sarebbe successo se ci fossimo spinti oltre. Tutti i miei dubbi svanirono nell'attimo in cui le sue mani afferrarono il mio viso e la sua bocca si incollò alla mia. E, con quel bacio, il mondo smise di girare. Tutto si fermò. Tutto quanto, compresa la voglia di scappare via. Lo lasciai fare, mi lasciai andare. Mi lasciai assaporare, lo lasciai accarezzare. Ogni parte di me fremeva dalla voglia di essere esplorata. Gliel'avrei permesso.

Quel bacio sapeva di passione. Enea bloccò la mia schiena contro la porta, senza smettere di baciarmi. Le nostre labbra andavano a fuoco, le lingue non smettevano di rincorrersi. C'era urgenza, come se avessimo perso già troppo tempo prezioso. Ora riuscivo finalmente a sentire tutto quello che si ostinava a nascondermi. Enea era un uomo con il disperato bisogno di essere amato. Non voleva l'avventura, non cercava una notte di sesso. Mi stringeva come se avesse paura di perdermi. Feci scorrere un dito tra quelle labbra, obbligandolo a fermarsi per riprendere fiato. I nostri occhi si incontrarono, mi stava mostrando la sua vera natura. I nostri respiri erano corti e veloci, come se avessimo appena fatto una corsa, e i nostri cuori stavano battendo all'impazzata. Enea mi sorrise, mettendo in mostra quella fossetta che avevo sempre notato. «Prendi fiato, forestiera, ti sto salvando», si lasciò sfuggire.

Sì, perché lui era come una bufera che mi aveva travolto, ma poi era riuscito a trovarmi sotto metri e metri di neve fresca.

Mi domandai se avessi mai provato qualcosa di simile e mi stupii della risposta.

Capitolo ventidue

Selva

«Nonna, che cosa c'è», le domandai, quando mi accorsi che si era distratta.

Lei ritornò da me, visibilmente pensierosa. «Niente, è che quando si diventa vecchi, si ripensa un po' al corso della propria vita e alle scelte che uno ha fatto».

«E questa non è una bella cosa?»

«Sì, il più delle volte lo è, ma a volte mi fermo a pensare a quanto poteva essere diversa, se solo avessi preso decisioni diverse. Chissà, se mi sarei ritrovata sempre qui da sola...».

«Ma tu non sei sola, hai me».

Lei mi sorrise, ma in quel viso lessi una punta di malinconia. «Sei un angelo di nipote! Lo so che posso contare su di te, ma pensavo di poterlo fare anche su mio marito. E invece mi ha lasciato troppo presto, magari sarebbe ancora qui se non l'avessi sposato...».

Persi le staffe perché non mi piaceva la natura dei suoi pensieri. «Perché dici questo? Credo che la morte non si potesse comunque evitare. La domanda te la giro io, sei stata felice con il nonno?».

Mi stupii io stessa delle mie parole. Io volevo bene a mio nonno, sapevo che erano stati felici. Ma non ero riuscita a controllarmi, come se quelle parole avessero urgenza di uscire.

La nonna mi guardò sorpresa. Non era arrabbiata, anzi, sembrava sollevata e soddisfatta di me. «Moltissimo. Era un uomo forte, un gran lavoratore, un bravo padre», rispose elencando le sue qualità come se scrivesse una lista della spesa.

Non mi convinceva. «Perché quando parli del nonno sembra sempre che manchi qualcosa?»

«Cioè?», mi chiese, colta alla sprovvista.

«Parli di pregi che non ti riguardano. Non mi stai dicendo che ti faceva ridere, che sapeva essere gentile, che ti amava. Perché?». La guardai meglio per trovare una risposta nei suoi occhi.

Allora la nonna si lasciò andare. «L'amore non arriva a comando e non sempre possiamo sceglierlo. Possiamo innamorarci di alcuni dettagli, ma non significa che riusciranno a rubarci il cuore. Se c'è una cosa che il tempo mi ha insegnato, è che non bisogna lasciarsi mai scappare l'opportunità di essere davvero felici. Il destino te la concede una volta sola...», mi spiegò con occhi colmi di una insolita malinconia.

Allora capii. D'istinto le presi una mano e intrecciai le dita alle sue. Mi rivolsi a lei con serenità. «Forse, se lo desideri così tanto, potrai incontrarla nei sogni. L'opportunità che ti sei lasciata scappare», la rassicurai, stringendola forte.

Annuì. «Sì, ci proverò».

Tacqui di fronte alla sua risposta. Rendendomi conto che non potevo invadere la sua privacy, obbligandola a raccontarmi i suoi segreti. Magari, chissà, un giorno, quando fossi stata pronta, l'avrebbe fatto.

Non è assurdo che le cose vengano a trovarci quando è troppo tardi? Quando ormai le avete quasi dimenticate? Era quello che mi era successo dopo il bacio con Enea. Avevo guidato fino a casa con la sensazione di aver lasciato qualcosa in sospeso e, non appena entrai in camera da letto, ecco che ne venni a capo. La soluzione era sempre stata davanti ai miei occhi. Non ero riuscita a trattenermi dal cercare il numero di telefono di Enea. Non c'eravamo ancora scambiati i rispettivi contatti. Non mi preoccupai che fosse tardi o che potessi svegliare qualcuno. Anche sua figlia. Inutile dire come il suo ego si gonfiò quando rispose alla chiamata. Lo bloccai subito e gli domandai da dove provenisse quel carillon che avevo fatto cadere per sbaglio. Lui mi rispose che l'aveva vinto a un'asta di beneficienza. Mi feci dare l'indirizzo dell'associazione che se n'era occupata. Gli chiesi di mandarmi una foto su WhatsApp. Non avevo tempo di spiegargli, nonostante lui avesse insistito, ma gli giurai che l'avrei fatto. Chiusi la conversazione e provai ad addormentarmi, consapevole che fosse il compito più difficile. Il giorno dopo avevo molte cose da fare.

Camminavo così rapidamente lungo la strada, che iniziavo a sentire i polpacci abbandonarmi. Ma avevo fretta di ottenere delle risposte. Non avevo fatto altro che pensare per tutta la notte. Avevo dormito sì e no qualche ora. Superai la tavola calda e il negozio di ferramenta. Un anziano signore si tolse il cappello e mi salutò. Allora la cavalleria non era morta. Non appena trovai la sede dell'associazione, mi precipitai all'interno.

«Buongiorno», mi salutò una donna dal viso gentile che non avevo mai visto in giro. In fondo, erano tante le persone alle quali non avevo avuto modo di presentarmi.

«Buongiorno. Piacere, mi chiamo Selva», dissi, tendendole una mano. «Sono passata per avere un'informazione, e spero che possa essermi d'aiuto».

La donna socchiuse gli occhi e poi li lasciò andare. «Ah, finalmente ci conosciamo. Mi sono sempre ripromessa di mettere piede nel suo negozio, ma con i turni che faccio è un pasticcio. Comunque, io sono Alice», disse, stringendo con una stretta vigorosa la mia mano. «E, per il resto, farò del mio meglio».

«Sì, ecco...», iniziai, recuperando il mio cellulare e mostrando la foto. «Questo oggetto è stato vinto l'anno scorso all'asta di beneficienza. Ho bisogno del suo aiuto per sapere di chi era. O se conosce la persona che l'ha portato».

La donna osservò per alcuni secondi l'immagine, scuotendo la testa. «Non credo sarà facile. Non mi sono occupata io di quell'evento e la mia collega è una disordinata di prima categoria. Chissà dove avrà messo quel registro, non ne ho la minima idea. Mi dispiace...», concluse con un'alzata di spalle.

«No, la prego. Per me è davvero importante saperlo. Non può chiamarla e farla venire qui?», proposi una possibile soluzione.

«No, non è possibile. Lei ora è a casa, il dottore le ha detto di non muoversi dal letto perché ha una gravidanza a rischio. Non voglio metterla in allarme per qualcosa che può aspettare. Magari può ritornare quando lei avrà ripreso il lavoro, così può parlaci direttamente».

Scossi la testa, cocciuta e determinata a fare in modo che mi ascoltasse. «Non capisce, io devo sapere chi ha messo all'asta questo scrigno. È una questione di vitale importanza, lo devo sapere...», avevo ribattuto con gli occhi lucidi, non riuscendo più a trattenermi. Detestavo che la mia sensibilità prendesse il sopravvento senza che io lo volessi. Mi faceva sentire fragile, poco combattiva.

E, contro ogni aspettativa, Alice cedette. Mostrando rispetto per la situazione che avevo così a cuore. «Facciamo una cosa... Non le prometto niente, ma proverò a dare un'occhiata veloce nel retro, se in cambio lei mi dà una mano con queste lettere», mi spiegò, indicando quello che stava facendo. «Si tratta solo di infilare questi fogli all'interno di queste buste bianche. Niente di così difficile, ma solo tanto noioso», e mi strizzò l'occhio.

«Certo, va benissimo!», la ringraziai piena di entusiasmo,

stringendole entrambe le mani. Volevo che capisse l'enorme aiuto che mi stava offrendo. E pregai affinché il destino fosse dalla mia parte.

Annuì e si allontanò.

Avevo fatto almeno metà del lavoro, quando Alice ritornò sventolando un registro. «Eccolo qui».

Tutte le mie speranze erano riposte in quel quaderno.

Fa' che ci sia scritto, continuavo a ripetermi mentalmente.

Alice iniziò a sfogliare una pagina dopo l'altra, finché arrivò all'evento in questione. «Abbiamo detto uno scrigno, giusto? Di legno?», mi chiese, facendo scorrere il dito lungo quell'elenco che sembrava infinito.

«Sì, ma in realtà è anche un carillon. Se lo apri si sente una breve melodia», le spiegai, sperando che quel dettaglio in più potesse esserle d'aiuto.

Ero tesa e visibilmente agitata. Avrei voluto fiondarmi dall'altra parte del tavolo e aiutarla a scorrere quella lista il più velocemente, non riuscivo ad aspettare. Però non volevo risultare invadente, in fondo mi stava già aiutando. I secondi passavano così lentamente che mi domandai se qualcuno avesse fermato il tempo. E poi, come per magia, ecco che trovò il proprietario dell'oggetto.

«Eccolo! È stato portato qui da Emma Guaschini. E fortuna vuole che io sappia dove la si può trovare...», mi confermò facendo affiorare un sorrisetto tra le labbra.

«Dov'è che stai andando?», mi chiese per la seconda volta esasperato, come a voler verificare di aver sentito bene. Sembrava quasi più scioccato di me.

«Dalla figlia di Giuseppe!», ripetei a mia volta, scandendo bene le parole.

«Ma che strana coincidenza! Pensi che possa dirti più di quello che non ti ha detto lui?».

Non gli avevo ancora detto tutta la verità. Non sapeva che

per un attimo era tornato in sé e mi aveva parlato. Gliel'avrei riferito, ma dopo essere andata a fondo di quella storia. Non che volessi tenerlo all'oscuro, ma riguardava prima di tutto me. Era una cosa che dovevo affrontare da sola.

«Io ho fiducia perché credo nei segni del destino».

«Santiddio, ancora con questa storia. Sei la donna più cocciuta che abbia mai incontrato, lo sai?»

«Forse un pochino, ma la mia ostinazione mi ha sempre portato lontano».

«Ascolta, ho un lavoro da ultimare ma tra due ore posso essere da te. Vuoi che ci andiamo insieme? Conosco bene sua figlia».

«Pensi che non mi aprirà la porta?»

«No, però magari con me potrà sentirsi più a suo agio e non sotto esame. A volte sai essere davvero antipatica».

Scossi la testa, consapevole di non essere vista, colpita e affondata dalla sua uscita. «Ah, grazie, preferisco di no. È una cosa personale che vorrei fare da sola. Prometto di raccontarti tutto, magari domani...».

«E d'accordo. Allora ti lascio al tuo lavoro di investigatore. Buona giornata, lentiggini», e mi salutò affibbiandomi un nuovo nomignolo. Mi piaceva.

Chiusi la chiamata. Stavo sorridendo, mi resi conto che bastava sentire la sua voce per calmarmi. Ripensai a quel bacio e sperai che ne sarebbero seguiti molti altri. Ma quel giorno avevo cose più importanti di cui occuparmi.

Stringevo l'indirizzo tra le mani. Mi tornò in mente il giorno in cui ero venuta a Roccamonte per visionare quella che sarebbe diventata la mia tisaneria. Non riuscivo a smettere di pensare a quanto il destino riservasse sempre delle sorprese. Ero certa che c'era dell'altro, che mia nonna non mi aveva detto. Mi aveva indicato il luogo dove poter ricominciare e dove poter mettere radici, ma non era un posto qualsiasi. Roccamonte aveva significato qualcosa per lei e mi stava lanciando, da chissà dove, una serie di segnali. Era mio compito scovarli.

Superai la via centrale e mi addentrai in una stradina che costeggiava la farmacia. Era stretta, tanto che potevi entrarci solo a piedi o con un motorino. Dalle finestre pendevano lenzuola e panni colorati, stesi al sole di quella bella giornata. Respirai a pieni polmoni quell'inconfondibile profumo di fresco e di pulito. Senza sapere il perché mi trovai a sorridere. Ero felice.

Una piccola porta in legno azzurro mi segnalava che avevo raggiunto il civico che stavo cercando. Controllai il cognome sul citofono e suonai.

Aspettai qualche secondo e poi una voce si annunciò sopra di me. Non dal citofono ma dalla finestra. «Sì?»

«Sto cercando Emma, la figlia di Giuseppe».

«Sono io. E lei non è la nuova arrivata, quella che gestisce la tisaneria in via San Martino?».

Caspita! Tutti sapevano chi fossi io, senza essersi mai presentati prima. Peccato che io non sapessi niente di loro. «Sì, proprio io. Se non le dispiace, vorrei poterle parlare in privato».

Mi scrutò guardinga prima di rispondere, indecisa sul da farsi. «Le apro. Però soltanto cinque minuti, d'accordo?».

Annuii. «Grazie».

Salii qualche gradino e mi trovai in un vasto salone pieno di luce, reso ancora più luminoso dalla presenza di mobili bianchi e un arredamento molto essenziale. Molti l'avrebbero giudicato freddo, quell'appartamento. Per me era perfetto così, valorizzato grazie a quei pochi dettagli.

«Prego, si accomodi», mi invitò, indicando il divano.

Da vicino sembrava più giovane e la somiglianza con suo padre era notevole. Aveva ereditato gli stessi occhi profondi e quel naso un po' schiacciato sulla punta.

«Grazie per avermi fatto entrare. Si chiederà perché

sono qui e in effetti la cosa è piuttosto singolare», iniziai a raccontarle un po' impacciata.

«Sì, in effetti è così...», mi rispose brusca.

«So che sarà difficile da credere, ma ho trovato questa fotografia in un vecchio libro che apparteneva a mia nonna», le dissi, mostrandole la fotografia. Emma la prese in mano e aggrottò la fronte.

«Ma questo è...».

L'anticipai. «È suo padre. Io non sapevo che mia nonna conoscesse questo posto, l'ho scoperto solo poco tempo fa. E chiedo scusa se, prima di lei, sono andata a trovare suo padre, ma ci tenevo ad avere delle risposte».

«Non c'è niente per cui chiedere scusa. L'avrei fatto anch'io, dispiace più a me che non possa esserti stato utile. È ormai più di anno che è così, sta perdendo la memoria giorno dopo giorno. A volte non riconosce neanche più me».

Mi confidò quel dettaglio con una punta di tristezza.

«Sì, però, vede, dopo che ho mostrato la foto a suo padre è come se fosse successo qualcosa. Lui ha reagito e ha iniziato a fischiettare un motivetto. Lo stesso motivetto che ho sentito in un vecchio carillon che è stato vinto a un'asta di beneficienza».

Allora Emma strinse le labbra e fischiettò. «Immagino che sia questo».

«Esatto. Per questa ragione sono qui, per sapere qualcosa di più su questa storia»

«Perché le interessa tanto? Mio padre non è mai stato un uomo di molte parole, però, da quando ne ho memoria, ricordo che ha sempre fischiettato quel motivetto. Lo faceva soprattutto quando andava nell'orto, diceva che lo rilassava. Dopo l'inizio della sua malattia, abbiamo dovuto metterlo in quella struttura perché io, con il mio lavoro, non riuscivo a seguirlo. Poi abbiamo pensato di liberarci di un po' di cose inutili, mettendole proprio all'asta. Ha scelto lui cosa».

Qualcosa, però, non tornava. «Se era così importante, perché pensa che abbia scelto di liberarsene?».

Scrollò le spalle. «Non ne ho idea, ma le assicuro che era ancora in grado di intendere e di volere», mi informò, girando la fotografia. «Questa foto è stata scattata sei mesi prima che conoscesse mia madre. Se non sono troppo indiscreta, posso sapere il nome di questa donna?»

«Si chiama Olimpia».

Emma sbiancò all'istante e nella stanza calò un gelido silenzio. «Olimpia, ne è sicura?»

«Sì, era mia nonna».

Si alzò dal divano e iniziò a camminare su e giù, non riusciva a stare ferma. «Aspetta qui, credo che tu debba vedere una cosa».

I minuti che seguirono mi sembrarono lunghissimi. Perché aveva avuto quella reazione? Che cosa doveva darmi?

Poco dopo Emma mi si parò davanti, tra le mani una sfilza di lettere. «Penso che dovresti averle tu. Le ho trovate qualche mese fa sistemando il solaio. Erano dentro una vecchia valigia che mio padre non ha voluto dare via, mentre io insistevo per farla fuori che era tutta rovinata. L'ultima l'ho trovata due settimane fa, nella cassetta della vecchia casa di campagna. Ero convinta di aver guardato bene, andavo a ritirare la posta spesso. Ed è strano perché abbiamo comunicato all'ufficio postale di inviare qui tutta la corrispondenza».

Presi quel plico e guardai il mittente. Non c'era ombra di dubbio, si trattava di mia nonna. Sfiorare quei pezzi di carta mi faceva tremare. Possedevo un pezzo della sua vita, qualcosa che le era appartenuto.

Sollevai gli occhi e incrociai quelli di Emma. «Chi andava in quella casa di campagna?»

«Solo mio padre. Ci portava lì quando eravamo piccoli, ma crescendo noi abbiamo iniziato ad annoiarci. Lui si dedicava all'orto e a piccoli lavori di manutenzione. Non sapevo che ricevesse lì della corrispondenza», mi spiegò con un sorriso amaro sulle labbra.

«Da quanto suo padre non mette piede in quella casa?».

Ci pensò su. «Da quando non è stato più in grado di guidare. Anche se fisicamente stava bene, ha iniziato ad avere vuoti di memoria molto presto. Saranno almeno dieci anni».

Ebbi un tuffo al cuore. Accadde qualcosa dentro di me. «Le ha lette?».

Scosse la testa. «No, non ho voluto. Voglio bene a mia madre e non voglio che il contenuto di quelle lettere possa intaccare il sentimento che la lega ancora a mio padre. Mi ha sempre detto che per quanto lei lo amasse, era come se lui fosse sempre con la testa da un'altra parte. A volte la sentivo piangere e cercavo di consolarla. Non ho mai pensato che mio padre fosse una cattiva persona, ma che non fosse felice, questo sì».

Ascoltai il suo racconto, perdendomi tra passato e presente. Avrei voluto aprire quelle lettere e leggerle subito, ma rispettavo la sua volontà. «Sì, forse è meglio così. Le leggerò non appena sarò arrivata a casa, magari riuscirò a scoprire cosa si nasconde dietro questa storia», le dissi, alzandomi.

Emma annuì e mi fece strada fino alla porta. Prima di salutarmi, mi chiese un'ultima cosa. «Mi promette che resterà un segreto e che non dirà niente a mia madre e a mia sorella? Qualsiasi cosa troverà scritta in quelle lettere, le chiedo di tenerla per sé. Io non voglio sapere nulla, rispetto i sentimenti di mia madre».

Le posai una mano sulla spalla per tranquillizzarla. «Ma certo, spero mi potranno fornire le risposte che sto cercando».

Non appena arrivai a casa e mi infilai dentro, la curiosità ebbe il sopravvento. Sciolsi il nodo che teneva insieme le lettere e notai che solo la prima era stata aperta, quella con il timbro più vecchio, mentre altre quattro erano ancora chiuse. Solo nel toccarle, mi sentii investire da un'ondata di emozioni contrastanti. Non riuscivo a essere lucida, ero in balia di troppe emozioni. Ero a un passo dal conoscere la verità, anche se mi sembrava di violare una storia che non mi apparteneva. Ma se tutti quei segni mi avevano condotto a quel punto, avrei fatto bene ad assecondarli.

Feci un profondo respiro e il mio cuore smise di battere.

Caro Giuseppe,

quando leggerai questa lettera probabilmente ti starai occupando del tuo orto, o meglio, del nostro orto, come mi piace tanto chiamarlo. Ne abbiamo passate tante insieme e quell'orto, se solo potesse parlare, racconterebbe la storia di due ragazzi, forse ancora un po' immaturi, che hanno vissuto un amore folle.

Perché il nostro è un amore folle. Di quelli capaci di percorrere chilometri, di attraversare oceani e scalare montagne. Abbiamo avuto la forza per tenerci stretti, in bilico in questa vita, per non affogare quando l'acqua diventava troppo alta, e per non precipitare quando la roccia iniziava a franare.

Quello che voglio che tu sappia è che non c'è una scelta facile. Nonostante tu creda in me e nel mio dono, non posso prevedere il mio, di futuro. Anche se volessi farlo, probabilmente non vorrei sapere a cosa andrò incontro. Perché quello che provo dentro, proprio mentre ti scrivo questa lettera, è un vuoto che non riuscirò mai a colmare. Perché nessun uomo sarà come te. Tu sei la mia casa, le mie solide mura, il tetto sopra la testa. Il mio porto sicuro quando il mare diventa troppo agitato. Ci siamo salvati a vicenda. Però la vita, quella vera, non è una fiaba e non permette a principi e principesse di avere il loro lieto fine. Almeno non senza lottare contro i cattivi. E io, di questa assurda guerra, porto i segni. Sono stanca, amore mio. Perché mi hanno messo di fronte a una scelta e, qualsiasi decisione prenderò, qualcuno dovrà soffrire. E a questo punto preferisco essere io a pagare il conto. Chissà, magari se fossi nata insieme a te, ora questa differenza di età non sarebbe un problema. Quell'orribile numero che fa, di me e di te, una coppia sbagliata. Io, invece, in quel numero vedo l'esperienza, la sabbia per costruire castelli e torri. Voglio che tu sappia tutto questo perché quello che abbiamo vissuto non sarà vano. È reale. Ti prego di custodirlo al sicuro, dentro uno scrigno che tu soltanto potrai aprire.

Questa decisione l'ho dovuta prendere con il cuore pieno di rimpian-

to per ciò che lasciavo. Per chi sto lasciando. Non mi perdonerò mai e non smetterò mai di pensare a quegli occhi estasiati che mi hanno fatto innamorare.

Spero che con il passare del tempo troverai quello che stai cercando, una donna che non ti consideri come una scelta obbligata ma come un uomo che ha bisogno di essere amato. Ti auguro di avere lo stesso spirito d'avventura di un pirata e il coraggio di un cavaliere, di non smettere mai di batterti per il bene e di avere la forza per conquistare tutto ciò che tu vorrai.

Sempre tua,
Olimpia

Maneggiai quel pezzo di carta con delicatezza, come se potesse spezzarsi tra le mie mani. Chiamai a raccolta quel briciolo di forza che mi restava per smettere di piangere. Quella era la lettera più sincera che avessi mai letto. Lei lo amava, era il suo vero amore e l'aveva abbandonato per seguire quello che desiderava la sua famiglia. Nemmeno lei era stata felice, proprio come me. Non aveva avuto il suo lieto fine. Aprii anche le successive lettere e ritrovai le stesse parole, ma con una nuova consapevolezza. Gli parlava della propria vita, gli chiedeva della sua, come se non fosse mai successo niente tra di loro. Non aveva fatto più cenno a quel momento. Probabilmente le loro vite erano andate avanti e non aveva più senso ricordare quel momento così doloroso.

L'ultima lettera, invece, riportava il timbro di un giorno che non avrei mai potuto dimenticare. Era stata spedita il giorno prima della morte di mia nonna, come se lei avesse sentito che qualcosa non andava. Come se avesse avuto bisogno di scrivere, ancora una volta, a lui. Il mio cuore riprese a scalciare contro il mio petto.

Caro Giuseppe,

avrei voluto essere protagonista della vita che avremmo potuto vivere e non rimanere dietro le quinte, come una semplice comparsa. Avrei tanto voluto una vita diversa per entrambi. Non che quella che abbiamo sia stata poco generosa, ma non era quella che il destino ci aveva riservato. E forse è per questo che stiamo pagando le conseguenze. Perché c'è qualcosa che non mi fa dormire tranquilla, come se fossi continuamente disturbata. E sento che ha a che fare con te. E io non posso aiutarti. So che non mi resterà molto tempo e non chiedermi come lo so, ormai mi conosci. Non ti devi stupire delle mie sensazioni, di ciò che dico. Tu mi hai sempre rispettata, non hai mai ostacolato la persona che ero. E mi auguro che tu, un giorno, mi perdonerai. Quando ci incontreremo dove Dio ha disegnato il paradiso, e tu mi accoglierai a braccia aperte. E io mi tufferò tra quelle braccia, come se fosse il mare più limpido che abbia mai visto.

Anche se siamo vecchi, forse un po' acciaccati, fatti chiamare ancora amore mio. Perché l'amore non si dimentica. E tu per me sei sempre rimasto quel ragazzo della foto che custodisco con gelosia dentro il mio diario. Sigillato dentro al mio cuore. Chissà, un giorno, magari, questo segreto verrà a galla e io allora mi sentirò libera. Libera di aver amato e di aver fatto delle scelte. Libera di non sentirmi più giudicata, libera di dire che avrei potuto pronunciare qualche no in più. Avrei potuto oppormi... avrei, avrei...

Tanto lo sai che ci rincontreremo e allora sembrerà come se ci fossimo lasciati ieri. Mi sono sentita sempre una donna incompleta, consapevole che fossi tu il mio pezzo mancante. Spero che il destino ci regalerà una seconda occasione, e che potremo finalmente realizzare tutto quello che abbiamo sempre e solo immaginato.

Tu, intanto, aspettami. Io verrò a trovarti.

Tua,

Olimpia

Quella notte cercai di dormire, nonostante avessi vissuto un'avventura come quella. Quando l'avevo raccontata a Enea, anche lui era rimasto sorpreso e senza parole. E per l'uomo che non credeva nel destino era già un passo in avanti. Eravamo rimasti al telefono per diverse ore, troppo eccitata per riattaccare, troppo felice per dimenticare un solo dettaglio, troppo sveglia per concludere quella giornata. Enea mi fece parlare, senza interrompermi.

Di quelle lettere avrei conservato sempre un ricordo stupendo. Di un amore che mi avrebbe dato la forza per non salvarmi da sola. Perché io non volevo più accontentarmi.

Avrei atteso per tutta una vita l'arrivo del mio principe azzurro. E pazienza se non avesse avuto un cavallo o un castello dove condurmi, mi sarebbe bastato sapere che era abbastanza coraggioso per difendermi con il suo scudo e la sua spada.

Capitolo ventitré

Enea

«Hai scoperto qualcosa?», mi domandò mia madre, irrompendo nella stanza.

Scossi la testa e gettai a terra tutto quello che c'era sopra la scrivania. Era un gesto disperato, di chi è sommerso fino al collo da una vita che gli sembra troppo ingiusta. Avevo interpellato tutte le persone che mi erano venute in mente, contattato vecchi amici, vecchi compagni di classe, e anche parenti. Molti non si ricordavano di lei, altri sostenevano che non la sentivano da molto tempo, altri ancora sembrava che sapessero qualcosa ma lo tenevano per sé. Una settimana prima mi aveva chiamato. Era durata pochi secondi, quella telefonata. Mi aveva implorato di non cercarla mai più, che avrebbe spedito dei regali per Isotta o del denaro, se preferivo. Le avevo detto di tenerseIe, tutte quelle cose. Non era di oggetti che mia figlia, nostra figlia, aveva bisogno. Ma di lei.

«Calmati», mi spronò mia madre, avvicinandosi. «Con la rabbia non si ottiene niente. Sono sicura che ci sarà una spiegazione, non può essere sparita così nel nulla. Vedrai che riusciremo ad avere un indirizzo o un contatto telefonico».

«Possibile che non riesci a capirlo? Lei se ne è andata! È uscita dalle nostre vite come se fossimo di troppo, come se fare la madre e la futura moglie fosse un impegno troppo grosso», vomitai quel fiume di parole. Non avevo mai parlato di lei in quel modo, ma dopo quel biglietto d'addio, non riuscivo più a trattenere l'odio che provavo.

Perché, sì, l'odio acceca. L'amore che provavo si era fatto da parte, lasciando che quello spazio venisse occupato dall'oscurità. Io la odiavo. E non odiavo che avesse lasciato me, perché sarei stato abbastanza forte da superarlo, ma perché aveva abbandonato sua figlia. Nel momento in cui lei ne aveva più bisogno. Come le avrei spiegato che aveva una madre che aveva scelto di non esserlo? Come le avrei spiegato che lei non era arrivata per caso, ma che era stata cercata e voluta? Come le avrei spiegato che sua madre era una codarda, che ci aveva abbandonato scrivendo due righe sopra un foglio stropicciato?

Perché sarebbe toccato a me il duro compito di farlo. E io ero a pezzi.

E fu allora che lasciai il mio corpo libero di sfogarsi. Lo lasciai piangere, singhiozzare, finché ebbe lacrime a sufficienza. Mi ero trattenuto troppo a lungo, ora desideravo solo che quel dolore mi abbandonasse. Perché faceva troppo male la sua assenza.

«Vieni qui», mi ordinò mia madre, stringendomi a sé. In quell'abbraccio mi lasciai cullare. «Non ti preoccupare, io e papà ti aiuteremo. Noi non vi lasceremo soli», cercò di calmarmi, accarezzandomi la testa.

«Perché l'ha fatto? Perché?», gridai con la voce rotta, la gola che prendeva fuoco. Non riuscivo a darmi pace. Anche se mi sforzavo, non c'era niente a cui potessi aggrapparmi.

«Non lo so, ma quello che so è che il dolore non resterà per sempre. Anche se ora ti sembra assurdo, domani ti guarderai indietro e avrai forza a sufficienza per accettarlo. Perché ti renderà un uomo migliore, capace di fare grandi cose. E allora il cielo ti ringrazierà, mettendo nel tuo cammino qualcuno che saprà cancellare questo dolore»

«E come fai a esserne sicura?»
«Sono o non sono la tua mamma?».

Entrai a casa come se avessi appena sentito un ladro. Mi precipitai lanciando la mia valigetta sopra il tavolo. Fece un tonfo secco. «Dimmi cosa dovrei fare con te».

Mia madre si voltò per lo stupore. Aveva ancora le mani immerse in una bacinella d'acqua e sapone, visto che era peggio degli ispettori della ASL, e ci teneva ad avere una casa pulita. Non si aspettava il mio rientro anticipato o quella scenata. «Che ne so. Non capisco neanche perché tu stia buttando fuori fumo bianco dal tuo naso»

«Smettila di fare la finta tonta. Guarda che l'ho capito che c'era di mezzo una delle tue trovate».

«Ma io non so davvero di cosa tu stia parlando». Si mise sulla difensiva.

Lei sapeva. Lei lo sapeva.

Mio padre camminò raggiungendoci. «Mai che riusciamo a levarcelo di torno, eh?».

Pure lo spiritoso faceva.

«Puoi per favore tornare da dove sei venuto? Questa è una discussione tra me e la mamma», dissi, spostando il mio indice tra me e lei.

Alzò le mani in segno di pace e arretrando di un passo. «Ancora una volta in bagno, no, ti prego», si lamentò.

Se non fossi andato lì per altri motivi, sarei anche scoppiato a ridere. Intanto mia madre scuoteva la testa e alzava gli occhi al cielo. «Allora, puoi lasciarci soli?», ci riprovai, sperando di poterlo convincere.

Abbassò le mani. «Sai cosa faremo? Io ora mi metterò comodo sulla mia poltrona, il tempo di contare fino a tre e mi sarò addormentato. Così tu potrai cantartela e suonartela con tua madre, d'accordo?»

«E fa' un po' come cazzo ti pare», risposi spazientito. «Senti, mamma, vuoi dirmi che non sei passata di proposito al negozio di Selva e che non hai lasciato, sempre di proposito, il libro di fiabe di Isotta?»

«Ma per chi mi hai preso. Passavo di lì per caso e tua figlia aveva voglia di un dolce. È una bambina, lo sai, quando si impunta, com'è cocciuta…».

«Sì, perché ora è mia figlia che ti dice dove andare».

Mio padre iniziò a sghignazzare sotto i baffi. Lo bloccai all'istante. «Oh, pa', non avevi detto 3, 2, 1?»

«Sì, sì, ora raggiungerò Morfeo», sospirò, chiudendo gli occhi.

«Te l'ho detto, passavamo di lì. Ora, vuoi dirmi che non sono libera di andare dove voglio?»

«No, puoi andare dove ti pare, ma la coincidenza mi pare strana. Mia figlia non porta quel libro da nessuna parte, non se ne libera mai. Quindi, ti chiedo, come ha fatto a dimenticarlo nella tisaneria?»

«Magari mi sarà caduto dalla borsa. A volte può succedere, soprattutto se non la chiudo bene».

Una missione impossibile, cavarle la verità dalla bocca.

«Proprio non ti sopporto quando trami alle mie spalle. Come quella volta che volevi organizzarmi l'appuntamento con quella tizia che avevi incontrato in coda alla posta», le ricordai con una smorfia che diceva tutto.

Sgranò gli occhi, come se avessi detto qualcosa di insensato. «Ma chi, io? Guarda che ti stai confondendo con tuo padre. Se io dovessi sceglierti una donna, farei in modo che fosse anche una brava madre per Isotta».

«Ha ragione tua madre, quello ero io», s'intromise mio padre, che tutto sembrava tranne avere sonno.

«Ho quasi trent'anni! Pensate che non sia in grado di trovarmi una donna? O che possa restare solo?», esclamai furibondo.

«Be', che ci sarebbe di male in una piccola spinta?»

«Piccola? Sei andata nel suo negozio a nascondere di proposito il libro di mia figlia. La chiami piccola?»

«E dimmi un po', com'è andata a finire?».

La guardai e capii. Feci per aprire bocca, ma poi la richiusi. Ero con le spalle al muro.

Allora lei mi rivolse un sorrisetto soddisfatto. «Come immaginavo».

«Diavolo di una madre», dissi divertito, scuotendo la testa.

Andai in quella che, una volta, era la mia camera. Sembrava che tutto fosse rimasto immutato, se non per il letto che era stato sostituito con un divano angolare e un tavolo da biliardo. Mia figlia stava riposando lì sopra, circondata da cuscini che la proteggevano da eventuali cadute. Se per tutto quel tempo Isotta era stata al centro del mio mondo, ora quel centro aveva bisogno di un altro nucleo. Non avrei mai messo da parte mia figlia, per niente al mondo, ma io restavo pur sempre un uomo. Oltre che un giovane padre. Avevo la necessità di sentirmi di nuovo completo, di lasciarmi andare e vedere cosa avrei potuto trovare dall'altra parte. Non avevo più il timore di sbagliare, di rischiare, di gettarmi con il paracadute. Lo avrei aperto in tempo se la caduta fosse stata troppo rapida.

La mia attenzione fu catturata da alcuni libri di fiabe che erano sparsi sul tappeto. Probabilmente Isotta aveva sfiancato la nonna a colpi di storie da raccontare. Ne afferrai uno e iniziai a sfogliarlo. Mi ritrovai a sorridere per l'assurdità del mio gesto. Mentre giravo quelle pagine si affacciavano alla memoria le parole di Selva. Tutte quelle sue strane teorie sul bacio del vero amore, su principi, cavalieri, principesse e draghi. Era bella perché anche la sua testa era bizzarra. Lei era diversa dalle altre, aveva il dono di credere nelle persone. E intanto che io mi lasciavo andare a quei pensieri, i miei occhi furono rapiti dal titolo di una favola.

La bella e la bestia.

Capitolo ventiquattro

Selva

«Buongiorno, sono la prima?», si annunciò una voce familiare che non aveva bisogno di presentazioni.

Sollevai gli occhi e trovai Vittoria sulla porta. Raggiante e con la messa in piega fatta di recente. Ormai era diventata la cliente più fedele della mia tisaneria, e mi piaceva da matti averla intorno. «Un record che non ti toglierà nessuno», la rincuorai, indicandole il *suo* tavolo libero.

Ero alle prese con l'ultima sfornata di muffin. Mancavano pochi dettagli prima di poterli esporre. Li arrotolavo in un pezzo di carta e poi chiudevo il tutto con un giro di spago. Il risultato finale era semplice, come volevo, e trasmetteva un senso di ordine e di dolce genuino. Di quelli fatti in casa.

Ne afferrai uno ai frutti di bosco e lo misi da parte. Sapevo che era il preferito di Vittoria tanto che, il più delle volte, faceva anche il bis o se lo portava a casa. Mi aveva rivelato che ne era ghiotta perché le ricordava la sua infanzia, quando la mamma si metteva ai fornelli e preparava barattoli di marmellata.

Non appena aprii la porta del frigorifero, Ciro si precipitò di corsa. Balzò giù dalla mensola, svegliando anche Bianca e Berny che, a differenza sua, preferirono godere ancora un po' del tepore del loro nido. «Non ti smentisci mai», gli dissi, estraendo un cartoccio di latte e versandone un po' dentro la sua ciotola.

Il campanello sopra la porta suonò, annunciando l'ingresso di un nuovo arrivato. L'istinto mi portava tutte le volte a sollevare lo sguardo e a donargli il più aperto e sincero dei miei sorrisi. Nella vita mi era stato insegnato a essere riconoscente, sempre.

Quindi rimasi sconcertata nel vedere un ragazzo, con una divisa rossa e un cappellino con la visiera, che stringeva una scatola tra le mani. Il fatto era che nell'ultimo periodo, ed era inevitabile, i miei incassi erano aumentati. Sicuramente la festa aveva contribuito a quel picco improvviso e a spingere gli abitanti di Roccamonte a mettere da parte i loro pregiudizi.

«C'è una consegna per lei», annunciò il giovane, posando il pacco sopra il bancone.

Mi asciugai in fretta le mani e mi avvicinai. «No, guardi, deve esserci uno sbaglio. Io non ho ordinato niente», spiegai, porgendogli nuovamente il pacco.

Fece per prenderlo, sfiorandomi, per poi ripensarci all'istante. Quel tocco mi fece girare leggermente la testa, mostrandomi un'immagine sbiadita. L'accantonai per un attimo, in attesa di un momento migliore. Probabilmente aveva capito che, se lo avesse preso indietro, non gli avrei più permesso di consegnarmelo.

Lui mimò con le mani un secco no. «Ma lei è la signorina Selva Cavagnero?»

«Sì, sono io ma...», mi interruppe nuovamente.

«E allora questo è per lei», insistette cocciuto.

Contai mentalmente fino a dieci. «Potrei gentilmente vedere un documento per capire chi me lo mandi o chi l'abbia ordinato?», chiesi nel tono più educato possibile.

«Ettore, ma lavori anche oggi? Non eri in ferie?», s'intromise Vittoria, appollaiata sulla sua sedia e con Ciro alle calcagna. Evidentemente aveva già svuotato la sua ciotola.

Solo in quel momento il ragazzo si accorse di Vittoria. Si tolse il berretto e abbassò la testa in segno di saluto. «Immagino che avrai incontrato mia moglie, lei non è davvero capace di tenere la bocca chiusa».

«Quanto la fai lunga. Piuttosto dimmi un po', chi è che ti ha affidato questa consegna?», provò a indagare per conto mio. La ringraziai silenziosamente, magari con lei si sarebbe aperto rispetto che a una sconosciuta.

Iniziavo a essere curiosa e volevo a tutti i costi conoscere l'identità del mittente. Chi mai sapeva, a parte Sonia e la mia famiglia, del trasferimento a Roccamonte?

Dubitavo che la mia migliore amica mi avesse inviato qualcosa e tantomeno la mia famiglia. Erano anni che ricevevo sporadicamente biglietti d'auguri di buon compleanno.

«Mi dispiace ma non posso. Mi hanno fatto giurare di non dirlo».

«E d'accordo, lo prendo», dissi esasperata. Ormai la voglia di aprirlo aveva superato di gran lunga quella di discutere. «Posso offrirti qualcosa? Non so, un tè, un caffè, un dolce?»

«No, grazie. Oggi mi darò al giardinaggio! Credo che tornerò a casa presto, così ne approfitto per dare una sistemata al giardino. Devo togliere delle erbacce, il roseto che ormai è passato a miglior vita e seminare nuove piante».

Era il momento perfetto per farmi avanti.

«Menta e melissa», gli suggerii.

Tacque e mi guardò con aria scettica. «Io pensavo più a primule, gerani… sai, cose più "normali"».

Annuii. «Sì, ma molto presto serviranno una carrellata di tisane per tamponare nausee e malesseri», gli spiegai, sperando che recepisse il messaggio.

«E tu come fai a saperlo?».

Scossi la testa, e allora Vittoria prese la parola. «Non guardare me, io non ho detto niente a nessuno…».

Feci spallucce. «Be', noi donne siamo sempre un passo in avanti, no?», terminai spavalda.

Passai l'ora seguente a occuparmi del negozio, dimenticandomi quasi della presenza di quella scatola. A dirla tutta non è che mi fossi scordata, ma sembrava che l'universo facesse di tutto per ritardarne l'apertura. Appena recuperavo un paio di forbici per tagliare lo scotch, ecco che entrava un nuovo cliente o mi veniva richiesto un nuovo ordine.

Dovevo solo aspettare che la situazione si calmasse e tenere a bada la curiosità.

Quando finalmente l'ultimo cliente abbandonò la tisaneria, controllai che tutto fosse a posto prima di salire al piano superiore.

Il campanello alla porta suonò di nuovo.

Mi voltai quasi infastidita, ero molto stanca. Mi stupii quando vidi Enea.

Non ebbi il tempo di salutarlo, che lui accelerò il passo e si avventò contro di me. Come fa un cacciatore con la sua preda. Bloccò ogni via d'uscita, e mi ritrovai spalle al bancone, la sua bocca famelica contro la mia. Lo ricambiai, lo assaporai. Percepivo quell'energia che mi spingeva a volerne ancora, a non esserne mai sazia dei suoi baci. Le sue mani scorrevano lungo la mia schiena, e poi più giù, fino all'altezza dei miei fianchi. Si aggrappò come se fossi la sua unica ancora di salvezza, il solo appiglio per non essere travolto da quell'impeto di passione. Nessuno, mai, mi aveva rubato un bacio come quello. Lui poteva essere il mio Robin Hood.

Enea si staccò per primo e mise fine a quel dolce tormento. Mi guardò dritto negli occhi, ma io l'anticipai. «Ma dài, non hai neanche aspettato che mi addormentassi per risvegliarmi con un bacio», mi divertii a schernirlo.

Lui gettò la testa all'indietro, trovando divertente e assurda la mia uscita. «Per addormentarti saresti dovuta uscire con un tizio davvero molto noioso, e nessun bacio sarebbe stato in grado di rompere il sortilegio della noia».

«E invece questo da cosa avrebbe dovuto svegliarmi?».

Ci pensò su. «Be', non conoscevo altro modo in cui svegliarti».

«Questo è un colpo davvero basso», gli feci presente. E solo in quel momento riuscii a mettere a fuoco il contorno delle cose. «E poi dove devi andare vestito così elegante?»

«Ho un appuntamento. Piuttosto tu, perché sei ancora vestita così?», mi chiese, scansionando il mio corpo.

Che c'era di sbagliato? Indossavo ancora la mia divisa da lavoro. E poi con che faccia tosta mi stava comunicando di avere un appuntamento, dopo essere entrato nel mio negozio e avermi baciata?

«Perché, cosa avrei dovuto indossare?».

Allora lui si guardò intorno, alla ricerca di qualcosa. Poi trovò l'oggetto di suo interesse. «Ah, ancora non l'hai aperto?».

Spostai l'attenzione sulla scatola e poi su di lui. «E tu che ne sai?», gli domandai e, non appena notai uno strano luccichio nei suoi occhi, capii. «Sei tu il mittente misterioso?».

Lui annuì. «Forza, portalo su e aprilo. Io ti aspetto qui».

«E se non ne avessi voglia?», lo stuzzicai un po'.

«Fidati, ne avrai...».

Afferrai la scatola e mi incamminai verso le scale. «Allora arrivo subito», gli gridai dal piano superiore.

Entrai in camera e lasciai la scatola sopra il letto. L'aprii emozionata, curiosa di conoscerne finalmente il contenuto. Se un infarto mi avesse colpito in quel momento, almeno sarei morta felice. Perché, credetemi, nessuna parola renderebbe giustizia a una cosa tanto bella. Quell'uomo era una continua sorpresa.

Mi diedi un'ultima occhiata allo specchio e sorrisi. Riconoscevo lo sguardo di chi stava apprezzando quello che vedeva. Accadeva raramente, ma era una delle sensazioni più piacevoli al mondo. Ringraziare per quello che eravamo e non per quello che ostentavamo di apparire.

Mi feci coraggio, presi un bel respiro e scesi un gradino dopo l'altro.

Ad attendermi alla fine della scala c'era un uomo bellissimo che indossava uno smoking nero. Sembrava fatto su misura per lui. L'unica cosa scomposta era quella massa di boccoli definiti, che si allargavano sulla fronte e che lui, con un gesto distratto, cercava di spostare di lato.

L'aria era satura di elettricità e noi eravamo come due fulmini pronti ad accecare il cielo.

Non appena mi vide, si portò istintivamente le dita alle labbra e abbassò la testa. Non sapevo se fosse un buon segno, ma sospettai di sì.

L'abito che indossavo ostacolava i movimenti, tanto che dovetti sollevarlo da un lato, mettendo in mostra ulteriormente le mie gambe.

All'ultimo secondo persi quasi l'equilibrio e, come nei migliori film d'amore, lui rispose tempestivamente afferrandomi per mano. Accettai il suo gesto e mi scappò addirittura un sospiro.

Avrei voluto avere più coraggio per dirgli grazie, invece la prima cosa che uscì fuori dalla mia bocca fu: «Questa situazione mi sta mettendo leggermente in imbarazzo».

Enea mi sorrise, e per un attimo fui incapace di respirare. Il mio cuore batteva così forte che premeva contro lo sterno, il suo rintocco mi stava facendo impazzire. «Be', se è solo leggermente, vuol dire che è tutto a posto».

Enea chiese il permesso per bendarmi gli occhi e mi chiese la cosa più importante. Di fidarmi di lui.

Se da una parte il mio istinto mi stava suggerendo di dirgli di no, la parte razionale non vedeva malizia nel suo gesto. Decisi di assecondarlo. Ebbi un altro tuffo al cuore nel momento in cui afferrò la mia mano. Era un gesto inaspettato, di quelli che ti lasciano con il fiato corto.

Dopo un attimo di incertezza, intrecciai meglio le mie dita

alle sue. Non volevo spezzare quell'unione per nulla al mondo. Era qualcosa che, dopo molto tempo, mi faceva sentire protetta, come se da quel momento in poi non dovessi più temere o preoccuparmi di niente. Mi faceva sentire intoccabile.

«Riesci a reggere il mio passo senza inciampare?»

«Giuro che ci proverò».

«Sai, non vorrei che la principessa perdesse troppo presto la scarpetta di cristallo», mi prese in giro.

«Allora, non dobbiamo perdere tempo, prima che mi trasformi nella semplice ragazza della tisaneria», risposi alla sua provocazione.

Sentii arrivare alle orecchie il suono della sua risata. Era la musica che preferivo.

In quel momento accantonai tutte le mie convinzioni e decisi che, almeno per una sera, mi sarei concessa il lusso di lasciarmi andare. Avrei provato a seguire il suggerimento che il destino mi stava dando.

«Curiosa di sapere dove ti sto portando?»

«Be', diciamo che questo tipo di abbigliamento mi fa pensare a una cena in un ristorante di lusso. Anche se ho il presentimento che sia solo un mezzo per portarmi fuori strada e ritrovarci a fare un picnic in qualche prato. E non che la cosa mi dispiaccia, ma peggio per te perché mi terrò questo abito», gli spiegai senza troppi giri di parole. «Scarpe incluse».

Enea continuò a guidarmi. Camminammo per un arco di tempo che mi sembrò infinito. Finché sentii il rumore di una chiave che girava nella serratura e poi aprirsi una porta. Non feci domande anche se la curiosità era tanta. Poi Enea si fermò e decise che era giunto il momento di togliermi la benda.

In quel momento mi sentii come se fossi appena venuta al mondo. Perché un regalo simile non l'avevo mai ricevuto in vita mia.

Enea inclinò la testa per osservare meglio la mia reazione. In un primo momento temette che non fosse di mio gradimento, ma poi fece marcia indietro vedendo i miei occhi prossimi alle lacrime.

«Tu...», iniziai a balbettare, cercando di riprendere il pieno controllo della situazione. «Tu hai organizzato tutto questo per me? Solo per me?», chiesi con l'unico filo di voce che riuscivo a soffiare fuori.

Enea scoppiò a ridermi in faccia. Ancora una volta. Non era il suo forte trattenersi, ma lo ringraziai perché mi distolse un attimo dal mio imbarazzo.

«Perché non avrei dovuto?»

«Perché questa sembra la favola della *Bella e la bestia*», gli rivelai con il battito accelerato.

«Allora devo essere stato bravo, se hai indovinato così su due piedi. Ho voluto organizzare qualcosa di speciale per rendere ancora più speciale la persona che ho davanti».

Ero come imbambolata. Era uno dei miei sogni impossibili, quello di avere un'intera biblioteca esclusivamente per me. Anche se solo per una notte.

Enea mi fissava e sapevo che anche lui era consapevole di avere fatto centro.

«Se solo lo raccontassi, non ci crederebbe nessuno...».

«Allora non farlo», mi suggerì, invitandomi a prendere posto al tavolo. Scostò la sedia per permettermi di sedermi come un perfetto cavaliere di altri tempi, e poi la spinse all'interno.

Davanti a me c'era un piatto coperto da un coperchio d'acciaio, come nei film con le scene ambientate dentro a un albergo. Quando lo sollevò, scoppiai a ridere ad alta voce e tornai in me. C'era uno di quei tipici menu d'asporto, che comprendeva hamburger e patatine.

«Vuoi già andare via?», mi domandò, spiazzato dalla mia espressione, ma al tempo stesso divertito.

Scossi la testa. No, non l'avrei fatto, almeno non prima di sapere cosa mi riservava il resto della serata. Sarebbe stato qualcosa che avrei rimpianto per una vita intera.

Ci gustammo quella cena con le mani, spiluccando patatine fritte e mangiando a bocconi quel panino più alto di me. Un tripudio di sapori che si mescolava al ketchup. Mi sembrava di essere tornata ragazzina, quando sorseggiavo una bibita seduta sui gradini di qualche piazza, tra una chiacchiera e l'altra.

Ridevamo. Scherzavamo. Ci imbarazzavamo.

Ci raccontavamo aneddoti delle nostre vite, mi aprii con lui come se lo conoscessi da una vita. Perché quando si è a proprio agio, si ha voglia di parlare di più.

Poi non riuscii a trattenermi e chiesi il permesso di alzarmi. «Posso?», indicando la stanza della biblioteca vuota solo per noi.

«È tutta tua», mi rispose. «Se ti interessa, la sezione che cerchi è quella laggiù in fondo».

Mi portai le mani sui fianchi. «Si offendono sai, i libri? Loro non raccontano semplici storie. Racchiudono molto di più. A scuola avrai studiato su libri di geografia, di storia, di filosofia, no?»

«Sì, ma quelle sono cose vere e realmente accadute».

«E tu ne sei così sicuro?»

«Tu hai mai visto in città una fatina con la polvere magica?»

«E tu hai mai incontrato Re Artù?».

Sollevò l'indice ma lo riabbassò subito. Consapevole di non sapere come ribattere. Aveva le spalle al muro. «Questa te la concedo».

Si avvicinò e mi domandò una cosa.

Era come pioggia torrenziale addosso a me. Sperai che il mio ombrello fosse abbastanza grande da proteggermi.

Capitolo venticinque
Enea

«Mi concede un ballo?».

Gli mostrai la mia mano e lei l'afferrò, con la stessa determinazione di chi non vorrebbe lasciarla mai più. Mi seguì docile e io la guidai come un perfetto cavaliere fino a raggiungere il centro della stanza. Con un'abile mossa, tirai fuori un telecomando dalla tasca e premetti un tasto. Le note di *Beauty and the Beast* di Celine Dion in duetto con Peabo Bryson invasero lo spazio attorno a noi, avvolgendoci con la loro melodica poesia.

Tremava. «Signor sindaco...», mi disse in un sussurro.

«Non questa notte...», soffocai la risposta tra i suoi capelli che profumavano di miele, di bosco, di frutti appena raccolti.

Posai la mano all'altezza della sua vita, facendo aderire bene le dita al suo vestito. Non volevo accontentarmi di sfiorarla e basta. Lei osservò un po' imbarazzata i nostri corpi e poi sollevò lo sguardo, incatenando i suoi occhi dentro ai miei. Mi piaceva quello che ci leggevo dentro. Che non avrebbe voluto trovarsi altrove.

Desideravo quel momento da moltissimo tempo, di poterla stringere e sentire mia. Mentre lei si abbandonava tra le mie braccia, io già andavo oltre e immaginavo di portarla via di lì, in un posto appartato, e sollevarle quel vestito.

Bramavo di affondare le mie mani nella sua carne, sfiorare ogni centimetro di quella pelle piena di lentiggini, di sentirla gemere conto il mio orecchio. La verità era che, più stavo vicino a lei, più mi rendevo conto che avevo smesso di lottare contro i miei demoni, e ora volevo assaporare la mia seconda occasione.

Si mordicchiava quel labbro in un gesto che voleva essere d'imbarazzo, ma che io trovavo eccitante.

I nostri corpi assecondarono la musica, ondeggiando a tempo. Lentamente. Non c'era fretta, non c'era urgenza. Volevo godere della sua presenza, assaporare ogni lunghissimo rintocco di orologio, ogni battito di ciglia, ogni respiro che si infrangeva contro la mia bocca.

E poi Selva appoggiò la sua testa all'altezza del mio cuore. Dio, l'effetto era peggio di un infarto. Avrei voluto trattenere il battito per non farle sentire cosa mi stava facendo. La cullai, come facevo con mia figlia, la strinsi a me, come se fosse qualcosa di raro e prezioso.

«Anche se so che non ci credi, grazie per avermi regalato, anche solo per una notte, la magia di una favola».

«E se io ti dicessi che credo in quello che sto stringendo ora tra le mani, può andar bene lo stesso? Perché non mi chiedere come mai, ma è da quando ti ho incontrata che mi stai regalando la speranza».

«La speranza di cosa?»

«Di tornare a provare dei sentimenti. Perché l'avevo dimenticato, ma sono sicuro che, grazie a te, potrò ricordarlo».

«Ehi, dov'è il vecchio brontolone che conosco?»

«Credo che tu sia riuscita a spezzare l'incantesimo», le spiegai, parlando come se fossimo dentro a una favola.

Perché quella sua testa matta era riuscita a farmi ricredere. Le favole non erano solo finzione, potevi essere tu l'autore di una fiaba scritta per te stesso e regalarti un lieto fine.

«Non ci sarei mai riuscita se non avessi avuto un aiuto.

Credo che mia nonna abbia voluto farmi un regalo, farmi capitare nel posto giusto al momento sbagliato».

«Cosa significa?»

«Sono arrivata a Roccamonte e ho incontrato te. Era il momento sbagliato perché entrambi non desideravamo niente, se non occuparci della nostra vita. E poi il destino ha fatto il resto».

«No, l'abbiamo fatta noi la differenza. Perché sai, posso cambiare continuamente idea su qualsiasi cosa, ma non su quello che sento».

«E cosa senti?».

La canzone finì e le regalai un'ultima piroetta. «Che mezzanotte è un tempo troppo breve per far finire tutto quanto». Lo dissi un po' emozionato perché ci credevo.

«E chi ti ha detto che finirà a mezzanotte?», mi provocò con un abile sorrisetto, prima di afferrarmi la mano e condurmi fuori da lì.

Il tragitto tra la biblioteca e casa sua diventò una corsa impetuosa, fatta a suon di baci e boccate di ossigeno. Le nostre labbra non riuscivano a staccarsi per un solo secondo, era come se fossi tornato un ragazzino con gli ormoni impazziti.

Non volevo sapere che idea avesse in mente. Qualsiasi cosa fosse, l'avrei afferrata a denti stretti.

Sarebbe stato comunque perfetto. Non avrei avuto rimpianti, perché l'avevo aspettata per molto tempo.

Era la prima volta che mettevo piede in casa sua. E anche in quel piccolo appartamento, respiravo la sua presenza. Lei era dappertutto.

Restai immobile in corridoio, non sapendo bene cosa fare. Ora che avevamo varcato quella soglia, era come se lei ci avesse ripensato. Probabilmente si sentiva in imbarazzo, visto che aveva preso lei l'iniziativa.

Adesso toccava a me fare il resto.

Spensi la luce e il buio ci avvolse. Impiegammo qualche

secondo per abituarci a quel lieve chiarore che ci offriva la luna.

Sentii Selva trattenere il fiato, sorpresa dal mio gesto inaspettato.

Allungai le dita per sfiorarla. Per delineare i contorni del suo corpo e soffermarmi su alcuni. Poi passai alle labbra. La baciai sulla fronte.

Lei tremò tra le mie mani. Speravo che fossero brividi di piacere.

Poi scesi più giù, fino alla punta del suo naso.

Sentii aumentare la velocità del suo respiro.

«Baciami, forestiera», soffocai quell'ordine contro la sua bocca.

E lei mi si avventò contro, liberandosi di tutte le incertezze che poteva avere. Divorò la mia bocca come se fosse la sua bombola d'ossigeno, si aggrappò con le unghie alle mie braccia per tenersi in piedi. La sua lingua mi fece andare su di giri.

Quel bacio era rovente. Aveva la forza di un uragano, la prepotenza di uno tsunami, la rapidità di una valanga. Tutti i peggiori cataclismi erano concentrati in quell'unico bacio. Era capace di spazzare via tutto quello che eravamo stati prima di incontrarci.

La sollevai e mi lasciai dare indicazioni per la camera da letto.

Urtai contro un mobile e lei scoppiò a ridere.

«Il principe azzurro faceva anche questo?»

«Lui non avrebbe sbagliato mira», mi rispose tra le lacrime.

«Tranquilla che al momento giusto non ti deluderò», e la lanciai sul materasso.

Selva fece scivolare le sue scarpe prima di toccare il letto e io mi avventai su di lei per sfilarle quel vestito, che adesso era di troppo. Lei non la smetteva di ridere, diceva che le facevo il solletico con la mia barba.

Poi quando restò solo con il suo completo intimo, mi bloccò.

Era il suo turno. Stava accadendo davvero.

«Selva...», la ripresi. «Sei sicura?».

Mi sbottonò con tutta la calma del mondo la camicia, un bottone dopo l'altro. La sua calma mi spiazzò, facendo crescere il desiderio che avevo di lei.

Strinsi gli occhi. «Selva...», sussurrai il suo nome con voce roca.

Arrivò all'altezza dei pantaloni e fece scorrere la sua mano sul davanti, come a verificare che fosse tutto a posto.

«Dio, sei fantastica...», riuscii solo a dire, prima di ritrovarmi le sue labbra ancora su di me.

Le bloccai i polsi e, con un'abile mossa, la misi ko.

«Knock-out, ragazzina», scherzai, mentre le sue gambe si attorcigliavano sotto di me.

Le sentivo scivolare, insinuarsi tra le mie. Morbide, lisce, così eccitanti.

Non riuscii a trattenere una specie di gemito. Era deliziosa anche in questi panni.

Feci scorrere la mia lingua su gran parte del suo corpo, mentre con una mano libera le tappai la bocca. Sentivo il suo respiro diventare sempre più affannoso. Non sapevo se sarei riuscito a fermarmi. La volevo disperatamente, come se la mia vita dipendesse da lei.

E poi Selva mi chiese: «Cosa stiamo aspettando?». Il suo sguardo si infiammò.

Lei, stavo solo aspettando lei.

«Tieniti forte», e affondai quel desiderio dentro di lei.

Si girò su un fianco e si appoggiò contro di me. Entrambi eravamo ancora nudi, un sottile lenzuolo ci copriva la metà inferiore del corpo. Avrei voluto immortalare quel momento per sempre in una fotografia. E poi l'avrei messa in una cornice per ricordarmi di quella sera.

Non sapevo quanto durasse la felicità, ma di certo potevo intrappolarla.

Il mio cellulare iniziò a suonare. Ripetutamente. «Credo che dovresti rispondere», mi bisbigliò raggiungendo il mio orecchio.

«Penso che qualsiasi cosa sia, possa attendere ancora cinque minuti», bofonchiai, non muovendomi di un solo millimetro.

«Solo cinque? E cosa pensi di riuscire a fare in cinque minuti?», scherzò lei, maliziosa.

La suoneria tornò a invadere la camera da letto. Una seconda e una terza volta.

«Il sesto senso mi dice che dovresti rispondere. Quando qualcuno ti chiama con tanta insistenza potrebbe trattarsi di una cosa seria», mi suggerì.

«E d'accordo», dissi, alzandomi dal letto e recuperando il telefono dalla tasca dei pantaloni per terra. Il mio sorriso si spense nell'istante in cui guardai il display ancora illuminato.

«È mia madre».

Selva si alzò di scatto. «Presto. Rispondi subito».

Ero agitato.

«Mamma, che succede? Perché mi stai chiamando a quest'ora?», risposi con un groppo alla gola.

Se mi chiamava a quell'ora della notte, voleva dire che era successo qualcosa di spiacevole. Il primo pensiero volò a mia figlia.

«Mi dispiace rovinare i tuoi piani, ma c'è qualcuno che chiede di te», mi spiegò mia madre.

Il mio cuore perse un colpo.

«Arrivo subito».

Capitolo ventisei
Enea

«Sono arrivato il prima possibile. Lei dov'è?».

Mia madre doveva aver sentito il rumore delle gomme sulla ghiaia, anche perché avevo fatto un gran casino, ed era uscita fuori per accertarsi che stessi bene.

«Prima calmati un attimo», mi suggerì, parandosi davanti all'ingresso. «Va tutto bene. È di là in cucina con Isotta», mia madre tentò di sedare l'agitazione a modo suo. Si avvicinò e mi afferrò il polso, obbligandomi a guardarla dritto negli occhi. Invece io non ero d'accordo. Dio, non volevo tuffarmi in quel casino, non adesso che la mia vita stava riavendo un senso.

«Che cosa? Perché gliel'hai fatta vedere? È tardi, dovrebbe essere a letto», le urlai contro, fregandomene di avere di fronte mia madre e non un perfetto sconosciuto.

«Lo sai il perché…», mi sussurrò a mezza voce, tra un misto di disagio e di scuse.

«Dio, mamma! Sei proprio sicura che sia lei?».

Lei annuì convinta, prossima alle lacrime. Non sapevo se per colpa mia o se perché temeva la mia reazione una volta che avessi varcato quella soglia.

«Ok, ti chiedo solo di tenerti fuori da questa storia. Puoi lasciarci soli?»

«Sì, d'accordo, prendo solo la mia borsa e tolgo il disturbo».

Abbassai la testa come per recuperare un po' di forza, e poi inspirai quanta più aria potessero trattenere i miei polmoni.

Mossi qualche passo incerto. Potevano essere quindici i passi che mi separavano dalla cucina, ma sembravano molti di più. Ogni centimetro era una coltellata dritta al cuore. Me l'ero immaginato un'infinità di volte questo momento, ma in ogni scenario ipotetico l'immaginazione non avrebbe mai potuto eguagliare la realtà.

La osservai da lontano. Quella che un tempo era una chioma selvaggia di capelli rossi che mi aveva fatto innamorare, ora si era trasformata in un elegante caschetto scuro. E quella che un tempo era la ragazza semplice che mi aveva fatto perdere la testa, ora era diventata una donna a tutti gli effetti. Era davvero lei? Quella donna seduta in casa mia con in braccio mia figlia?

Fu Isotta la prima che si accorse del mio ingresso, perché appena mi vide mi chiamò con quell'adorabile vocina che mi mandava dritto al tappeto. Per quella voce, mi scioglievo tutte le volte.

«Ciao, Enea», disse lei con fierezza. Il mio nome, sussurrato dalle sue labbra, era come se venisse da un mondo lontano.

Avrei preferito che mi dicesse: «Ciao, sono la donna che vi ha abbandonati». Almeno mi avrebbe dimostrato di essere consapevole delle sue azioni.

Mi aspettavo che non sarebbe stato facile, ma lei si comportava come se fossimo amici che si rincontravano dopo una breve vacanza. Cosa si aspettava? Che le stringessi la mano, che l'abbracciassi o che la baciassi? Oh, al diavolo!

«Evelina, sei davvero tu?», domandai con la fronte corrugata. Mi resi conto che era una domanda sciocca, ma il mio cervello aveva bisogno di certezze.

«Sì, sono io», confermò, portandosi una ciocca di capelli

dietro l'orecchio, mettendo in mostra un paio d'orecchini che le avevo regalato io.

Però l'attenzione era caduta su quei capelli. Perché li aveva tagliati? Ne andava così fiera e io mi fermavo ad ammirarla ogni volta che se li tamponava dopo aver fatto una doccia. Era un gesto innocuo, naturale, ma che trovavo di una sensualità incredibile. E per un brevissimo istante mi sembrò che non se ne fosse mai andata. Che quel biglietto fosse stato solo un terribile incubo e che lei non aveva mai pensato di abbandonarci. I ricordi belli tornarono a galla e cancellarono tutto il male che ci aveva fatto. Ma durò una frazione di secondo. Poi il rancore, l'odio, la rabbia presero il sopravvento. «Ti trovo in gran forma, vedo che te la sei cavata alla grande». Volevo ferirla con tutto me stesso perché se lo meritava. Non poteva riapparire all'improvviso nella mia vita come se niente fosse.

«Posso dire lo stesso di te, non sei cambiato», sottolineò. Poi si guardò attorno, sorridendo, ritrovando tutte le cose che lei aveva acquistato per arredarla. «E anche questa casa. Proprio come l'ho lasciata…».

Mio Dio! Ma con quale coraggio veniva qui a dirmi che era tutto come l'aveva lasciato? No, non c'era più niente uguale a due anni prima. Solo mia figlia, lei era l'unica cosa a non essere cambiata perché le avevo risparmiato quel dolore. Perché lei ancora non poteva sapere che tipo di persona fosse sua madre.

Sbattei le palpebre e trattenni un'amara risata. «Questo lo dici tu, ti stai soffermando su cose superficiali. Io sono un uomo diverso da quello che hai conosciuto, e sai anche il perché».

Isotta si rifugiò tra le mie gambe e mi supplicò, allungando le sue esili braccia, di essere presa in braccio.

Evelina guardò la scena con gli occhi pieni di lacrime. E mi accorsi di quanto fossero cambiati, quegli occhi. Non mi mostravano più le lacrime di una ragazza alle prese con qualcosa di più grande di lei, ma le lacrime di una donna pentita per delle scelte avventate. E lo sapevo, perché io, di quegli occhi, mi ero innamorato. Non mi mentivano mai.

Mi rivolsi a mia figlia. «Tesoro, che ne dici se ti metto su un DVD e dopo papà viene a leggerti una favola?», le proposi, cullandola tra le braccia.

Lei mi abbracciò forte e mi strappò un bacio sulle labbra. «Prometti?».

Annuii. «Hai la mia parola».

Nella mia breve assenza, Evelina aveva aperto il frigo e si era presa una lattina di aranciata. Dall'anta sopra il lavello recuperò un bicchiere pulito e ne versò un po' dentro.

«Le abitudini sono rimaste», constatai, avvicinandomi.

Lei sollevò la testa e si portò il bicchiere alle labbra, buttando giù un sorso ghiacciato. «Non riesco a farne a meno. Lo sai che ne vado matta».

Scossi la testa. «No, non lo so più. Due anni sono un lasso di tempo lunghissimo, aiuta a farci dimenticare le cose e fa cambiare anche noi».

«È davvero bellissima. Ancora più bella di come l'immaginavo».

Ogni mio muscolo si contrasse. Avrebbe potuto vivere con lei invece di immaginarsela. «Sì, me lo dicono in tanti. Dicono anche che assomiglia alla mamma che è scappata via. Sai, alla gente piace rinfacciare le storie tristi…».

«Feriscimi quanto vuoi, ma non ti si addice fare il cattivo della situazione. Non sei credibile».

E invece sì, che lo ero. Quale razza di madre si sognerebbe di andarsene via di casa, sparendo senza lasciare tracce? Neanche fosse una fuggitiva. Non avevo mai pensato che questa vita fosse una prigione, per lei. Nel corso di quei due anni avevo dovuto sopportare le peggiori cose. Quante ne avevo sentite, tutti si improvvisavano dispensatori di consigli. Ma io non li tolleravo, i loro consigli. Non potevano sapere come mi sentivo. Loro, una simile sofferenza, non l'avevano vissuta. Mi ero ritrovato a crescere una neonata, senza sapere cosa significasse essere padre. Ero dovuto diventare grande in fretta senza averlo richiesto. E ora lei tornava come se niente fosse?

«Ma fammi il favore!». Mi accorsi che mi tremavano le mani.

«Possiamo parlare senza attaccarci? Lo so che non sono nella posizione migliore, ma sono qui e credo che questa sia la cosa più importante».

E se le avessi risposto che no, non avevo voglia di parlare? Che non era importante che ora fosse ricomparsa nelle nostre vite?

Misi per un attimo il rancore da parte. Avevo l'occasione di sapere la verità. «Vuoi parlare? Bene, accomodati! Che ne dici di iniziare dalla domanda più semplice: dove sei stata per tutto questo tempo? Perché fino a un certo punto ho ricevuto qualche tua cartolina, poi all'improvviso hai fatto sparire ogni traccia. Ho anche pensato che fossi morta, lo sai?»

«Posso spiegarti tutto, dammi solo modo di farlo».

«Sai cosa c'è? Sono passati due anni. Due cazzo di fottutissimi anni! E tu appari in casa mia come se non te ne fossi mai andata. Dimmi un po', cosa dovrei fare?»

«Casa nostra, questa è ancora casa nostra», precisò.

Buttai fuori l'aria. «No, è qui che ti sbagli. È diventata mia e di Isotta dal momento in cui ci hai abbandonati come vestiti vecchi e usurati».

«Non dire cose che non ho mai pensato», gridò battendo un pugno sul tavolo. Poi si ricompose. «Quello che abbiamo vissuto lo sappiamo solo tu e io. E sai bene che si è trattato di un grande amore, talmente grande e forse un po' incosciente che ci ha portati a diventare genitori un po' troppo presto». Cercò la mia mano.

La ritrassi all'istante come se mi fossi scottato. «Isotta non è arrivata per una disattenzione. Noi l'abbiamo cercata», le feci notare, nel caso se ne fosse dimenticata.

«Forse tu eri pronto, ma io no. Ero talmente accecata dal tuo amore, dal desiderio di darti quel figlio che volevi, che poi, assolto quel compito, mi sono sentita svuotata. Più amavo Isotta e più mi svuotavo, perché mi chiedevo come potessi provare un sentimento così contrastante per qualcosa di così bello. Ti vedevo, tu eri un padre perfetto, mentre io ero disattenta, spesso commettevo degli errori. Che razza di madre sarei stata se non ero nemmeno in grado di badare a me stessa?»

«Te l'avevo già detto. Sarei bastato io per badare a entrambe».

Scosse la testa. «Non capisci, il problema non eri tu ma io. Mi dispiace così tanto per quello che vi ho fatto. Non c'è stato giorno in cui non vi abbia pensato».

Dio, quanto detestavo quella frase. Invece di affrontare il problema.

Sentii le guance avvampare e cercai di non immaginare altro se non collera. «Custodisco ancora quel biglietto in una scatola, ogni tanto lo rileggo per essere certo di non aver perso qualche indizio. Perché ancora adesso, nonostante tu sia qui in carne e ossa davanti a me, mi domando come mai tu abbia scelto il mondo là fuori a noi. Che cos'è che ti mancava? Perché io davvero non lo so, pensavo di averti dato tutto».

«Enea...», fu tutto quello che disse, scuotendo un po' la testa. Poi si alzò e mosse qualche passo incerto verso di me. Non sapeva neanche lei bene cosa fare.

«Cosa c'è?».

Evelina mi obbligò ad alzarmi e io la lasciai fare. Mi sentivo svuotato di ogni forza, come se avessi combattuto per due lunghissimi anni e ora avessi bisogno di riposare.

E poi quel suo profumo. Dio, quanto mi era mancato. Lei

era lì, davanti a me. Avrei potuto toccarla, afferrarla per le spalle e scuoterla finché non mi fossi liberato di tutto quel dolore che portavo dentro.

Respira, mi dissi.

«Ho fatto molti errori nella mia vita, ma questo resterà sempre quello che non mi perdonerò mai. Devi credermi, l'ho dovuto fare. Ho dovuto proteggervi...».

«Ma cosa stai dicendo? Proteggerci da chi?»

«Da me, dalla paura di non essere brava come te», mi gridò a un soffio dalla mia bocca.

«Pensi che non abbia avuto paura anche io? Quando te ne sei andata, mi hai spezzato il cuore. Ho impiegato molto tempo per rimetterlo a posto. Non me lo meritavo...».

Dei passi rapidi e leggeri raggiunsero la cucina. Sulla soglia c'era Isotta.

«Non ti piace più il cartone?», le domandai, cercando di calmarmi.

«Ho sonno, papà», rispose soffocando con la sua piccola mano uno sbadiglio.

Sospirai, guardando Evelina. Non volevo che rimanesse lì mentre io ero al piano di sopra.

«Senti, devo metterla a letto e leggerle una fiaba. Credo ci vorrà un po' di tempo», dissi sperando che ricevesse il messaggio. Volevo che se ne andasse.

Scattò come una molla e afferrò la sua borsa. Poi ci ripensò. «Ti prego, posso farlo io?».

La guardai stupito. «Cosa?»

«Quello che mi hai detto. Almeno per questa sera, mi concedi il permesso di leggerle una favola?».

Non ero convinto. Se glielo avessi concesso, lei si sarebbe presa l'intero braccio. E poi, perché era tornata? Se aveva in mente di portarmi via Isotta, si sbagliava di grosso. Però una piccola parte, quella che si era nascosta a lungo, mi suggerì di far scegliere a mia figlia. Lei non aveva colpe.

«Isotta, ti va bene se la fiaba te la legge questa signora?».

In un primo momento restò nel dubbio se accettare o meno. Avrei voluto intrufolarmi nella sua testolina e suggerirle io la risposta. Poi disse di sì.

Evelina sorrise, portandosi una mano alla bocca, emozionata.

«Sì, ma non da sole. Ci sarò anche io», precisai.

E così Evelina iniziò a leggerle la favola di Biancaneve. Isotta stretta al suo orsetto di peluche, la copertina arrotolata fino a sotto il collo. L'ascoltava senza dire niente e la guardava illuminata dalla fioca luce di quella lampada sul comodino. Chissà se aveva capito che quella donna era la sua mamma.

Non riuscivo a sopportare l'idea che Isotta si era persa due anni, di lei. Due anni di vita insieme, due anni di storie della buonanotte, due anni di insegnamenti, due anni di sua madre. Ed Evelina non l'aveva vista disperarsi per la comparsa dei dentini, per le sue cadute, le prime parole, i capricci quando si ostinava a voler qualcosa a tutti i costi. Eppure, ora che lei era lì, l'odio stava scemando. Era il tepore di una scena famigliare, di qualcosa che avevo rincorso a perdifiato. Perché, se era tornata, voleva solo dire che di noi ancora le importava.

E in tutto quel vortice di eventi, c'era una domanda che mi martellava la testa.

Cosa avrei detto a Selva?

Lei avrebbe capito, pensai.

Capitolo ventisette

Selva

«Avete visto chi è tornata?», bisbigliò una donna a Vittoria.

Era dal mio risveglio che avevo una strana sensazione addosso. Come quei brutti pensieri che arrivano all'improvviso da chissà dove e che non riesci a toglierti dalla testa. Non credo che la colpa fosse di Enea. Rispettavo il suo silenzio e non mi sarei mai permessa di essere invadente. Eravamo d'accordo che si sarebbe presentato con Isotta per pranzo. Di lui mi fidavo. Ciro mi girava troppo intorno, e non per richiedere cibo. Mi seguiva come un'ombra cucita addosso, come se volesse vegliare su di me. Mi ero anche preoccupata pensando che stesse male, ma no. Lui percepiva qualcosa in me.

Quella sensazione era peggiorata da quando avevo alzato le serrande del negozio e aperto la porta. Il paese era avvolto da un alone di mistero. Mi sentivo osservata, ma forse era solo una mia impressione. In fondo, quando non siamo sereni, tendiamo a vedere in modo negativo anche ciò che non lo è.

«Sì, l'ho visto», rispose lei, con aria distratta.

«Ah, ma io me l'aspettavo. Non poteva essere sparita così», commentò l'altra.

«Io ho sempre pensato che avrebbe fatto più bella figura a non presentarsi più».

«Ma che dici? E la bambina chissà se l'avrà già vista».
«Più che per la bambina, mi preoccupo per lui».
«E perché? Ora che è tornata, la famiglia è di nuovo al completo», concluse la donna.
Stavo svuotando la lavastoviglie, quindi non feci molto caso alle parole. Tutto cambiò quando sollevai lo sguardo e mi ritrovai ben quattro occhi puntati addosso. Mi ero forse persa qualcosa?
Continuai a svolgere il mio lavoro, cercando di ignorare i loro sguardi.
E poi la donna, di cui non conoscevo il nome, sfiorò la mano di Vittoria e si allontanò con una faccia di chi temeva qualcosa. Forse me.
«Va tutto bene?», mi domandò Vittoria.
Annuii. «Certo, perché non dovrebbe?»
«Fino a ieri avevi un sorriso radioso e oggi guardati. Hai sbagliato anche a farmi il mio tè», mi fece notare, indicando la tazza.
Mi colpii la fronte. Ma come accidenti era successo? «E tu me lo dici adesso? Dopo che te lo sei bevuto?»
«Sì, perché credo che tu abbia pensieri più importanti del mio tè».
Mi scusai con ogni mezzo a mia disposizione. Ma lei mi diceva di non preoccuparmi, che erano cose che potevano capitare.
Il fatto era che aveva ragione. La mia testa era altrove. Non avevo ancora sentito Enea, dopo la notte trascorsa insieme. D'accordo, mi ero imposta di non risultare assillante, ma lui stava facendo di tutto per farmi preoccupare. Mi aveva promesso di pranzare insieme, ma da quella porta non era mai spuntato. Non si era neanche preso il disturbo di avvertirmi. Niente di niente.
E se fosse successo qualcosa? Al diavolo le buone intenzioni.

Cliccai il tasto delle chiamate rapide e attesi il suono della linea libera. Rimasi stupita nel sentire il messaggio della casella vocale. Dopo un attimo di incertezza, decisi di lasciargli comunque un breve messaggio.

Ciao, sono io. Spero che sia tutto ok, perché poi dovrai scusarti con il mio povero stomaco. Ho una fame! Non farmi stare in pensiero. Un bacio

Continuai a controllare ossessivamente quel telefono per il resto della giornata. Non aveva mai squillato, se non per una simpaticissima chiamata di un call center che mi proponeva una compagnia assicurativa a un prezzo vantaggioso.

Mi passai una mano tra i capelli, voleva essere un gesto di conforto. Perché dentro di me sentivo agitarsi qualcosa, e non era una sensazione positiva. Dovetti trattenere l'impeto di chiudere il negozio e andare a cercarlo.

Passai in rassegna tutte le possibili ragioni del suo silenzio. E la maggior parte non mi piacquero.

Pensai a come avrebbe potuto giustificare il suo atteggiamento.

Scusa, ho avuto un imprevisto al lavoro. Scusa, mia figlia non si è sentita bene.

Scusa, mi si è rotto il telefono. Scusa, non avevo voglia di sentirti.

Quando arrivò l'ora di chiudere, visto che non avevo ancora messo niente nello stomaco, decisi di fare un salto in gastronomia e acquistare una vaschetta di lasagne. Quelle sì che mi avrebbero risollevato l'umore. E poi, se ancora non si fosse fatto vivo, sarei andata dritta a casa sua. Sì, l'avrei fatto.

Non appena girai l'angolo, ecco che accadde l'inevitabile. E solo in quel momento mi resi conto di chi fosse l'oggetto della discussione tra le mie due clienti.

La nausea mi assalì.

Provai a fare un passo indietro e infilarmi nel primo negozio, ma non ce n'erano. Il primo si trovava a circa cinquanta metri da me. Troppi per passare inosservata.

Se non fosse stato per Isotta, neanche si sarebbe accorto della mia presenza. Troppo preso a sorridere a quella donna da non riuscire a guardarsi neanche attorno.

Ci fissammo.

La bambina strattonò la gamba del papà e lo obbligò ad avvicinarsi, senza smettere di agitare la sua mano per salutarmi. Lui, invece, mi rivolse uno sguardo nel quale potevo leggere la paura di fare la cosa sbagliata e una richiesta di perdono.

«Selva?», disse lui.

Certo, ero proprio io.

«Signor sindaco», risposi, senza però riuscire a non guardare la donna che era al suo fianco. La somiglianza con sua figlia era talmente evidente che mi tolse ogni dubbio. Se mai ne avessi avuto ancora uno.

Ecco la spiegazione del suo comportamento. Niente incidenti, malattie, o telefoni rotti. Semplicemente era arrivata lei. Il suo primo grande amore.

«Oh», iniziò a dire con un po' di imbarazzo. «Evelina, questa è Selva. Ti presento il nuovo acquisto di Roccamonte, ha aperto una tisaneria nel vecchio negozio del signor Antonio».

Il nuovo acquisto, ecco ora cos'ero per lui. Un abitante in più nel suo adorato paese.

Le tesi la mano e lei ricambiò la stretta. «Piacere mio. Caspita quante cose mi sono persa. Enea mi sta portando a fare un giro per vedere tutti i cambiamenti. Mi mancherà Antonio, il suo negozio era un po' il simbolo di questo paese».

Sì, ti sei persa tante cose, pensai. Tua figlia è una di quelle.

Mi sentii come se fossi intrappolata in un ascensore con a bordo troppe persone rispetto alla capienza massima. Stavo soffocando per la rabbia che avevo dentro.

«Sono certo che Selva farà del suo meglio per mantenere vivo il ricordo», aggiunse lui con molta calma.

Ti prego, dammene un po' anche a me, della tua calma, pensai. Perché io non so come si fa.

Si rendeva conto di come si stava rivolgendo a me? Che cos'ero per lui? E quello che c'era stato tra di noi? Possibile che se lo fosse già dimenticato? Perché io non ci riuscivo, non avevo pensato ad altro. Che stupida essermi preoccupata per lui, mentre ora mi era chiaro che si trovava in buone mani. In quelle di lei.

«Ora devo proprio andare. È stato un piacere conoscerti», aggiunsi, sforzandomi di sorridere. Poi mi rivolsi a Isotta. «E tu vedi di fare la brava, proprio come Biancaneve», mi raccomandai, sfiorando con un rapido gesto il suo nasino.

Mi voltai, decisa a mettere quanta più distanza tra noi. Lasciai che le mie gambe si muovessero al ritmo che volevano, non le avrei fermate. Mi sforzai di trattenere le lacrime, quelle sì. Non se le meritava.

Sentii alle mie spalle una serie di passi ravvicinati e poi una mano che mi afferrò il braccio.

Anticipai qualsiasi cosa avesse voluto dirmi. «Lo trovi divertente?»

«Non fare così, ti prego».

«Così come?».

Si scompigliò i capelli, prendendo un lungo respiro. «Sei arrabbiata con me».

«Ma davvero?», gli risposi colpita dalla sua osservazione. «Non ti facevo così intelligente».

«Non è una situazione facile. Te ne avrei parlato, ma preferivo farlo a quattrocchi, non così».

«Certo, ovviamente quando ti saresti ricordato di me».

«Non essere cattiva. Tu non lo sei».

«Senti, non venire a dirmi cosa devo essere e cosa no. Guarda che non devi darmi spiegazioni, l'ho capito da sola».

«Tu mi credi un mostro, è questo che pensi di me? Come pensi che stia dopo che la madre di mia figlia ricompare così all'improvviso? Dannazione, ero felice... noi eravamo felici!», lo disse a bassa voce, avendo cura di guardarsi indietro.

Allora quello che c'era stato tra di noi era reale. Anche lui era stato bene.

Mi strinsi nelle spalle di fronte all'evidenza. «Sì, lo eravamo. Però lo vedo anche adesso che tu stai parlando che qualcosa è cambiato. Sei qui con me, ma è come se non fossi qui. Stai cercando di rimettere le cose a posto, ma a me non basta».

Sembrò che lui non sapesse come replicare. Poi mi rispose. «Non è vero, tu mi manchi». Una frase strozzata tra quelle labbra che mi ricordavano quanto erano belli i suoi baci.

«Forse è stata la magia a farci incontrare, ma non era destino. Lei adesso è tornata e tu non puoi fare finta di niente».

«Fammi solo dire...», tentò di aggiungere.

Lo bloccai. «Aspetta che io finisca e poi potrai dirmi tutto quello che vuoi. So che non è facile per te rivedere piombare la madre di Isotta, ma non è facile neanche per me. Sembra che il destino avesse un finale diverso per noi due e uno già scritto per voi».

Forse Enea iniziava a capire la situazione in cui si trovava. Due piatti sulla bilancia e non sapere quale dei due avrebbe pesato di più.

«Non ti ho chiamata perché non ho avuto il coraggio. È successo tutto così in fretta che mi è mancato il tempo per parlare a Evelina di noi. Ma ti giuro che volevo farlo, aspettavo solo il momento giusto».

«Sì, come lo aspettavi per parlare con me. Dài, non ci giriamo attorno. Tu sai benissimo cosa vuoi, lo capisco. Hai condiviso un grande amore con quella donna, e non solo...».

La voce di Evelina ci prese in contropiede. Lo stava chiamando perché Isotta voleva suo padre.

«Vai, ti stanno aspettando», gli suggerii, obbligandomi a non versare una sola lacrima.

Enea urlò che sarebbe arrivato. «Quando la guardo, vedo i pezzi di una vita passata e non so come comportarmi. E poi ci sei tu, ti penso in continuazione e non riesco a evitarlo. Perché sei un chiodo fisso».

Per assurdo mi venne perfino da sorridere. Avevo sperato che andasse diversamente, che questa volta sarebbe stata quella giusta. Lui mi aveva regalato una favola, anche se breve. Colpa mia che ci avevo creduto fino in fondo. Il lieto fine non era il mio, ma il suo. Solo adesso riuscivo a dare un senso a tutto quello che era accaduto. Doveva incontrarmi affinché potesse mettere da parte il rancore e credere di nuovo nell'amore. Solo così poteva perdonare Evelina e riavere la sua famiglia.

«Lei è la madre di tua figlia. È stato il tuo più grande amore e non lo dimenticherai mai. Vai da loro, è giusto così».

«Non parlare così, mi stai confondendo…».

«E come dovrei parlarti?».

Era agitato. «Io non lo so! Dammi il tempo di capire come comportarmi. Di capire cosa provo».

Mi domandai perché il karma ce l'avesse con me. Quale guaio avevo combinato in una vita precedente per meritarmi tutto questo?

«Forse la cosa migliore da fare è andare avanti e dimenticarci. In fondo è passato poco tempo, sono sicura che supereremo tutto. Tu hai già iniziato a farlo». Mi rendevo conto che lo stavo portando io verso quella direzione. Mi stavo mettendo da parte perché era giusto così.

«Selva, ti prego. Ragioniamoci sopra, parliamone… non fare di testa tua».

«Smettila!», gli gridai quasi contro. «Lo capisci che non è giusto? Non puoi avere entrambe! Io mi merito di più di questo. Mi merito un uomo che sia deciso, che abbia il coraggio delle proprie azioni, che io sia la sua prima scelta».

Volevo che mi odiasse, non lo pensavo per davvero. Perché ero certa che quello che avevamo provato fosse reale. E mentre gli gridavo quelle parole, il mio cuore riprese a battere, facendomi capire che non sarei morta per l'ennesima delusione d'amore.

«Non mi lasciare…».

Quelle parole restarono sospese in aria. Perché di una richiesta così piccola non sapevo cosa farmene.

«Ci siamo detti tutto quello che c'era da dire». Abbassai gli occhi, pur di non guardare dentro ai suoi. «Il tuo cuore è già troppo affollato e non posso rimanere finché tu sarai ancora legato al passato. Io non vivo andando indietro ma camminando in avanti, e non posso tenerti la mano se marciamo in senso inverso. Mi dispiace tanto».

Mi afferrò la mano, ma io la ritrassi.

«Selva», mi chiamò lui, mentre iniziavo ad allontanarmi.

Il mio nome riecheggiò nell'aria.

«Forse avevi ragione. Nel nostro mondo l'amore non è come nei libri, non recita la frase "E vissero per sempre felici e contenti"».

Capitolo ventotto
Enea

Quando tornava a essere la donna di un tempo, era bella da togliere il fiato. Mi sentivo un uomo fortunato.

Continuavo a ripetermi che era solo un momento passeggero, e che lei era lì sotto da qualche parte. Non poteva essere andata via. Lo sapevo perché, a tratti, era ancora la donna di cui mi ero follemente innamorato. La mia principessa.

Camminavamo per le vie del paese. Lei spingeva la carrozzina, felice di sentire il vento che le sferzava i capelli. Sorrideva, rideva per le mie battute.

Isotta si era appena addormentata. Succedeva ogni volta che mettevamo piede fuori casa, come se dentro ci fosse qualcosa che glielo impediva. Se pioveva o c'era il sole a lei non interessava, riusciva comunque a schiacciare il suo pisolino.

Ci lasciammo alle spalle la macelleria con quella grande insegna gialla.

«Buona passeggiata», ci gridò dietro la figlia del macellaio.

Mi voltai a guardarla con un po' d'imbarazzo. Si vestiva sempre in un modo così provocante. Ma Evelina non temeva il confronto con nessuna. Avrei tanto voluto avere io la sua sicurezza. «Buon lavoro», ricambiò lei, agitando una mano.

Girammo verso destra, fino a raggiungere il parco. Era una bella giornata di sole e la gente si accalcava sulle panchine o si gustava un gelato, a gambe incrociate su quella distesa di verde.

Una bambina correva su, facendo volare il suo aquilone. Chissà se un giorno, anche mia figlia mi chiederà di comprargliene uno. E se ci giocheremo insieme.

Trovammo posto all'ombra, ma Evelina lasciò la carrozzina rivolta per metà al sole. Diceva che faceva bene alla bambina. Non la contraddissi, in fondo era lei la madre. E poi era una giornata troppo bella per rovinarla con delle sciocchezze.

«Domani devo incontrare una persona in città», mi disse, cogliendomi di sorpresa.

«Chi?».

Alzò le spalle, come se fosse qualcosa di poco conto. «Qualcuno che può aiutarmi».

Sgranai gli occhi. «E perché me lo dici solo adesso? Ne avevamo parlato insieme, che avremmo valutato la situazione e ci saremmo consultati», tuonai quasi infastidito.

Dovevo essere contento, significava che si stava dando da fare per cambiare. E invece, perché ero così arrabbiato? Mi sentivo tradito, come se il mio aiuto non potesse bastarle e lo avesse cercato in una persona estranea.

«Perché sapevo che mi avresti martellato di domande e magari non l'avrei mai fatto».

«Ah», mi venne da dire.

«Che c'è, che hai?»

«Non pensavo che mi temessi così tanto. Io ti amo e sai bene che farei di tutto per te. Nell'ultimo periodo, soprattutto dopo la nascita della bambina, sei cambiata, ma so che riusciremo a superare tutto. E va bene, se vuoi andare da uno psicologo, è già un grande passo in avanti, ma avrei preferito saperlo prima», le rivelai a cuore aperto.

Annuì. «Ti amo anche io, ma voglio che l'uomo che ho al mio fianco appoggi le mie scelte. Non che le giudichi».

Forse non riuscivamo più a capirci. Io non la giudicavo, io ero arrabbiato con me stesso perché faticavo a riportarla da me. Io la conoscevo meglio di tutti e non ci riuscivo.

«Sei libera di fare tutto ciò che vuoi. Magari è il tipo di aiuto di cui hai bisogno», provai a suggerirle per rincuorarla.
Allora i suoi occhi riacquistarono vita. Mi prese una mano e la strinse nella sua. «Pensi che mi aiuterà? Voglio dire, a fare in modo che tutto torni come prima?»
«Non lo so, ma da qualche parte dobbiamo pur iniziare».
«E se mi chiederà di farti partecipare agli incontri? Come una terapia di coppia?»
«Vorrà dire che ci andremo insieme».
«Non saresti arrabbiato? In fondo tutto questo accade per colpa mia, è una cosa che riguarda solo me».
«Non dal momento che tu sei la mia compagna e la madre di Isotta. E non esistono colpe che non possano essere sistemate. Vedrai, andrà tutto bene…».
E allora, perché mi tremavano le gambe?

«E questa è nuova?», mi domandò Evelina, indicando una macchina.
Mi balenò per un attimo il pensiero che lì dentro, poco tempo prima, avevo trascorso una serata con Selva. Se chiudevo gli occhi, potevo ancora rivivere quella scena. Una cena consumata tra i sedili, la visione di *Serendipity*, le chiacchierate, le risate, la voglia di baciarla.
Feci di sì con la testa e lei corse a vederla. «Ma è bellissima! Non avevi detto niente più auto finché Isotta non fosse diventata grande?».
Si ricordava. «Bugia», dissi, fingendo di essere colpito al petto.
Lei scoppiò a ridere. «L'ho sempre saputo. Non potevi tenere a freno una passione del genere. Piuttosto, abbiamo tempo per un film o devi scappare al lavoro?».
Bastò una frazione di secondo e il suo viso si trasformò in quello di Selva. Una massa di capelli rossi, un viso tempestato da lentiggini, occhi impossibili da dimenticare.

Anche se era rispuntata nella mia vita e io l'avevo accolta, non riuscivo comunque a dimenticare quello che mi aveva fatto. Oltre a non riuscire a mettere da parte quello che avevo vissuto con Selva, che era qualcosa di reale. Lei mi aveva aperto il suo cuore e io l'avevo pugnalata alle spalle. Non era mia intenzione, non avrei mai voluto farle del male. Mi trovavo incastrato in una situazione di merda. Combattuto tra la scelta di due donne, una delle quali era il mio primo amore e la madre di mia figlia. Ma ora non potevo tornare indietro, non dopo essermi comportato in quel modo. L'avevo lasciata andare via senza trattenerla. Quel groppo in gola era lì a ricordarmi tutto quello che avrei potuto dirle e che invece non avevo detto. Avevo l'opportunità di ridare a Isotta quella madre che non aveva avuto. Ed era di gran lunga più importante di una storia interrotta sul nascere. O no? Forse me ne sarei pentito, ma adesso andava bene così.

«Credo di no, devo andare. Però ti prometto che tornerò presto, almeno spero».

«Posso venire con te?»

«No, si tratta di cose di lavoro», la frenai.

Fu una cosa istintiva.

Il suo sguardo cambiò, mutandosi in qualcosa che non avevo ancora conosciuto. «Devi vederti con lei?»

«Di chi stai parlando?»

«Di lei, ovvio. Non pensare che sia una scema, certe cose una donna le intuisce. Non ti sto giudicando per essere andato avanti e per avere avuto un'altra donna, ma non mentirmi. Questo non me lo merito».

Stentavo a riconoscerla. Da quando era diventata gelosa?

«Proprio tu parli di bugie? Se ti dico che sono cose di lavoro è perché è vero. Non mi chiamo Evelina, io dai tuoi sbagli ho imparato tanto».

«E figurati se non dobbiamo ritornare su cose vecchie».

«Ma santo cielo che cosa ti aspettavi? Che sarebbe stato facile? No, non lo è e magari non lo sarà mai. Ci sto provando, ce la sto mettendo tutta per far funzionare le cose ma ho bisogno anche del tuo aiuto».

«E come pensi che possa dartelo? Mi dai un dito e poi tiri indietro la mano. Io voglio dimostrarti che sono cambiata, che sono tornata qui solo per voi. Ho fatto un errore, ma credo di aver pagato la mia colpa. Mi sono persa tanto e ora ho bisogno di recuperare quel tempo. Adesso vorrei più semplicità. Non dovermi ricordare che la colpa è più mia che tua. Tendere la mano e trovare la tua a metà strada».

Di fronte al mio silenzio, Evelina rilanciò la posta. «Mi hai fatto dormire nella camera degli ospiti. Tu hai paura di starmi vicino».

«Voglio solo difendermi».

«Da chi, da me?»

«No, da quello che potrei fare io».

Ed era la verità, perché avevo bisogno di sentirla mia. Di mettermi alla prova. Di tornare a vivere tutto quello che, di lei, mi era mancato. Solo così avrei potuto capire, ma era una scelta azzardata. Un rischio che forse era meglio non correre. Non ancora.

Allora il suo viso si addolcì e mi cinse il collo con le sue braccia.

«Devi seguire il tuo istinto e assecondarlo. Non porti dei limiti», mi sussurrò a un soffio dalla mia bocca.

Nonostante il suo aspetto fosse cambiato, non era cambiato il suo influsso su di me. Riusciva tutte le volte a farmi eccitare. Mi conosceva bene, era al corrente dei miei punti deboli. E partiva in vantaggio in questo duello.

La mia mente era lì ma il cuore sentivo che era altrove. Perché mi stava succedendo questo? Forse, ero solo confuso. Io l'amavo ancora, dovevo solo trovare il modo per far riemergere quel sentimento.

Questa volta l'avrei fatto funzionare. Non avrei permesso che la nostra famiglia si rovinasse di nuovo.

«Io non ho mai smesso di amarti, anche se magari adesso è tardi», aggiunse come tocco finale.

E la cosa più spiazzante era che, di fronte a quelle parole che avrei tanto voluto sentire, ora non provavo più niente. E c'era solo una persona in grado di aiutarmi.

«Che ci fai qui? È successo qualcosa a Isotta?», sparò a raffica mia madre. Come al solito, si preoccupava.

«Non puoi semplicemente dirmi: "Ciao, tesoro, che bella sorpresa mi hai fatto"?»

«È che... Niente, fa' come se non ti avessi detto niente. Ricominciamo. Wow, che bello vederti qui e chi se lo aspettava», recitò come se leggesse un copione. Peccato che il risultato fosse pessimo. «Meglio?»

«Contenta tu. E comunque passavo da queste parti, sono andato a controllare quella buca sull'asfalto che c'è all'inizio della tua vita. Per domani sarà tutto a posto», la rincuorai e mi accomodai sulla poltrona di papà.

«Piuttosto, lui dov'è? Siamo soli?»

«Non te l'ha detto? Ora gli è venuta una gran voglia di pescare. Se apri i cassetti del freezer, troverai solo pesci. Magari te ne porti qualcuno a casa, così me ne libero un po' io».

«Perché no», risposi distrattamente, perché effettivamente non avevo recepito una sola parola. Adesso capivo perché mio padre non voleva mai liberarsi di quella poltrona, anche se era vecchia e logora, era davvero comoda.

Mi stiracchiai, facendo un po' di stretching.

«Adesso che abbiamo fatto un po' di conversazione, puoi dirmi il motivo della tua visita?», mi domandò.

Già, il motivo.

«Ma di che parli? Te l'ho detto, passavo di qui per caso», la depistai. Ora che ero lì, mi mancava il coraggio per tirare fuori l'argomento. Era meglio prima sondare il terreno. Non ero mai stato per le cose dirette, a meno che non mi spronasse qualcun altro.

«Sei davvero convinto di potermi fregare? Ti ricordo che, oltre a essere tua madre, sono anche una donna. Con me non attacca. C'entra Evelina?».

Eccome se c'entrava, o forse la questione riguardava anche Selva. Dio, che confusione. Ora capivo perché le donne erano sempre così complicate, pensavano troppo.

«Sì e no. Cioè, non ho le idee chiare».

«È un bel pasticcio, ma sono sicura che saprai uscirne fuori».

E quindi? Che delusione.

«Niente consigli di vita? Tutto qua?», mi lamentai, allargando le braccia. Non avevo fatto tutta quella strada per sentirmi dire "Saprai uscirne fuori", che equivaleva a un "Te la saprai cavare".

Fece una piccola risatina. «Cosa ti devo dire? Che per me stai sbagliando tutto?».

Le vie di mezzo, quelle sconosciute per mia madre. Certo che era strana, prima se ne lavava le mani e ora prendeva posizioni nette. E per giunta rinfacciandomi che stavo sbagliando.

«Perché mi dici questo? Non era quello che tutti desideravate per me? Bene, Evelina è tornata a casa ed è giusto che mia figlia abbia una madre».

Scosse la testa, continuando a fissarmi. «Prima di tutto, giù le scarpe dalla poltrona». Non me lo feci ripetere due volte. «Sì, però ti ricordo che è una madre che per ben due anni non c'è stata. Ti ha per caso detto dov'è stata e cosa ha fatto in questo periodo?».

Solo in quel momento mi accorsi che avevamo parlato tanto, ma non era mai stata chiara nel dirmi com'era stata la sua vita in quei due anni. A parte il pentirsi, non aveva ancora risposto alla mia domanda.

«No», non negai.

«Lo so che è la madre di Isotta e un tempo le ho anche voluto molto bene, ma quel tempo è ormai passato. La donna che vedo oggi è diversa e anche tu non sei più quel ragazzino. Finalmente eri riuscito a voltare pagina con quella ragazza, e quindi perché hai deciso di accoglierla di nuovo nella tua vita?»

«Perché ho bisogno che resti».

«Per te o per tua figlia?».

Mi spiazzò. Mia madre non riusciva a capire che l'avevo fatto per Isotta, solo per lei. Non risposi.

«E Selva, cosa mi dici di lei?».

Non volevo parlare di lei. Ascoltare il suo nome mi faceva sentire un codardo. Era stata una svolta inaspettata nella mia vita, come inaspettato era il sentimento che provavo per lei. Però dovevo metterlo da parte per amore di mia figlia.

«Ho dovuto lasciarla andare. Lei si merita di meglio».

«Ti rendi conto che stai commettendo lo stesso errore di Evelina? Forse voi due non siete poi così tanto diversi», mi punzecchiò, avviandosi al lavello per preparare una caffettiera.

Scattai. «Eh, no, mamma! Non ti permetto di paragonarmi a lei».

«E allora perché lo fai? Io dico solo che una donna che è in grado di farmi tornare la voglia di riprovarci, non me la farei scappare».

«Tu la fai sempre facile. Tu hai avuto solo papà».

Lei sbuffò, accendendo il fuoco. Se avesse potuto, avrebbe messo direttamente me lì sopra.

Si girò, uno straccio tra le mani. «Te lo dico una volta e non te lo ripeterò più, visto che sei venuto a chiedermi consiglio. Hai di fronte a te due possibilità. Puoi decidere di avere il tuo nuovo inizio con Evelina e riunire la famiglia, accettandola e perdonandola. Oppure puoi decidere di scegliere la strada nuova, quella che deve essere ancora battuta, ma che sono certa ti porterà lontano. Perché ancora non sai cosa lei potrà offrirti, lei deve avere ancora la sua possibilità».

«E cosa dovrei fare?»

«Quello che pensi sia meglio per te. Sempre che non sia troppo tardi...».

Capitolo ventinove
Selva

Ero davanti allo specchio del bagno. Aspettavo che Sonia mi portasse qualcosa da mangiare insieme, visto che ero a digiuno da giorni. E no, io non ero quel tipo di persona che dopo una delusione d'amore si rifugia nel cibo per colmare una mancanza. A me si chiudeva direttamente lo stomaco.

Alla fine non ero mai abbastanza. Mai abbastanza in ordine, abbastanza in gamba, abbastanza donna da tenersi un uomo.

Mi ero guardata e non mi piaceva l'immagine che lo specchio mi rimandava. Mi detestavo. Quel senso di vuoto che provavo mi stava portando a trascurare quelle parti di me che un tempo amavo. Non volevo apparire bella, forte e solare, volevo concedermi il lusso di mostrare la mia debolezza.

Ora mi trovavo in bagno per valutare l'unica possibilità che avevo di fronte. Quella di modificare il mio aspetto per poter vedere una persona diversa. Era l'alternativa più facile e veloce per prendere le distanze dalla donna che ero stata fino a qualche giorno fa. Così facendo, mi sarei trasformata in una donna nuova. In quella che lui non aveva conosciuto.

Da quando era ricomparsa Evelina, mi ero fatta da parte. Era sempre la madre di Isotta, la donna che Enea aveva amato con tutto il cuore. Lui era stato sincero, mi aveva fatto capire che provava qualcosa per me, ma che ora era confuso. Era un uomo con dei principi, non l'avrebbe abbandonata anche se lei un tempo l'aveva fatto. Lo aveva promesso a se stesso, l'aveva promesso a sua figlia nel caso un giorno si fosse ripresentata alla sua porta. Me l'aveva detto prima del nostro bacio, probabilmente lo aveva anche dimenticato.

«No, ma cosa stai facendo», mi rimproverò Sonia, correndo verso di me e strappandomi le forbici dalla mano.

«Voglio solo dare un taglio netto al passato».

Perché non poteva lasciarmi fare?

«No, bambina mia, non è così che si fa. Non con questi capelli. Lo vuoi fare per punirti, non perché davvero vuoi che sia un nuovo inizio. Non ti conosco da molto tempo, ma so che ora pensi che tutto sia insormontabile. Eppure non lo è. Tutto si supera con la forza di volontà».

La forza che a me mancava. Perché, se ne avessi avuta un briciolo in più, sarei rimasta a Roccamonte a gestire la mia tisaneria. Invece avevo fatto la cosa per la quale ero più portata: scappare. Dopo quell'ultimo incontro con Enea, non ne erano seguiti altri. In realtà avevo visto Evelina passare davanti alla mia vetrina in più di una occasione, ma di Enea non avevo saputo più niente. A parte l'ultimo messaggio visualizzato in cui mi aveva scritto "buonanotte principessa". Speravo che si fosse sbagliato, invece l'ulteriore messaggio a pochi secondi di distanza confermò che era davvero per me. Gli avrei fatto vedere io che tipo di principessa ero. Quella che non aspettava alcun principe azzurro per essere salvata. Sarei bastata a me stessa.

E così decisi che era giunto il momento per regalarmi una vacanza. In un'ora avevo preparato la mia valigia e caricato i gatti in macchina. Avevo bisogno di tornare a casa mia, avevo bisogno che qualcuno si prendesse cura di me. E pazienza se a farlo era un'amica, almeno di lei potevo fidarmi.

Non volevo disturbare Sonia, proprio adesso che aveva conosciuto un uomo. Mi sentivo il terzo incomodo. Potevo valutare l'idea di tornare a casa dei miei, tanto si trattava di un breve periodo, ma non sapevo come avrebbero preso la notizia di ben tre gatti. Erano rimasti a Ciro.

Ma lei non aveva voluto sentire ragioni. Questa è anche casa tua, mi aveva detto contenta di potermi riavere ancora un po' con sé. E io non me l'ero fatto ripetere due volte.

E ora ero lì, di fronte a uno specchio e con un paio di forbici in mano.

«Se lo fai, giuro che ti lancio i gatti dal balcone».

Mi voltai inorridita. «Dimmi che non l'hai detto».

«E invece sì! Molla subito queste forbici e vatti a dare una lavata. Puzzi, sono tre giorni che non ti lavi, te ne stai sul divano come un vegetale in attesa della fotosintesi».

Chissà se era vero che puzzavo. Sollevai un braccio per verificare.

«Sei una bugiarda, non puzzo!».

«E grazie al cielo. Però una doccia te la consiglio comunque, anzi, perché non un bagno caldo? Te lo preparo io, basta che lo fai e che riprendi in mano la tua vita».

«Bastasse un bagno caldo...», le feci notare.

Allora Sonia mi trascinò in cucina e mi obbligò a sedermi. «Tu ora mi ascolti. Non ti ho dato il permesso di venire qui per piangerti addosso, ma per superare quello che ti è successo. Lo so che fa male, ma evidentemente era un coglione. Perché una come te non me la sarei lasciata scappare per la donna che mi ha rovinato la vita».

«Hanno una figlia».

«Sì, e quando sarà grande cosa le racconteranno? Quando le chiederà: "Mamma, qual è stata la mia prima parola?", lei cosa le risponderà? "Mi dispiace bambina mia, ma ero occupata a prendere le distanze da te perché il ruolo di madre mi stufava"?».

Caspita, e da dove veniva fuori tutta quella grinta?

«Me ne dai un po'?»

«Di che?»

«Di quello che hai preso tu».

E allora Sonia scoppiò a ridere. «Dai, amica mia, fa' come ti ho detto e poi vieni di là. E questo pigiama te lo metto a lavare, troverai qualcosa di pulito nell'armadio», mi ordinò come se fosse una madre che si rivolgeva a una figlia.

L'adoravo, perché su di lei potevo sempre contare.

Preparai la vasca e mi immersi in un bagno di colori e di profumi. Avevo svuotato mezzo flacone di bagnoschiuma, tanto che facevo fatica a contenere tutta la schiuma, e avevo fatto sciogliere anche una di quelle palline fluo.

Ritornai davanti allo specchio, una volta che mi fui asciugata e vestita. Ora sì che si ragionava. Il mio viso non appariva più bianco come prima e i miei capelli avevano riacquistato volume.

«Ehi, ci sono, se vuoi mangiare», urlai a Sonia, una volta uscita dal bagno.

Silenzio.

Camminai su e giù per l'appartamento, cercandola. Niente da fare.

Ci riprovai. «Sonia, ho finito. Possiamo mangiare».

Raggiunsi la cucina e notai che il tavolo era vuoto. Non aveva apparecchiato. Poco male, l'avrei fatto io. Controllai il microonde e niente, nessuna busta di un take away all'orizzonte.

E poi mi venne in mente che forse doveva ancora andare e mi aveva dato il tempo per farmi un bagno. Presi il cellulare e provai a chiamarla, ma nel momento in cui lo squillo partì, lei chiuse la conversazione.

Due secondi dopo bussarono alla porta. Ecco, pensai, doveva essere lei.

«E poi parli male di me quando sei tu a scordarti le chiavi», la ripresi, spalancando la porta.

Per poco non ci rimasi sul colpo.

Dietro un enorme mazzo di tulipani, che tra l'altro erano

tra i miei fiori preferiti, si nascondeva il volto dell'uomo che mi aveva spezzato il cuore. Quello che mi aveva indotto ad allontanarmi.

Premetti sulle tempie per scacciare quella visione. Non poteva essere lui, come aveva fatto a trovarmi?

«Non hai risposto alle chiamate».

«Non ho avuto tempo».

«I messaggi li hai letti».

«Sì, l'ho fatto».

Una sensazione di nausea mi assalì.

«Ma quanti anni abbiamo? Ti rendi conto che stiamo urlando?». Bloccò la porta per evitare che potessi chiuderla.

«Allora o te ne vai o entri, perché io non sono una cafona che urla per il pianerottolo».

«Sapevo che l'avresti detto». Lui entrò, un sorrisetto beffardo sul suo bellissimo volto. Dio, quanto mi era mancato. Ma io dovevo voltare pagina.

«Ora che fai, prevedi anche le mie risposte? L'allievo vuole superare il maestro?»

«L'allievo ha bisogno del maestro».

«E per cosa? Evelina non è abbastanza brava?».

Quello era solo l'antipasto. Avrebbe avuto tutto il peggio che sarei stata in grado di tirare fuori.

«Queste frecciatine non si addicono a una principessa», ci scherzò sopra.

«Senti, eh, non sei proprio nella posizione per fare battute. Sonia potrebbe tornare da un momento all'altro e non voglio che ti trovi qui».

«In realtà è stata proprio lei ad aiutarmi».

Che cosa? Ora tornava tutto. Non era uscita per comprare la cena, l'aveva fatto per permetterci di restare da soli. Oh, sì, me l'avrebbe pagata. Da lei non me lo sarei aspettato.

«Allora se le cose stanno così, sono io che ti invito a uscire».

Enea si schiarì la gola, posando sul mobile quel mazzo di

fiori che non avevo ancora preso. «Vuoi scappare da me, ma sai che cosa vedo? Vedo una donna che sta facendo di tutto per non ammettere che mi ama. Perché sarebbe troppo semplice finirla qui e avere il tuo lieto fine. Perché tu sei fatta così».

Incrociai le braccia. «Nient'altro? Pensi di conoscermi così bene ma non sai niente di me».

Allora Enea prese fiato e iniziò a contare sulle dita. «So che hai chiamato il tuo gatto Ciro come il personaggio di una fiction, so che ti tocchi i capelli quando sei imbarazzata, so che non potrei mai chiederti di scegliere tra le erbe e me, so che quando ridi socchiudi gli occhi perché hai paura che ti vengano le lacrime, so che ami i libri e il buongiorno che inizia con un caffè, so che a colazione ti scappa sempre un po' di latte sulla tavola, che di notte hai i piedi gelati, so che ami i vestiti eleganti ma ti senti più a tuo agio nel tuo abito di carnevale, so che ti piacciono gli hamburger ma scarti sempre il cetriolo, e poi so, perché le dita stanno finendo, che se mi farai uscire da quella porta avremo perso per sempre il nostro lieto fine».

Caspita, quello sì che era un modo per levare le parole di bocca.

«E perché me lo stai dicendo ora? Che cosa è cambiato da qualche giorno fa?»

«Mi sei mancata così tanto che ho cercato di tenermi occupato pur di non pensarti. Mi sono dato al giardinaggio, mi vedi? Ed è una di quelle cose che non avrei mai preso in considerazione, se non fossi tu la causa. Però, più mi tenevo occupato, e più quel buco dritto nel cuore non si chiudeva mai. Forse avrò impiegato più tempo del previsto a capirlo, ma l'unico sigillante possibile eri tu».

Ancora silenzio.

Enea si avvicinò e io indietreggiai. Eravamo tornati al punto di partenza. Bisognava lanciare di nuovo i dadi. «E ora, ti prego, smettiamola di rincorrerci perché io ormai non sono più un ragazzino e ho il fiato corto. Io so cosa voglio, perché ti ho scelto dal primo istante che ti ho vista. Bella, colorata, bizzarra e fuori di testa più che mai. Vedi, io e te in fondo non siamo tanto diversi. Ognuno di noi porta addosso i segni delle proprie battaglie, quelle cicatrici che, pur volendo, non possiamo cancellare. Però, insieme, possiamo farle sbiadire». Un altro passo verso di me. E io ferma. «Io voglio andare controcorrente e non avere paura di non aver tentato. Perché questo è l'unico momento in cui non dovrei averne».

Un passo ancora. I miei occhi all'altezza della sua bocca. La mia bocca quasi all'altezza del suo cuore. Potevo sentirlo. «E che ne sarà di Evelina?», gli domandai diretta.

«Lei non era venuta per restare. La sua vita era altrove, ma voleva che io e Isotta ne facessimo parte».

«Giusto, tu sei il sindaco di Roccamonte… Come potresti andare in un altro posto. Allora cosa sono, un ripiego?»

«No, ti sbagli. Perché lo sapevo dalla sera in cui si è presentata a casa mia. Sono stato un codardo, ma nessuno mi ha insegnato come gestire queste cose. E io non voglio essere un uomo di cui conserverai un cattivo ricordo. Ora, io non posso impedirti di sbattermi fuori, ma c'è una cosa che posso garantirti. Ti prometto che sarò più sicuro di qualsiasi mezzo che esista in questo mondo, e che ci penserò io a ogni rifornimento di pieno e a ogni gomma che bucheremo. E ci gusteremo l'arrivo di un nuovo giorno, stretti stretti e appagati sui sedili posteriori dopo aver fatto l'amore».

«Io ti odio».

«Solo adesso?»

«Perché ridi? Che cosa c'è?»

«Mi ero per un attimo scordato quanto fossi bella», proseguì. «Io voglio provarci ancora una volta».

«Sì, finché non ti sarai stufato».

«No, perché sarà l'ultima volta e avrà un finale diverso. E ti prometto che non dovrai più temere i giorni brutti perché li caccerò via con la mia Excalibur».

«Be', come inizio non c'è male...».

E finalmente ero riuscita a vederlo solo perché aveva abbassato le sue difese. Lui era il guardiano della mia felicità.

Non ero io a dover ricominciare. Era lui che aveva bisogno di mettere la parola fine a quel passato che era rimasto in sospeso per poter iniziare un nuovo capitolo. Insieme a me.

Enea afferrò la mia nuca e mi avvicinò prepotente a lui. Una manciata di centimetri dividevano le nostre bocche e mi baciò.

Lo respinsi.

Ci riprovò. «Dove vai, vieni qui».

«Altrimenti?», feci io.

«Altrimenti un giorno ti sposerò».

Probabilmente non abbiamo vissuto, ogni istante, felici e contenti, ma di sicuro la nostra è stata una storia a lieto fine.

Epilogo

Dolcissima Aurora, figlia mia,

era una mattina di fine maggio, dei raggi luminosi attraversavano il sottile cotone delle tende e la stanza si riempiva di grida che, da sole, potevano far cadere il cielo. Due mani si stringevano forte, intrecciando le proprie dita in un gesto disperato di amore e di sofferenza. E il tuo pianto è diventato il suono di vita più bello che avessi mai sentito. Così sei nata tu, e hai capito fin da subito che quel mondo ancora non ti convinceva. Ti ho spiegato che era normale, dopo nove mesi di buio, ma che avresti presto amato il mondo qui fuori, pieno di colori, di suoni e di profumi.

Il tuo viaggio è stato lungo, a tratti non facile, ma tu, piccola guerriera, hai fatto la tua sosta, riposandoti tra le braccia della tua mamma. Ti è sempre piaciuto quando la sentivi chiamarti per nome, e la tua bocca si spalancava per poter comunicare con lei.

Piccola Aurora, quante cose che imparerai, ma non avere fretta di crescere velocemente e di bruciare le tue tappe. Assaporale.

Io ero già padre prima di te, ma era come se fossi tornato a esserlo per la prima volta. Perché quando ti bacio e ti vedo sorridere, so che hai capito che di me ti puoi fidare. Non tutti i baci saranno così dolci, alcuni avranno il gusto del cibo più amaro che tu abbia mai assaggiato. Tu, però, non perdere mai la speranza, perché è la cosa che io e la tua mamma non ab-

biamo mai smarrito. E te lo dice un uomo che aveva smesso di credere ma che è stato salvato.

Non posso insegnarti l'amore, non sono molto bravo con la teoria, ma farò del mio meglio per dimostrarti che la vita è una continua fonte di sorprese. Posso raccontarti di quante notti insonni hai fatto passare alla tua mamma, perché tu decidevi che la sera era fatta per essere vissuta e non per dormire. Di come ti imbronciavi quando ricevevi un no e tu volevi fare di testa tua. O quando chiudevi ermeticamente la bocca perché la pappa non era di tuo gradimento. Quante cadute hai fatto, quante ginocchia ti sei sbucciata, quanti pianti per quei dentini che faticavano a uscire.

Non ti dirò che è stato facile, sarebbe una bugia, ma ti posso dire che è stato bello.

Accechi di continuo i nostri cuori e i nostri occhi quando ci regali i tuoi sorrisi.

E le lacrime, grazie a te, sono meno amare. Come dice la tua mamma, tu sei meglio di qualsiasi lozione struccante, perché riesci a cancellarle con un colpo di bacchetta.

Ogni giorno sono rapito dal tuo profumo, quello che hai nella piega tra collo e spalla. Sa di latte, di cosa buona.

Vorrei regalarti una casa al mare con una finestra alla quale potrai affacciarti per farti spettinare i capelli dal vento. Per respirare il sale portato dalle onde. E se non basterà, ti regalerò anche una tavola da surf. Così non dovrai più temere niente e potrai cavalcare anche i pericoli della vita.

Il futuro è pieno di incognite, ma non preoccuparti. Potrai contare sempre su di noi.

Sei stato il nostro piccolo seme, che abbiamo annaffiato quotidianamente affinché sbocciasse. E tu continuerai a crescere, fino a diventare una donna meravigliosa. Fammi un regalo: non perdere mai la capacità di stupirti. Osa, anche quando tutto sembra ormai perso. Tu provaci. I rimpianti sono per chi non ha il coraggio di lottare mentre tu sei una guerriera.

Non so quando leggerai questa lettera, probabilmente quando sarai abbastanza grande da riuscire a farlo. E allora ti chiederai il perché di questa storia.

Be', Aurora, questo è solo l'inizio della tua favola.

Ringraziamenti

Grazie.

Non so come questo libro sia finito tra le tue mani, ma grazie. Spero che questo viaggio tra le vie di Roccamonte ti sia piaciuto, e che non lo dimenticherai così presto. Certo, si tratta di un'opera di fantasia, ma voglio svelarti un segreto: questo paese esiste, ed è esistita anche una donna speciale di nome Olimpia.

Roccamonte è, per metà, il nome di un paese in provincia di Cuneo, che ho avuto il piacere di visitare e di vivere grazie ai miei nonni. Conservo meravigliosi ricordi di quel luogo. E Olimpia è la mia bisnonna, che amava la solitudine e aveva davvero un dono. C'è sempre qualcosa di me nelle storie che scrivo, perché non riuscirei a fare altrimenti. Sono le storie vere a mettere in moto la mia fantasia, quello che mi permette di regalarti un romanzo da sfogliare. E tu che lo leggi sei il mio carburante.

Ogni anno che passa, mi rendo conto di perdere persone lungo la strada, ma sono altrettanto felice di poter contare sulle mie colonne portanti. Grazie mamma per aver condiviso con me i tuoi ricordi d'infanzia, li conserverò al meglio dentro al mio cuore. Grazie alle amiche vere, quelle che trovano sempre il tempo per me. Grazie a Luca, perché il prossimo anno diventerò sua moglie. Grazie a tutte le blogger che, piene d'entusiasmo, mi travolgono con le loro recensioni e le loro foto. Siete speciali. Grazie a tutte le lettrici conosciute per caso, che ogni giorno mi ricordano che esistono ancora i buoni sentimenti. Grazie ad Alessandra Penna, perché si meriterebbe una medaglia per l'umiltà, la disponibilità e la gentilezza che ha con i suoi autori e per il suo lavoro. Grazie a te, lettore, per essere arrivato fino a qui.

Indice

Anagramma

Ultimi volumi pubblicati

Laura Gay, *Mille notti di te e di me*
Pepper Winters, *Nessuna scelta*
Jan Moran, *Il giardino segreto di Parigi*
Samantha Towle, *The Wild Boy*
K.A. Linde, *Sette giorni di te*
Cecile Bertod, *Dopo di te nessuno mai*
Jodi Ellen Malpas, *The Protector*
Molly McAdams, *La rivincita siamo noi*
Gail McHugh, *Innamorata di uno sconosciuto*
Daniela Volonté, *La meraviglia di essere simili*
Nicole Williams, *Il nostro dolcissimo segreto*
Kylie Scott, *Doppio gioco*
Morgane Bicail, *Phoneplay*
Felicia Kingsley, *Matrimonio di convenienza*
Patrisha Mar, *Apri i tuoi occhi*
Morgan Matson, *Un amore inaspettato*
Kristen Ashley, *Non dirmi di andare via*
Siobhan Vivian, *Noi, gli unici al mondo*
Claire Contreras, *Love for Love*
Emily Henry, *Tutto l'amore che mi manca*
Tania Paxia, *Le strane logiche dell'amore*
Cassandra Rocca, *Tutta colpa di quel bacio*
Elisabetta Lugli, *La libreria degli amori impossibili*
Emma Chase, *Amore reale*
Megan Maxwell, *Basta chiedere*
Anna Premoli, *Un imprevisto chiamato amore*

Milly Johnson, *Un'indimenticabile storia d'amore*
Elle Kennedy, *Lo sbaglio*
Staci Hart, *Un perfetto amore sbagliato*
Kasie West, *P.S. I like you*
Karen Swan, *Il segreto di Parigi*
Carole Matthews, *La piccola casa in riva al mare*
Lindsey Summers, *Destiny. Un amore in gioco*
Robin C., *È solo colpa tua*
Penelope Ward – Vi Keeland, *Bastardo fino in fondo*
Leylah Attar, *Senza nessun segreto*
Helen Pollard, *La piccola casa dei ricordi perduti*
Helen Pollard, *Ritorno alla casa dei ricordi*
Tania Paxia, *Ti amo già da un po'*
Lauren Layne, *Grazie per avermi spezzato il cuore*
Brittainy C. Cherry, *Infinite volte*
Elle Kennedy, *Il tradimento*
Samantha Towle, *Loverboy*
Sarah Dessen, *Adesso e per sempre*
Meredith Russo, *Volevo essere la tua ragazza*
Ellen Berry, *Una piccola libreria molto speciale*
Lisa De Jong, *Con te oltre i limiti*
Penelope Douglas, *Insieme siamo perfetti*
Penelope Douglas, *Il mio sbaglio più grande*
Cinzia Giorgio, *La piccola libreria di Venezia*
Claire Contreras, *Love for Love*
Stefania Serafini, *Il karma dell'amore inaspettato*
Michelle Gable, *Il libro dell'estate*
Jen McLaughlin, *Non vivo più senza te*
Pepper Winters, *Amami adesso*
Eric De Kermel, *La libreria di piazza delle Erbe*
Kristen Ashley, *Dimmi che sarà per sempre*
Lucrezia Scali, *L'amore mi chiede di te*
Caroline Roberts, *La piccola bottega del tè*
Jillian Dodd, *Perfect boy*
Sarah Shepard, *Giovani, carine e bugiarde. Ricercate*
K.A. Tucker, *La ragazza che amava la pioggia*